रस्किन बॉन्ड

रस्किन बॉन्ड का जन्म 1934 में कसौली में हुआ था। उनका पालन-पोषण जामनगर, देहरादून, नई दिल्ली और शिमला में हुआ। युवावस्था में कुछ वर्ष उन्होंने लंदन में बिताए लेकिन वहाँ उनका मन नहीं लगा और 1955 में वह भारत लौट आए। उनके प्रथम उपन्यास *द रूम ऑन द रूफ़* के लिए उन्हें जॉन लेवेलीन राइस पुरस्कार प्रदान किया गया। यह पुरस्कार कॉमनवेल्थ के तीस वर्ष से कम आयु के साहित्यकार को उसकी उत्कृष्ट साहित्यिक कृति के लिए प्रदान किया जाता है। अब तक उनकी पैंतीस पुस्तकें प्रकाशित हो चुकी हैं। उनकी कई पुस्तकों का हिन्दी में अनुवाद हो चुका है। रस्किन बॉन्ड मसूरी के पास स्थित लैण्डोर में रहते हैं। उनका पूरा समय लेखन को समर्पित है।

1993 में उनको साहित्य अकादमी पुरस्कार, 1999 में पद्मश्री और 2014 में पद्मभूषण से अलंकृत किया गया।

रस्टी जब भाग गया

रस्किन बॉन्ड

अनुवाद
नीलाभ

ISBN : 9789386534880
प्रथम संस्करण : 2019
RUSTY JAB BHAG GAYA (Stories) by Ruskin Bond
(Hindi edition of *Rusty Runs Away* first published in English in 2003 by Penguin Random House India)

राजपाल एण्ड सन्ज़
1590, मदरसा रोड, कश्मीरी गेट, दिल्ली-110006
फोन : 011-23869812, 23865483, फैक्स : 011-23867791
e-mail : sales@rajpalpublishing.com
www.rajpalpublishing.com
www.facebook.com/rajpalandsons

क्रम

भूमिका

लीजिए, हम फिर हाज़िर हैं रस्टी और उसकी मण्डली के साथ!

मेरे युवा पाठकों ने 'रस्टी' के बारे में लिखी पहली पुस्तक *रूम ऑन द रूफ़* पर अनुकूल प्रतिक्रिया दी और इस हद तक उत्साहित हुए कि उन्होंने 'रस्टी-2' के प्रकाशन पर अपनी रज़ामन्दी दे दी, यानी, *जब रस्टी भाग गया।*

रस्टी, द ब्वॉय फ्रॉम द हिल्स में रस्टी के इर्द-गिर्द बहुत-सी दिलचस्प घटनाएँ हुई थीं। इस खण्ड में उसके 'साथ' बहुत-सी उत्साहित करने वाली घटनाएँ होती हैं—या कहा जाये कि वह उन्हें 'घटित करता है—' पहले तो अपने स्कूल से (शरारती दलजीत के साथ भाग कर) और बाद में अपने अनुशासन प्रिय अभिभावक के घर की पाबन्दियों से भाग कर और सोमी, रणबीर, किशन आदि से दोस्ती गाँठ कर साहसी कारनामों से गुज़रते हुए। इस नयी ज़िन्दगी की खोजबीन के दौरान किशोर रस्टी उस भारत से, जिसमें वह पला-बढ़ा, एक नये किस्म के भारत से रू-ब-रू होता है।

एक बार फिर मैं रस्टी की ज़िन्दगी की इन घटनाओं को एक जगह लाने के लिए उदयन मित्रा और अर्चना रामकृष्णन का आभारी हूँ। और 'एक था रस्टी' के नाम से अपने टीवी धारावाहिक में इन कहानियों के मार्मिक रूपान्तरण के लिए शुभदर्शिनी सिंह का।

लैण्डोर, मसूरी —**रस्किन बॉन्ड**

अक्तूबर, 2014

खिड़की

वसन्त का मौसम था और मैं अपने अभिभावक और उनकी पत्नी के साथ देहरा में रह रहा था। हर रोज़, दिन भर स्कूल में हाज़िरी देने के बाद जैसे चाहूँ अपना वक्त गुज़ारने के लिए आज़ाद था। लेकिन मुझे दिल बहलाव के लिए बाहर कहीं जाने की ज़रूरत नहीं थी। मैं बस ऊपर की मंज़िल पर चला जाता—अपने कमरे में, वह छत पर था—और अपना खाली समय वहाँ बिताता।

ठीक-ठीक कहूँ तो मैं अपना सारा समय खिड़की पर बिताया करता, क्योंकि इस खिड़की के सामने बैठकर मैं महसूस करता मानो मैं दुनिया का मालिक था।

मगर सिर्फ़ खिड़की के सामने बैठकर।

ठीक सामने खड़ा बरगद का पेड़ मेरा था और उसके निवासी मेरी प्रजा। दो गिलहरियाँ, कुछ मैना, एक कौआ और रात को चिड़ियों का एक जोड़ा। गिलहरियाँ दोपहर को व्यस्त रहतीं, चिड़ियाँ सुबह-शाम और चमगादड़ रात को। हालाँकि मुझे घर से करके लाने के लिए स्कूल से बहुत काम मिलता और इससे भी ज़्यादा पढ़ाई करनी पड़ती, तो भी मैं इतना व्यस्त न रहता जितना बरगद के पेड़ के वे निवासी। और वहाँ आम का एक पेड़ भी था।

पहले-पहल मुझे अपने कमरे में अकेलापन लगता था। मगर फिर मुझे अपनी खिड़की की ताकत का पता चला। उससे बाहर बरगद के पेड़, बगीचे, मकान के साथ-साथ जा रहे चौड़े रास्ते और बाहर दूसरे घरों की छतों, सड़कों

और मैदानों को देख सकता था और दूर क्षितिज तक। रास्ता बहुत चलता हुआ नहीं था, मगर किस्म-किस्म के नज़ारे दिखाई देते—प्रैम में बच्चे को लिये आया; डाकिया, जिसका आना अपने में एक घटना थी; किराया वसूलने वाला गुमाश्ता; फल बेचनेवाला; खिलौने बेचनेवाला, जो ऊँची-ऊँची हाँक लगा कर अपना माल बेचते; साइकिल-सवारों का एक जत्था; स्कूली लड़कियों की एक लम्बी कतार; एक लँगड़ा भिखारी...सब मेरे सामने से गुज़रते, मेरी खिड़की के सामने से...।

एक दिन एक ताँगा भी उस रास्ते पर खड़खड़ाता और घंटियाँ बजाता हुआ आया और हमारे घर के सामने वाले मकान पर आकर रुका। एक लड़की और एक बुज़ुर्ग महिला उससे उतरी और एक नौकर ने उनका सामान उतारा। वे उस मकान में दाखिल हो गयीं और ताँगा—अपने घोड़े के साथ जो रह-रहकर नाक से हल्के-हल्के घुरघुराता था—आगे को चल दिया।

अगली दोपहर उस लड़की ने अपने बगीचे से ऊपर को नज़रें उठायीं और मुझे अपनी खिड़की पर खड़े देखा। कमर तक आने वाले उसके लम्बे काले बाल इकहरे लाल रिबन से बँधे थे। उसकी आँखें उसके बालों जितनी ही काली थीं और उतनी ही चमकीलीं। वह तकरीबन दस साल की रही होगी, मुझसे एक या दो साल छोटी।

'हैलो,' मैंने दोस्ताना मुस्कान के साथ कहा।

उसने शक्की निगाहों से मेरी तरफ़ देखा। 'तुम कौन हो?' उसने पूछा।

'मैं एक भूत हूँ।'

वह हँसी और उसकी हँसी में मस्ती और एक मखौल उड़ाने का भाव था। 'तुम वैसे ही दिखते भी हो!'

मुझे उसका यह जुमला कुछ खास तारीफ़-भरा नहीं लगा, लेकिन मैंने खुद ही उसे न्यौता दिया था। बहरहाल, मैंने मुस्कान समेट ली।

'वहाँ ऊपर तुम्हारे पास क्या है?' उसने पूछा।

'जादू,' मैं बोला।

वह फिर हँसी मगर इस बार चिढ़ाने वाले अन्दाज़ में नहीं। 'मैं नहीं मानती तुम्हारी बात,' उसने कहा।

'ऊपर आकर खुद क्यों नहीं देख लेतीं?' मेरे अभिभावक मिस्टर जॉन हैरिसन और उनकी पत्नी क्लब गये हुए थे। मेरे ख़याल से वहाँ वे ब्रिज या ऐसा ही कोई ताश का खेल खेलते थे। खैर, वे जब भी बाहर जाते देर से लौटते थे, इसलिए जो बात वे पसन्द नहीं करते थे—मेरा हिन्दुस्तानियों से मेल-जोल—उसे करते हुए पकड़े जाने का कोई डर नहीं था।

लड़की थोड़ा हिचकिचाई लेकिन घूमकर मेरे मकान की सीढ़ियों तक आयी और धीरे-धीरे, सतर्कता के साथ उन पर चढ़ने लगी। और जब वह मेरे कमरे में दाखिल हुई तो वह खुद अपना एक जादू साथ लायी।

'कहाँ है तुम्हारा जादू?' उसने मेरी आँखों में आँखें गड़ाकर पूछा।

'इधर आओ,' मैंने कहा और उसे खिड़की पर ले जाकर बाहर की दुनिया दिखाई।

उसने कुछ नहीं कहा मगर वह खिड़की के बाहर पहले तो कुछ नासमझी से ताकती रही, फिर बढ़ती हुई दिलचस्पी से। और कुछ समय बाद वह मेरी तरफ़ मुड़ी और मुझे देखकर मुस्कुराई और हममें दोस्ती हो गयी।

मुझे सिर्फ़ इतना मालूम था कि उसका नाम कोकी था और वह गर्मियाँ बिताने अपनी मौसी के साथ आयी थी; मैंने उससे उसके बारे में और कुछ नहीं पूछा और उसने भी मुझसे कोई सवाल नहीं किया।

अगर उसने मुझसे मेरे बारे में कुछ पूछा भी होता तो भी मेरे पास उसे बताने के लिए कोई दिलचस्प बात न होती। मेरा नाम रस्टी था, मेरे माता-पिता अंग्रेज़ थे और मैं बारह साल का था। मैं यहीं पैदा हुआ था—देहरा में—लेकिन कहने को मेरा कोई परिवार नहीं था। मैं अभी चार साल का था कि मेरे माता-पिता अलग हो गये थे और मेरी माँ ने दूसरी शादी कर ली थी। मैंने अपने बचपन का ज़्यादातर हिस्सा अपने पिता के साथ गुज़ारा था और जब वे अपने काम से दौरों पर जाते—वे बर्मा की एक रबर कम्पनी के लिए काम करते थे—तब मैं देहरा में ही अपने नाना-नानी के साथ रहता। लेकिन

मेरे पिता अचानक मलेरिया की चपेट में आकर गुज़र गये थे और मेरी माँ ने हालाँकि मुझे अपने परिवार में शामिल करने की कोशिश की थी, लेकिन वह मुझ पर ज़्यादा ध्यान नहीं दे पाती थी क्योंकि उसे अपने बच्चे की देख-भाल करनी पड़ती थी। उसके बाद मैं अपनी नानी के पास रहा था लेकिन वह भी एक दिन अचानक ही गुज़र गयीं। किसी ने, मेरे ख़याल से मेरी मौसियों में से एक ने, मेरी देख-रेख के लिए मुझे मिस्टर जॉन हैरिसन, जो रिश्ते में मेरे पिता के भाई थे, और उनकी पत्नी के हवाले कर दिया था। अब वही मेरे अभिभावक थे लेकिन जब वे घर में भी होते तब भी मुझे मुश्किल से ही परिवार के सुकून का एहसास होता। उस समय तक अपनी ज़िन्दगी के बारे में कहने को मेरे पास बस इतना ही था। इसमें कुछ भी बताने लायक नहीं था।

कोकी लगभग हर रोज़ मेरी सीढ़ियाँ चढ़कर आती और खिड़की पर मेरे साथ आ खड़ी होती। हमारी दुनिया में हासिल करने को बहुत-सी सनसनीखेज़ चीज़ें थीं, खास तौर पर जब बरसात शुरू होती।

पहली गड़गड़ाहट सुनते ही औरतें रस्सी पर लटके धुले कपड़ों को उठाने के लिए भागतीं और अगर हवा होती तो वे कुछेक कपड़ों का अहाते भर में पीछा करतीं। जब बारिश होती तो यह बगीचे को दलदल और रास्ते को नदी बना देती, मानो बदला ले रही हो। कोई साइकिल सवार रास्ते पर तेज़ी से साइकिल चलाता हुआ चला जाता, बुजुर्ग अपने छाते से जूझ रहे होते, नंगे बच्चे बारिश में उछल-कूद करते। कभी-कभी कोकी दौड़कर छत पर चली जाती और बारिश में चिल्लाती हुई नाचती। बरसात का पानी कमरे के खुले दरवाज़े और खिड़की से अन्दर आकर बाढ़ की तरह फ़र्श पर फैल जाता और मेरे पलँग को टापू सरीखा बना देता।

लेकिन किसी भी दूसरी चीज़ की बनिस्बत खिड़की सबसे ज़्यादा मज़ेदार थी। वह हमारे अन्दर अलग-थलग रहने की ताकत भर देती— हमें अपने इर्द-गिर्द की ज़िन्दगी में गहरी दिलचस्पी थी, लेकिन हम उसमें लिप्त नहीं थे।

'यह किसी सिनेमा की तरह है,' कोकी ने कहा, ' खिड़की पर्दा है और दुनिया तस्वीर है।'

जल्द ही आम पक गये और कोकी जितनी मर्तबा मेरे कमरे में होती, उतनी मर्तबा आम की डालियों में। खिड़की से पेड़ बखूबी नज़र आता और हम उसी ऊँचाई से एक-दूसरे से बात करते। हमने बहुत ज़्यादा आम खाये, कम-से-कम पाँच आम हर रोज़।

'आओ, छत पर एक बगीचा बनायें,' कोकी ने सुझाया। वह इस तरह के ख़्यालों से घिरी रहती।

'और तुम ऐसा किस तरह करोगी?' मैंने पूछा।

'आसानी से। हम मिट्टी और ईंटें ले आयेंगे और फूलों की क्यारियाँ बना देंगे। फिर हम बीज बो देंगे। हम तरह-तरह के फूल उगायेंगे।'

'छत ढह जायेगी,' मैंने भविष्यवाणी की।

लेकिन ऐसा नहीं हुआ। हमने दो दिनों तक बाल्टियाँ भर-भर कर सीढ़ियों से मिट्‌टी को छत पर पहुँचाया और क्यारियाँ बनायीं। यह सब बेहद गुप-चुप ढंग से किया गया—जब मेरे अभिभावक और उनकी पत्नी घर से बाहर गये रहते। बहुत मेहनत का काम था, लेकिन उसका ज़्यादातर बोझ कोकी ने उठाया। जब क्यारियाँ तैयार हो गयीं तो हमने उसका उद्‌घाटन समारोह मनाया। नीचे के बगीचे से इकट्ठा किये गये कुछ छोटे-छोटे पौधों के अलावा हमारे पास एक ही किस्म के बीज थे—कद्दू के...।

हमने कद्दू के बीज मिट्‌टी में बो दिये और गर्व से फूले न समाये।

लेकिन उसी रात तेज़ बारिश हुई और सुबह मैंने पाया कि ईंटों को छोड़कर बाकी सब कुछ बह गया था।

लिहाज़ा हम फिर से खिड़की पर लौट आये।

एक मैना शायद किसी कौए के साथ लड़ी थी और उसके सिर के पंख नुच गये थे। दीवार पर चढ़ रही बोगनवेलिया की एक लम्बी हरी डाली खिड़की के अन्दर चली आयी थी।

कोकी ने कहा, 'अब हम खिड़की बन्द नहीं कर पायेंगे, क्योंकि इससे डाली खराब हो जायेगी।'

'तो हम खिड़की को कभी बन्द नहीं करेंगे,' मैंने कहा।

और हमने लता को कमरे में घुस आने दिया।

बरसात गुज़र गयी और पतझड़ के मौसम की एक बयार बरगद की डालियों के बीच से सरसराती हुई बहने लगी। ज़मीन पर लाल पत्तियाँ बिछ गयीं और हवा उन्हें इस तरह उड़ाकर इधर-उधर ले जाने लगी कि वे तितलियों जैसी दिखने लगीं। मैं सुबह के समय सूरज को उगते देखा करता, लाल-लाल आसमान में, जब तक कि उसकी पहली किरणें खिड़की की बन्नी पर पड़तीं और कमरे की दीवारों पर ऊपर को रेंगने लगतीं। और शाम को कोकी और मैं सूरज को रूई जैसे बादलों के समन्दर में डूबते देखते; कभी-कभी बादल गुलाबी होते और कभी-कभी नारंगी; खिड़की के चौखटे में हमेशा रंगीन बादल नज़र आते।

'मैं कल जा रही हूँ,' कोकी ने एक दिन शाम के समय कहा।

मैं इतना चकित हुआ कि कुछ कह नहीं पाया।

'तुम हमेशा यहीं रहते हो, है ना?' उसने कहा।

मैं चुप रहा।

'जब मैं अगले साल फिर आऊँगी तब भी तुम यहीं रहोगे ना?'

'मैं नहीं जानता,' मैंने कहा। मैं किसी भी जगह से, जिसे मैं 'घर' कहता उखाड़े जाने का इतना आदी हो गया था कि मैं यह अन्दाज़ा लगाने की हिम्मत नहीं जुटा पाता था कि मैं एक जगह पर कितनी देर टिकूँगा। 'लेकिन खिड़की तब भी यहीं होगी।'

'अरे, अगले साल भी यहीं रहना,' उसने कहा, 'वरना कोई खिड़की बन्द कर देगा।'

अगली सुबह ताँगा दरवाज़े पर खड़ा था और नौकर, मौसी और कोकी उस पर सवार थे। कोकी ने खिड़की पर मेरी तरफ़ हाथ हिलाया। फिर ताँगेवाले ने लगाम खींची, ताँगे के पहिये चरमराये और खड़खड़ाये, घंटी

टुनटुनाई। ताँगा रास्ते पर आगे को बढ़ गया, रास्ते पर फाटक के बीच से। और इस दौरान कोकी हाथ हिलाती रही; और फाटक से बोगनवेलिया की लतरों के बीच उस ऊँची खिड़की पर अकेला खड़ा मैं ज़रूर किसी भूत की तरह नज़र आता रहा हूँगा।

जब ताँगा नज़रों से ओझल हो गया तो मैंने बोगनवेलिया की डाली को हाथ से पकड़ कर कमरे के बाहर धकेल दिया। फिर मैंने खिड़की बन्द कर दी। अब वह तभी खुलने वाली थी जब वसन्त का मौसम और कोकी फिर आती।

फूलों का नज़ारा

फर्न हिल, द ओक्स, हण्टर्स लॉज, द पार्सनेज, द पाइन्स, डम्बार्नी, मैकिनन्स होल और विण्डरमियर। ये उन थोड़े-से पुराने मकानों के नाम हैं जो देहरा के बाहरी इलाके में अब भी खड़े हैं। उनमें से ज़्यादातर मकान टूट-फूटकर खँडहर हो गये हैं। वे बहुत पुराने हैं यकीनन—सौ साल से भी पहले उन अंग्रेज़ों द्वारा बनाये गये जो मैदानों की झुलसाने वाली गर्मी से राहत की तलाश में यहाँ आये थे। आज जो सैलानी देहरा आते हैं, बाज़ारों और सिनेमाघरों के नज़दीक रहना पसन्द करते हैं और बहुत-से पुराने घरों में जो शाहबलूत, मेपल और देवदार के पेड़ों के बीच बनाये गये थे, जंगली बिल्लियों, घूस, बिच्छू, उल्लू, बकरियों और कभी-कभार आने वाले कोयला-फ़रोशों और खच्चरवालों के निवास थे।

लेकिन इन उपेक्षित बँगलों के नज़दीक ही मलबेरी लॉज नाम की एक साफ़-सुथरी, सफ़ेदी की हुई कॉटेज थी। और उसमें एक बुज़ुर्ग अविवाहित अंग्रेज़ महिला, मिस मैकेन्ज़ी, रहती थीं।

उम्र के लिहाज़ से मिस मैकेन्ज़ी बुज़ुर्ग से ज़्यादा थीं, अस्सी साल से कहीं अधिक होने के कारण। लेकिन कोई इसका अनुमान न कर पाता। वे साफ़-सुथरी और चुस्त थीं और पुराने ढर्रे के, मगर सावधानी से रखे गये लिबास पहनती थीं। हफ़्ते में एक बार वे मक्खन, जैम, साबुन और कभी-कभी यू डि कोलोन की छोटी बोतल खरीदने के लिए शहर तक दो मील चल कर जातीं।

वे किशोरावस्था से ही इस पहाड़ी जगह पर रहती आयी थीं और यह पहले विश्व युद्ध से पहले की बात थी। हालाँकि उन्होंने कभी शादी नहीं की

थी, उनके कुछ प्रेम सम्बन्ध रहे थे और वे किस्से-कहानियों की आम कुंठित कुँआरियों से बिलकुल अलग थीं। उनके माता-पिता को गुज़रे तीस साल हो चुके थे; उनके भाई और बहन का भी निधन हो चुका था। हिन्दुस्तान में उनका कोई रिश्तेदार नहीं था और वे चालीस रुपये महीने की छोटी-सी पेन्शन पर और अपनी जवानी की एक दोस्त द्वारा न्यूज़ीलैण्ड से उपहार में भेजे गये पार्सलों पर गुज़ारा करती थीं।

अकेले ज़िन्दगी जीने वाले दूसरे बूढ़े लोगों की तरह उन्होंने एक पालतू जानवर रखा हुआ था—चमकीली पीली आँखों वाली एक बड़ी-सी काली बिल्ली। अपनी छोटी-सी बगिया में वे डेलिया, गुलदावदी, ग्लैडियोला और कुछ दुर्लभ किस्म के ऑर्किड के फूल उगातीं। उन्हें पौधों और जंगली फूलों, पेड़ों, चिड़ियों और कीड़ों के बारे में बहुत जानकारी थी। उन्होंने कभी गम्भीरता से इन चीज़ों का अध्ययन नहीं किया था, लेकिन इतने बरस उनके साथ रहने की वजह से उन्होंने उस सब के साथ अन्तरंगता विकसित कर ली थी जो उनके इर्द-गिर्द उगता और फलता-फूलता था।

उनके गिने-चुने मुलाकाती थे। कभी-कभी स्थानीय गिरजे का पादरी उनके पास आता और महीने में एक बार डाकिया न्यूज़ीलैण्ड से आयी चिट्ठी या उनकी पेन्शन के कागज़ लेकर आता। दूधवाला हर दूसरे दिन महिला और उनकी बिल्ली के लिए एक लीटर दूध दे जाता। और कभी-कभी उन्हें एक-दो अण्डे मुफ़्त मिल जाते, क्योंकि अण्डेवाले को वह समय याद था जब मिस मैकेन्ज़ी अपने पहले के खुशहाल दिनों में उससे भारी मात्रा में अण्डे खरीदा करती थीं। वह भावुक आदमी था। उसे याद था कि बीस-पच्चीस की उम्र में वे कितनी खूबसूरत हुआ करती थीं। वह तब नौ साल का था और चकित और आतंकित भाव से उन्हें आँखें गोल-गोल किये निहारा करता था।

अब सितम्बर का महीना था और बारिश का मौसम लगभग खत्म हो चुका था और मिस मैकेन्ज़ी के गुलदावदी बहार पर आने लगे थे। वे यही मनाती थीं कि आने वाली सर्दियाँ बहुत सख्त न हों, क्योंकि अब उन्हें हर बार ठंड को सहना पहले से ज़्यादा मुश्किल महसूस होने लगा था।

एक दिन जब वे अपने बगीचे में कुछ कर-धर रही थीं, उन्होंने एक

स्कूली लड़के को कॉटेज के इर्द-गिर्द की ढलान पर जंगली फूल तोड़ते देखा।

'कौन हो तुम?' उन्होंने पुकार कर पूछा। 'किस फेर में हो युवक?'

मैं चौंक गया और मैंने पहाड़ी ढलान पर सरपट भागने की कोशिश की, मगर ज़मीन पर बिखरी चीड़ की पत्तियों पर फिसल गया और ढलान पर सरकता हुआ मिस मैकेन्ज़ी की नैस्टर्शियम की क्यारी में पहुँच गया।

जब मैंने पाया कि भाग निकलने का कोई रास्ता नहीं है तो मैंने उनकी तरफ़ एक निहत्था कर देने वाली चमकती हुई मुस्कान फेंकी और कहा, 'गुड मॉर्निंग मिस।'

उस समय मुझे तो स्थानीय अंग्रेज़ी माध्यम के स्कूल में अपनी कक्षा में होना चाहिए था, इसलिए मैंने स्कूली वर्दी पहनी हुई थी—सुर्ख लाल ब्लेज़र और लाल-काली धारियों वाली टाई।

'गुड मॉर्निंग,' मिस मैकेन्ज़ी ने कड़े लहज़े में कहा। 'क्या तुम मेरे फूलों की क्यारी से बाहर नहीं निकलोगे।'

मैं सावधानी से कदम रखता हुआ नैस्टर्शियम के फूलों के ऊपर से बाहर आया और मुस्कुराते समय गड्ढे पड़ जाने वाले गालों और याचना-भरी आँखों के साथ मैंने मिस मैकेन्ज़ी को देखा। मुझे विश्वास था कि वह भद्र महिला पायेगी कि मुझसे नाराज़ होना नामुमकिन था।

'तुम गैर-कानूनी ढंग से घुस आये हो,' मिस मैकेन्ज़ी ने कहा।

'जी, मिस।'

'और इस समय तुम्हें स्कूल में होना चाहिए।'

'जी, मिस।'

'तब तुम यहाँ क्या कर रहे हो?'

'फूल तोड़ रहा था, मिस।' और मैंने हाथ ऊपर उठा दिया जिसमें मैंने फ़र्न की पत्तियों और जंगली फूलों का एक गुच्छा थाम रखा था।

'ओह,' आखिरकार मिस मैकेन्ज़ी नरम पड़ गयीं। शायद बहुत दिनों से उन्होंने किसी लड़के को फूलों में दिलचस्पी लेते और जो बात और भी बड़ी थी, फूल तोड़ने के लिए स्कूल से भागते नहीं देखा था।

'तुम्हें फूल पसन्द हैं?' उन्होंने पूछा।

'जी, मिस। मैं एक वनस्पतिशास्त्री बनना चाहता हूँ।'

'तुम्हारा मतलब है वनस्पतिशास्त्री?'

'जी, मिस।'

'अच्छा, यह तो गैर-मामूली है। तुम्हारी उम्र में ज़्यादातर लड़के तो पायलट या फ़ौजी या शायद इंजीनियर बनना चाहते हैं। लेकिन तुम वनस्पति विज्ञानी बनना चाहते हो। बहरहाल अब भी दुनिया के लिए अच्छाई की उम्मीद है, मेरे ख़याल से। और क्या तुम्हें इन फूलों के नाम मालूम हैं?'

'यह बुखिलो का फूल है,' मैंने उन्हें एक छोटा-सा सुनहरा फूल दिखाते हुए कहा। 'यह एक पहाड़ी नाम है। इसका मतलब है पूजा। यह फूल पूजा के दौरान चढ़ाया जाता है। लेकिन यह क्या है, मैं नहीं जानता...।'

मैंने एक हल्का गुलाबी फूल उनकी तरफ़ बढ़ाया जिसकी पत्ती नरम और दिल की शक्ल की थी।

'यह जंगली बिगूनिया है,' मिस मैकेन्ज़ी ने कहा। 'और वो बैंगनी फूल सालविया है, मगर यह जंगली नहीं है। यह पौधा मेरी बगिया से निकल कर बाहर जा पहुँचा है। क्या तुम्हारे पास फूलों के बारे में कोई किताब नहीं है?'

'नहीं, मिस।'

'ठीक है, तो अन्दर आओ, मैं तुम्हें किताब दिखाती हूँ।'

वे मुझे सामने के एक छोटे-से कमरे में ले गयीं जो साज़-सामान और किताबों, फूलदानों और जैम के मर्तबानों से भरा था और वहाँ उन्होंने मुझे बैठने के लिए एक कुर्सी दी। मैं उसके किनारे पर अटपटे ढंग से बैठ गया। उनकी काली बिल्ली फौरन कूद कर मेरे घुटनों पर आ बैठी और वहाँ आराम

से बैठ कर ऊँची आवाज़ में घुर-घुर करने लगी।

'तुम्हारा नाम क्या है?' अपनी किताबों को उलटते-पलटते हुए मिस मैकेन्ज़ी ने पूछा।

'रस्टी, मिस।'

'और तुम रहते कहाँ हो?'

'मैं अपने अभिभावक के साथ यहीं रहता हूँ—देहरा में।'

'अच्छा। और वह क्या है?' उन्होंने मेरे ब्लेज़र की फूली हुई जेब की तरफ़ उँगली से इशारा करते हुए पूछा।

'बल्ब हैं, मिस।'

'फूलों के बल्ब?'

'नहीं, बिजली के बल्ब।'

'बिजली के बल्ब! घर जाकर तुम मुझे कुछ बल्ब भेज सकते हो। मेरे वाले तो हमेशा फ़्यूज़ होते रहते हैं और वे कितने महँगे हैं, आजकल की बाकी सभी चीज़ों की तरह। ओह, हम यहाँ हैं!' उन्होंने किताबों के खाने से एक भारी-सी किताब उतारी और उसे मेज़ पर रख दिया। 'यह *फ़्लोरा हिमालिएन्सिस* है, हिमालय की वनस्पति के बारे में। यह 1892 में प्रकाशित हुई थी और हिन्दुस्तान में अब इसकी शायद यही एकमात्र प्रति है। यह बहुत कीमती किताब है, रस्टी। किसी और प्रकृति विज्ञानी ने हिमालय के इतने सारे जंगली फूलों का ब्यौरा दर्ज नहीं किया। और मैं तुम्हें यह भी बता दूँ—ऐसे बहुत-से फूल और पौधे हैं, जिनके बारे में वे नामी-गिरामी वनस्पति विज्ञानी कुछ नहीं जानते जो पहाड़ों में समय बिताने की बजाय सारा वक्त अपनी आँखें खुर्दबीनों में गड़ाये रखते हैं। लेकिन शायद एक दिन तुम इसके बारे में कुछ करोगे।'

'जी मिस।'

हम साथ-साथ उस किताब के पन्ने पलटते गये और मिस मैकेन्ज़ी ने

ऐसे बहुत-से फूल दिखाये जो उस पहाड़ी शहर में और इर्द-गिर्द के इलाके में उगते थे और मैं उनके नामों और मौसमों के ब्यौरे दर्ज करता रहा। उन्होंने स्टोव जलाया और चाय बनाने के लिए केतली उस पर रख दी। और फिर वह बुज़ुर्ग महिला और मैं अगल-बगल बैठकर मीठी गर्म चाय पीते हुए जंगली फूलों की उस किताब में रमे रहे।

'क्या मैं फिर आ सकता हूँ?' जाने के लिए उठते हुए मैंने पूछा।

'अगर तुम चाहो तो,' मिस मैकेन्ज़ी ने कहा। 'लेकिन स्कूल के समय में नहीं। तुम्हें अपनी क्लास नहीं छोड़नी है।'

उसके बाद मैं हफ़्ते में लगभग एक बार मिस मैकेन्ज़ी से मिलने जाता और करीब-करीब हमेशा ही कोई-न-कोई जंगली फूल अपने साथ लाता जिसकी पहचान करके वे बता सकें। मुझे मालूम था कि उन्हें मेरी इन मुलाकातों का इन्तज़ार रहता लेकिन कभी-कभी अगर मैं स्कूली काम में फँस जाता तो उनसे मुलाकात किये हफ़्ते से ज़्यादा समय बीत जाता।

फिर बाद में वे मुझे बतातीं कि कितना निराश और अकेला उन्होंने महसूस किया था और कितना ज़्यादा वे अपनी बेचारी काली बिल्ली पर बड़बड़ाती रही थीं।

वे अक्सर कहतीं कि मैं उन्हें उनके भाई एन्ड्रयू की याद दिलाता था जब उनका भाई भी मेरे जितना बड़ा लड़का था। चेहरे-मोहरे का मिलना तो था ही, लेकिन उसके अलावा भी कुछ और था। यह मेरी चुस्ती-फुर्ती, मेरा चौकन्ना खिला-खिला भाव और मेरे खड़े होने की मुद्रा थी—टाँगें चौड़ी किये, हाथ कूल्हे पर टिकाये, आत्मविश्वास की तस्वीर—जो उन्हें एन्ड्रयू की याद दिलाती।

और मैं क्यों अक्सर उनसे मिलने जाता?

कुछ तो इसलिए कि वे जंगली फूलों के बारे में जानती थीं और उन दिनों मैं सचमुच वनस्पतिविज्ञानी बनना चाहता था। और कुछ इसलिए कि उनसे ताज़ा बनी डबल रोटी की गंध आती और यही गंध मेरी नानी से भी आया करती थी। कुछ इसलिए कि मैं और बच्चों से थोड़ा अलग था। और

कुछ इसलिए कि वे अकेलेपन का शिकार थीं और कभी-कभार बारह बरस का लड़का बड़ों की तुलना में अकेलेपन को बेहतर तौर पर भाँप सकता है। अपने अभिभावक के घर पर सचमुच ऐसा कोई नहीं था जिससे मैं बातें कर सकूँ या अपनी दिलचस्पियाँ बाँट सकूँ। मुझे अपने हाल पर छोड़ दिया गया था और अपने अभिभावक से कोई भी चर्चा मेरी स्कूली पढ़ाई-लिखाई की बाबत होती और वह भी सरसरी तौर पर करके खत्म कर दी जाती।

अक्टूबर के मध्य तक, जब स्कूल के बन्द होने में महज़ एक पखवाड़ा रह गया, सुदूर पर्वतों पर पहली-पहली बर्फ़ गिर चुकी थी। एक चोटी औरों से ऊँची, अलग-थलग खड़ी नज़र आती—गहरे नीले आसमान में एक सफ़ेद शिखर। जब सूरज डूबता तो यह चोटी नारंगी से गुलाबी और फिर लाल हो जाती।

'वह पहाड़ कितना ऊँचा है?' मैंने पूछा।

'12,000 फुट से ऊँचा होगा,' मिस मैकेन्ज़ी ने कहा। 'सीधी रेखा में यहाँ से लगभग तीस मील दूर। मैं हमेशा वहाँ जाना चाहती थी, मगर कोई मुनासिब सड़क नहीं थी। उस ऊँचाई पर ऐसे फूल होंगे जो यहाँ नहीं मिलते—नीले जेण्टियन और बैंगनी कोलम्बीन, ऐनेमोन और एडेलवाइरस।'

'मैं एक दिन वहाँ जाऊँगा,' मैंने ऊँचे स्वर में खुद से वादा किया।

'मुझे पूरा यकीन है कि अगर तुम जाना चाहोगे तो ज़रूर जाओगे।'

स्कूल के बन्द होने से एक दिन पहले मैं मिस मैकेन्ज़ी से विदा लेने के लिए गया। दो दिन बाद मुझे अपने अभिभावक के साथ दिल्ली जाना था, जिन्हें वहाँ कुछ काम था।

'मुझे नहीं लगता कि दिल्ली में तुम्हें बहुत ज़्यादा जंगली फूल मिलेंगे,' उन्होंने कहा, 'मगर छुट्टियाँ खुशी-खुशी बिताना।'

'थैंक यू, मिस।'

जैसे ही मैं जाने को हुआ, मिस मैकेन्ज़ी ने जैसे किसी आवेग में वह पुस्तक *फ्लोरा हिमालिएन्सिस* मेरे हाथों में थमा दी।

‘इसे तुम रखो,’ वे बोलीं। ‘तुम्हारे लिए तोहफ़ा है।’

‘लेकिन मैं तो जल्दी ही लौट आऊँगा और तब मैं इसे देख सकूँगा। यह इतनी कीमती है।’

‘मैं जानती हूँ कि यह कीमती है, इसीलिए मैंने यह तुम्हें दी है। वरना शायद यह कबाड़ियों के हाथों में जा पड़ेगी।’

‘लेकिन, मिस...’

‘बहस मत करो। इसके अलावा जब तुम लौटो तो हो सकता है मैं यहाँ रहूँ ही नहीं।’

‘क्या आप यहाँ से जा रही हैं?’

‘मुझे पक्का पता नहीं है। शायद मैं इंग्लैण्ड चली जाऊँ।’

मुझे मालूम था कि उनका इंग्लैण्ड जाने का कोई इरादा नहीं था; उन्होंने वह देश बचपन के बाद से कभी देखा नहीं था और वे जानती थीं कि युद्ध के बाद के इंग्लैण्ड की ज़िन्दगी से उनका तालमेल नहीं बैठने वाला था। उनका घर इन्हीं पहाड़ों में था—शाहबलूत, मेपल और देवदार के पेड़ों के बीच। यहाँ अकेलापन था, लेकिन उनकी उम्र में अकेलापन हर जगह उनके साथ रहता।

मैंने किताब को बगल में दबाया, अपनी टाई सीधी की और सीधा तन कर खड़े होते हुए कहा, ‘गुडबाय, मिस मैकेन्ज़ी।’

यह पहली बार था जब मैंने उन्हें उनके नाम से सम्बोधित किया था।

जब मैं कई महीने बाद लौटा, कॉटेज पर खालीपन और वीरानी छायी थी। मिस मैकेन्ज़ी के पड़ोसी मेज़र वॉरपिक ने मुझे बताया कि पीछे क्या हुआ था।

~

सर्दियाँ जल्दी उतर आयी थीं और तेज़ हवाएँ अपने साथ बारिश और ओले लायी थीं और जल्दी ही बगिया में या पहाड़ी की ढलान से फूल गायब हो

गये थे। बिल्ली घर के अन्दर मिस मैकेन्ज़ी के पलँग के पैताने गुड़ी-मुड़ी होकर पड़ी रहती।

मिस मैकेन्ज़ी अपनी सारी पुरानी शॉलें और गुलूबन्द लपेटे रखतीं, लेकिन इसके बावजूद उन्हें ठंड महसूस होती। उनकी उँगलियाँ इतनी अकड़ जातीं कि उन्हें डिब्बाबन्द फलियों का डिब्बा खोलने में तकरीबन एक घंटा लग जाता। और फिर बर्फ़ गिरने लगी और कई दिनों तक दूधवाला नहीं आया। डाकिया उनकी पेन्शन के कागज़ लाया, पर वे इतनी थकान महसूस कर रही थीं कि उन्हें लेकर शहर में बैंक तक नहीं जा सकीं।

अपना ज़्यादातर समय वे बिस्तर में गुज़ारतीं। यह सबसे गर्म जगह थी। वे गर्म पानी की बोतल अपनी पीठ के पीछे रखतीं और बिल्ली उनके पैरों को गर्म रखती। बिस्तर में लेटे-लेटे वे वसन्त और गर्मियों के महीनों के सपने देखतीं। तीन महीने में प्रिमरोज़ के फूल खिलने वाले थे और वसन्त के आने के साथ ही स्थानीय स्कूल फिर से खुल जाता और मेरा लौटना पक्का था।

एक रात गर्म पानी की बोतल फट गयी और पूरा बिस्तर गीला हो गया। चूँकि कई दिनों तक धूप नहीं निकली थी, कम्बल गीला ही रहा। मिस मैकेन्ज़ी को ठंड लग गयी और उन्हें अपने ठंडे बेआराम बिस्तर में कैद रहना पड़ा। उन्हें मालूम था कि उन्हें बुखार है, लेकिन बुखार नापने के लिए उनके पास कोई थर्मामीटर नहीं था। साँस लेने में भी उन्हें तकलीफ़ होती।

फिर एक रात तेज़ हवा चलने लगी और खिड़की खुल गयी और सारी रात भड़-भड़ करती रही। मिस मैकेन्ज़ी में इतनी ताकत नहीं बची थी कि उठ कर उसे बन्द कर सकें और हवा के साथ बारिश भी कमरे में चली आयी। बिल्ली रेंग कर बिस्तर में जा घुसी और अपनी मालकिन के गर्म शरीर से जा चिपकी। लेकिन सुबह के करीब उस शरीर ने अपनी सारी गर्मी खो दी थी और बिल्ली बिस्तर से उतर कर फ़र्श पर पंजों से इधर-उधर खरोंचने लगी।

जैसे ही धूप की किरणें खुली खिड़की से कमरे में दाखिल हुईं, दूधवाला आ पहुँचा। उसने सामने सीढ़ी पर रखी बिल्ली की तश्तरी में थोड़ा-सा दूध डाला और बिल्ली खिड़की की बन्नी से नीचे कूदकर दूध की तरफ़ बढ़ी।

दूधवाले ने पुकार कर मिस मैकेन्ज़ी को सलाम किया, मगर उसे कोई जवाब नहीं मिला। उनकी खिड़की खुली थी और वह जानता था कि वे सूरज उगने से पहले उठ जाती थीं। इसलिए उसने खिड़की के अन्दर सिर डाल कर फिर से आवाज़ दी। लेकिन मिस मैकेन्ज़ी ने कोई जवाब नहीं दिया। वे दूर उस पर्वत की ओर चली गयी थीं वहाँ जेण्टियन के नीले और कोलम्बीन के बैंगनी फूल खिलते थे।

एक सही काम

'क्या तुम कुएँ को ढँकने जा रहे हो?' मैंने पूछा। पूरन माली उन मोथों को साफ़ कर रहा था जो उस पुराने कुएँ के इर्द-गिर्द इफ़रात में उग आये थे, जो अब काम में नहीं आता था। मैं पूरन को बहुत पसन्द था। वह मेरी नानी के घर पर माली का काम किया करता था और अब वह मेरी माँ और सौतेले पिता के साथ था।

दरअसल, यह सिर्फ़ 'बहु-संयोगों' के कारण था कि पूरन उनके लिए काम कर रहा था। 1944 का ज़माना था और दूसरा विश्वयुद्ध अभी जारी था। मेरे सौतेले पिता रॉयल एयर फ़ोर्स (आर.ए.एफ.) में भरती हो गये थे और पेशावर के लिए रवाना होने से पहले—जहाँ वे तैनात थे—उन्होंने मेरी माँ और मेरे सौतेले भाई को देहरा में छोड़ दिया था। उन दिनों मेरे स्कूल में गर्मी की छुट्टियाँ हो गयी थीं और मेरे पास कोई काम-धाम नहीं था, क्योंकि मेरे अभिभावक और मिसिज़ हैरिसन को किसी कारोबारी मसले को सुलझाने के लिए झटपट बम्बई भागना पड़ा था।

मेरी माँ ने मुझे अपने घर बुलवाया था और वहाँ अपने साथ रहने के लिए कहा था, कम-से-कम जब तक मेरे अभिभावक लौट न आयें। मैंने मंजूरी दे दी थी, इसलिए नहीं कि मुझे अपनी माँ से प्यार था, बल्कि इसलिए कि मेरे पास रज़ामन्दी न देने का कोई कारण नहीं था।

पूरन भी उन दिनों निठल्ला था, क्योंकि उसकी पिछली मालिकिन, जो एक बुज़ुर्ग अंग्रेज़ महिला थी, अभी-अभी गुज़र गयी थी। जब उसे पता चला कि मैं अपनी माँ के घर पर था और मेरी माँ को एक माली की ज़रूरत थी,

तो वह एक दिन प्रकट हुआ और उसने अपनी सेवाएँ पेश कीं। लिहाज़ा इस तरह वह और मैं, दोनों संयोग से उन गर्मियों में मेरे सौतेले पिता के घर पर थे।

आज हमारी कार्य सूची पर बगीचे के बीचोबीच बना पुराना कुआँ था। 'मेरा ख़याल है मुझे इसे ढँकना ही पड़ेगा,' पूरन ने कहा। 'मेजर साहब यही चाहते हैं। वे किसी भी दिन वापस आ सकते हैं और अगर वे कुएँ को अब तक अनढँका पायेंगे तो उन पर फिर उनका जाना-पहचाना गुस्से का दौरा पड़ जायेगा और मुझे फिर नये काम की खोज करनी पड़ेगी।'

ये 'मेजर साहब' मेरे सौतेले पिता थे, मेजर समरस्किल, एक लम्बे, खुशमिज़ाज, पीठ पर थपकी देकर बात करने वाले आदमी जिन्हें पोलो खेलना और सुअर का शिकार करना पसन्द था। वे मेरे पिता से काफ़ी अलग थे। मेरे पिता हमेशा मुझे पढ़ने के लिए किताबें दिया करते। जब पहले मैं अपनी माँ और सौतेले पिता के साथ रहा था, तब मेरे सौतेले पिता ने कहा था कि अगर मैं ज़्यादा पढ़ूँगा तो स्वप्नजीवी बन जाऊँगा और उन्होंने मेरी किताबें मुझसे ले ली थीं। तभी से मुझे उनसे नफ़रत थी और उनसे शादी कर लेने के कारण मेरी नज़रों में मेरी अपनी माँ की भी कदर घट गयी थी।

'यह लड़का बहुत नाज़ुक है,' मैंने अक्सर उन्हें अपनी माँ से यह कहते सुना था।

अब उन्हें घर से बाहर गये लगभग दो महीने हो चुके थे। जाने से पहले वे पूरन को कड़ी हिदायतें दे गये थे कि वह कुएँ को ढँक दे।

'बगीचे के बीच खुले कुएँ का होना बहुत खतरनाक है। मेरा बेटा अभी बहुत छोटा है और उससे यह नहीं कहा जा सकता कि वह बगीचे में भागे-दौड़े नहीं, न खुले कुएँ में झाँके,' मेरे सौतेले पिता ने कहा था। 'इस बात का पक्का इन्तज़ाम करो कि जब तक मैं वापस आऊँ, इसे पूरी तरह ढँक दिया जाये।'

पूरन उस पुराने कुएँ को ढँकने के बिलकुल खिलाफ़ था। उसने बताया था कि वह कुआँ वहाँ पचास साल से भी ज़्यादा समय से था—मकान के बनाये जाने से भी काफ़ी पहले से। उसकी दीवारों में कबूतरों की एक बस्ती आबाद थी। उनकी हल्की-हल्की गुटरगूँ बगीचे को मीठी आवाज़ों से गुलज़ार

रखती। और गर्मियों के सूखे गर्म महीनों में, जब नलके सूख जाते, यह कुआँ पानी का एक भरोसे-लायक स्रोत था। भिश्ती अब भी उसे इस्तेमाल करता था, चमड़े की मशक में उसका ठंडा, साफ़ पानी भर कर घर के चारों तरफ़ के रास्तों की धूल और गुबार को दबाये रखने के लिए उन पर पानी का छिड़काव करते हुए।

पूरन ने कुएँ को खुला छोड़ देने के लिए मेरी माँ से विनती की थी।

'कबूतरों का क्या होगा?' उसने पूछा था।

'अरे, वे यकीनन कोई दूसरा कुआँ खोज लेंगे,' मेरी माँ बोली थीं। 'उसे जल्दी से बन्द कर दो, पूरन। मैं नहीं चाहती कि साहब वापस आयें और पायें कि तुमने इस बारे में कुछ नहीं किया है।'

मेरी माँ मेजर साहब से किसी कदर डरी हुई जान पड़ती थी। हम उन लोगों से कैसे डर सकते हैं, जिन्हें हम प्यार करते हैं? यह सवाल मुझे तब चकरा देता था और अब भी चकरा देता है।

मेजर की गैरहाज़िरी में ज़िन्दगी खुशगवार हो गयी थी। मैं किताबें पढ़ता, बरगद के पेड़ पर घंटों बिताता, बाल्टी भर-भर आम खाता और पूरन से बातें करते और उसके बेटे मोहन के साथ खेलते हुए बगीचे में इत्मीनान से वक्त काटता। मेरा सौतेला भाई (जिसे मेरी माँ ने अपने दूसरे विवाह के बाद पैदा किया था।) आमतौर पर मेरी माँ के साथ बचकाने खेल खेलता, घर के अन्दर उसके साथ बना रहता।

न पूरन को और न मुझे मेजर साहब के लौटने की ललक थी। पूरन दरअसल मेरे पिता का बन्दा था। मेरे पिता से उसकी वफ़ादारी ने शायद मेरी माँ को भी अपने दायरे में समेट लिया था, क्योंकि लगता यही था कि मेरी माँ के कारण ही वह मेरे सौतेले पिता की रूखी बदमिज़ाजी और भड़क उठने वाली फितरत को बर्दाश्त करता था। मेरी माँ को देखकर उसके हमेशा ही से नर्मो-नाज़ुक होने का धोखा होता था और ज़्यादातर मर्द, जिनमें मेजर समरस्किल शामिल थे, उसकी सुरक्षा की भावना से भर उठते। वह उन लोगों को पसन्द करती थी जो उसके लिए कुछ करने को तैयार रहते।

'तुम्हारे पिता इस कुएँ को पसन्द करते थे,' पूरन ने कहा। 'वह कुआँ याद है न जो तुम्हारे नानाजी के पिछले आँगन में था। तुम्हारे पिता अक्सर एक कॉपी लेकर वहाँ बैठा करते और उसमें चिड़ियों, फूलों और कीड़ों की तस्वीरें बनाया करते।'

मुझे वे चित्र याद थे और यह भी कि जब मेरी नानी मकान को बेच रही थीं, मैं कैसे उनमें से कुछ चित्र अपने लिए बचा लेने में सफल हो गया था। मुझे यह भी याद था कि कैसे उनमें से कुछ को मेजर साहब ने फेंक दिया था जब अचानक उनकी नज़र उन पर पड़ी थी। पूरन को भी यह बात मालूम थी। मैं उससे ज़्यादातर बातें नहीं छुपाता था।

'यह एक बुरी बात है, इस कुएँ को बन्द करना,' पूरन ने फिर कहा। 'सिर्फ़ कोई बेवकूफ़ या नशेड़ी ही इसमें गिर सकता है। कोई भी बच्चा, चाहे वह कितना भी छोटा क्यों न हो इसमें शायद ही गिरेगा अगर उसे बता दिया जाये कि यहाँ ऐसा कुआँ है।'

तो भी उसने अपनी तैयारियाँ कीं। साल की लकड़ी के तख्ते, ईंटें और सीमेंट लाकर करीने से कुएँ के पास रख दिये गये।

'कल,' पूरन ने उस नापसन्दीदा काम को टालने की कोशिश में कहा जो उस पर थोप दिया गया था। 'इसे मैं कल करूँगा। आज नहीं। चिड़ियों को एक दिन और रह लेने दो। कल सुबह बाबा तुम चिड़ियों को कुएँ से उड़ाने में मेरी मदद कर सकते हो।'

जिस रोज़ मेरे सौतेले पिता के लौटने की उम्मीद थी, मेरी माँ ने भाड़े पर एक ताँगा बुलवाया और कुछ खरीददारी करने बाज़ार चली गयीं। चूँकि मेजर साहब के शाम से पहले आने की आशा नहीं थी, मैंने अपनी आखिरी आज़ाद सुबह का भरपूर फ़ायदा उठाने की सोची। मैंने अपनी सारी पसन्दीदा किताबें उठायीं और उन्हें घर के बाहर एक कोठरी में रख दिया जहाँ मैं समय-समय पर आकर उन्हें ले सकता था। फिर जेबों में आम ठूँसकर मैं बरगद के पेड़ पर जा चढ़ा। दिन की गर्मी से बचने के लिए वह सबसे अँधेरी और ठंडी जगह थी। पत्तियों की आड़ के पीछे से जिसने मुझे छुपा रखा था मैं पूरन को

कुएँ के पास चलते-फिरते देख सकता था। ऐसा लगता था कि कुएँ को बन्द करने के काम को शुरू करने में उसका ज़रा भी मन नहीं है।

'बाबा!' उसने कई बार पुकार लगाई। लेकिन बरगद के पेड़ से उतरने को मेरा मन नहीं हुआ। पूरन ने लकड़ी का एक लम्बा तख्ता उठाया और उसे कुएँ के एक किनारे के आर-पार रख दिया। फिर उसने हथौड़ी उठाकर कील ठोंकनी शुरू की। बरगद के पेड़ में अपनी सुविधाजनक जगह से वह मुझे बहुत झुका हुआ और बूढ़ा नज़र आ रहा था।

ताँगे की घंटियों की टुनटुनाहट और बिना तेल दिये पहियों की चरमराहट से मुझे पता चल गया कि फाटक से होकर कोई ताँगा अन्दर आ रहा था। मेरी माँ इतनी जल्दी नहीं लौट सकती थीं। मैंने पेड़ के मोटे, मोम जैसे पत्तों की आड़ से झाँका और इतना चकित हुआ कि पेड़ से गिरते-गिरते बचा। मेरे सौतेले पिता थे, मेजर साहब! वे उम्मीद से पहले लौट आये थे।

मैं पेड़ से नहीं उतरा। अपनी माँ के वापस आने से पहले अपने सौतेले पिता का सामना करने का मेरा कोई इरादा नहीं था।

मेजर साहब ताँगे से उतर आये थे और अपने सामान को बरामदे में ले जाये जाते देख रहे थे। उनका चेहरा लाल सुर्ख था और बड़ी-बड़ी नींबू-टिकाऊ मूँछें ब्रिलियेण्टीन की मदद से कड़ी और ऐंठी हुई थीं। पूरन बेमन से सलाम करता हुआ उनके पास पहुँचा।

'ओह, तो आ गये तुम, बुड्ढे बदमाश!' मेजर ने दोस्ताना और मज़ाकिया लहज़े में बात करने की कोशिश करते हुए ऊँची आवाज़ में कहा। 'जितना मैं देख सकता हूँ यह बगीचा तो बगीचे से ज़्यादा जंगल है। इस तरह के काम के लिए तुम बहुत बुढ़ाते जा रहे हो, मियाँ। रिटायर होने का वक्त है! और मेम साहब कहाँ हैं?'

'बाज़ार गयी हैं,' पूरन ने कहा।

'और वह लड़का?'

पूरन ने कन्धे उचकाये। 'आज वह लड़का मुझे नज़र नहीं आया साहब।'

'धत्तेरे की,' मेजर ने कहा। 'अच्छी घर-वापसी है यह। खैर, जाओ खानसामा को जगाओ और कुछ सोडा लाने को बोलो।'

'खानसामा चला गया है,' पूरन ने कहा।

'ओफ़्फ़ो!' यह तो अच्छी शामत है!' मेजर साहब बोले।

ताँगा चला गया और मेजर साहब बगीचे के रास्ते पर आगे-पीछे चहल-कदमी करने लगे। फिर उनकी नज़र कुएँ पर पूरन के अधूरे काम पर पड़ी। उनका चेहरा बैंगनी हो गया, वे लपकते हुए कुएँ के पास पहुँचे और उस बुड्ढे माली पर बरसने लगे।

पूरन ने बहाने बनाने शुरू किये। उसने ईंटों की किल्लत, भतीजी की बीमारी, घटिया सीमेंट, मौसम की खराबी, देवताओं की नाराज़गी के बारे में कुछ कहा। जब इनमें से कुछ भी मेजर साहब को तसल्ली नहीं दे पाया तो पूरन ने बड़बड़ाना शुरू किया कि कुएँ के तल से कोई चीज़ बुलबुला छोड़ती हुई ऊपर को आ रही थी और उसने उसकी गहराई की तरफ़ इशारा किया। मेजर साहब कुएँ की नीची जगत पर कदम रख नीचे झाँकने लगे। पूरन इशारा करता रहा। मेजर साहब थोड़ा और झुके।

पूरन का हाथ तेज़ी से हिला, जैसे जादूगर अपना करतब दिखाते समय करता है। उसने मेजर साहब को दरअसल धक्का नहीं दिया। ऐसा लगा कि उसने एक बार उनके पिछवाड़े को थपका। मुझे अपने सौतेले पिता के जूतों की झलक मिली जिस समय वे सिर के बल कुएँ में गायब हो गये। मैं *एलिस इन वण्डरलैंड* नाम की किताब को याद किये बिना नहीं रह सका, कि कैसे एलिस खरगोश के बिल में गायब हो जाती है।

कुएँ में एक भयंकर छपाका हुआ और कबूतर उड़कर बाहर चले आये और बँगले की छत पर जा बैठने से पहले उन्होंने कुएँ के ऊपर तीन चक्कर काटे।

लंच के समय तक—या टिफ़िन, जैसा कि हम उस समय उसे कहते थे—पूरन ने कुएँ को तख्तों से अच्छी तरह ढँक दिया था।

‘मेजर साहब बहुत खुश होंगे,’ मेरी माँ ने घर आने के बाद कहा। ‘क्यों पूरन, यह शाम तक तैयार हो जायेगा न?’ शाम तक कुआँ पूरी तरह ईंटों की चिनाई से ढँक दिया गया था। पूरन का यह अब तक का सबसे फुर्तीला काम था।

अगले पखवाड़े के दौरान मेरी माँ की चिन्ता उद्विग्नता में बदली, उद्विग्नता अवसाद में और अवसाद हार मान लेने में। खुद मस्त और खुश रह कर, मुझे उम्मीद है मैंने उसकी बुझी-बुझी तबियत को कुछ हल्का करने में मदद दी। मेरी माँ ने रेज़ीमेंट के कर्नल को लिखा था, जहाँ से उसे यह जवाब मिला था कि मेजर साहब कई हफ़्ते पहले छुट्टी पर गये थे। मेजर साहब हिन्दुस्तान की लम्बाई-चौड़ाई में कहीं गायब हो गये थे।

गायब हो जाना और फिर कभी न मिलना काफ़ी आसान-सा था। जब सात महीने गुज़र गये और मेजर साहब का कुछ अता-पता न चला तो यह मान लिया गया कि दो बातों में से कोई एक हुई होगी। या तो उन्हें ट्रेन में कत्ल करके उनकी लाश को किसी नदी में फेंक दिया गया होगा। या फिर वे किसी आदिवासी लड़की के साथ भाग गये थे और मुल्क के किसी दूर-दराज़ कोने में रह गये थे।

हम बाकी लोगों के लिए ज़िन्दगी को तो आगे बढ़ना ही था। बरसात का मौसम खत्म हो चुका था और अमरूदों का मौसम आने वाला था।

इस बीच सम्राट की 32वीं पैदल रेज़ीमेंट के एक कर्नल मेरी माँ से मेल-मुलाकात करने आने लगे थे। वे एक उम्रदराज़, मस्त-मौला, खोये-खोये-से रहने वाले शख्स थे, जो किसी के आड़े नहीं आते थे, बल्कि घर में यहाँ-वहाँ चॉकलेट छोड़ जाया करते।

‘ये अच्छे साहब हैं,’ पूरन ने कहा जब मैं उसके साथ बोगनवेलिया के पीछे खड़ा था। हम कर्नल को इत्मीनान से बरामदे की सीढ़ियाँ चढ़ते देख रहे थे। ‘देखो, ये अपनी सोला टोपी कितनी बढ़िया तरह पहनते हैं। वह उनका सिर पूरी तरह ढँक लेती है।’

‘टोपी के नीचे वे गंजे हैं,’ मैंने कहा।

‘कोई फ़िकर नहीं। मेरे ख़याल में ये ठीक-ठाक साबित होंगे।’

‘और अगर न हुए,’ मैंने कहा, ‘तो हम कुएँ को फिर से खोल सकते हैं।’

पूरन के हाथ से पानी के पाइप का सिरा छूट गया और पानी तेज़ी से हमारे पैरों को भिगोता हुआ बहने लगा। लेकिन वह जल्दी ही आपे में आ गया और मेरा हाथ पकड़कर मुझे उस पुराने कुएँ के पास ले गया जिसके गिर्द अब तीन सीढ़ियों वाला एक चबूतरा बन गया था जो शादी के केक जैसा नज़र आता था।

‘हमें इस पुराने कुएँ को नहीं भूलना चाहिए,’ वह बोला। ‘आओ, इसे सजायें-सँवारें। कुछ फूलों के गमले शायद यहाँ अच्छे लगेंगे, बाबा।’

और मिलकर हम कुछ गमले उठा लाये और हमने ढँके हुए कुएँ को फर्न के पत्तेदार पौधों और जिरेनियम के फूलों से सजा दिया। सबने पूरन को बधाई दी कि उसने कितना उम्दा काम किया था। मुझे बस एक ही मलाल था कि कबूतर चले गये थे।

प्लेटफ़ॉर्म नम्बर 8 पर खड़ी औरत

यह मेरा बोर्डिंग स्कूल का पहला साल था और मैं उत्तर को जाने वाली रेलगाड़ी का इन्तज़ार करता हुआ अम्बाला स्टेशन के प्लेटफ़ॉर्म नम्बर ८ पर बैठा हुआ था। मेरा ख़याल है उस समय मैं चौदह साल का था। मेरे अभिभावक को अब अपने कारोबार के सिलसिले में अक्सर देहरा से बाहर रहना पड़ता और मेरी माँ कर्नल से शादी करके उसके साथ देहरा से चली गयी थी। देहरा में मेरी देख-भाल करने वाला कोई नहीं था। लिहाज़ा, मुझे दिन के उस स्कूल से छुड़ाकर, जहाँ मैं देहरा में भरती था, अब अरुण्डेल में दाखिल करा दिया गया था—जो मेरे अभिभावक के शहर पहाड़गंज में एक बोर्डिंग स्कूल था। अब थोड़ी-सी छुट्टियाँ बिताकर मैं देहरा से अम्बाला होते हुए कालका जा रहा था। कालका से मुझे पहाड़गंज के लिए बस पकड़नी थी। ज़्यादातर वक्त मैं प्लेटफ़ॉर्म पर चहल-कदमी करता रहा था, किताबों की दुकान पर नज़रें दौड़ाता हुआ या आवारा कुत्तों को टूटे हुए बिस्कुट खिलाता हुआ। ट्रेनें आतीं और जातीं। प्लेटफ़ॉर्म कुछ देर तक शान्त रहता और फिर जब कोई रेलगाड़ी आती, वह धक्का-मुक्की करते, चीखते-चिल्लाते, बेचैन लोगों का नरक बन जाता। जैसे ही डिब्बों के दरवाज़े खुलते लोगों की एक लहर फाटक पर खड़े घबराये-से छोटे कद के टिकट बाबू की तरफ़ तेज़ी से बहती हुई चली आती और हर बार जब ऐसा होता मैं उस तेज़ बहाव में फँसकर स्टेशन के बाहर धकेल दिया जाता। अब इस तमाशे से और प्लेटफ़ॉर्म पर चक्कर काटने से थककर मैं अपने सूटकेस पर जा बैठा था और उदासीन भाव से रेल की पटरियों के पार नज़रें गड़ाये था।

ठेले मेरे पास से लुढ़कते हुए गुज़रते और मुझे तरह-तरह के इन

ठेलेवालों की हाँक लगाती आवाज़ों का आभास था—दही और नींबू बेचनेवाले, मिठाईवाला, अखबारवाला—लेकिन उस हलचल भरे प्लेटफ़ॉर्म पर जो कुछ हो रहा था, उसमें मेरी सारी दिलचस्पी खत्म हो चुकी थी और मैं ऊब और थोड़ा-सा अकेलापन महसूस करता हुआ बराबर रेल की पटरियों को दूर तक घूर रहा था।

'क्या तुम बिलकुल अकेले हो, बच्चे?' मेरे ठीक पीछे से मधुर आवाज़ में किसी ने पूछा।

मैंने नज़रें उठायीं और एक औरत को अपने पास खड़े देखा। वह झुकी हुई थी और मुझे एक गोरा चेहरा और गहरी, दयाभरी आँखें नज़र आयीं। उसने कोई गहना नहीं पहन रखा था और बहुत सादगी से एक सफ़ेद साड़ी पहनी हुई थी।

'हाँ, मैं स्कूल जा रहा हूँ,' मैंने कहा और आदर से उठकर खड़ा हो गया।

वह गरीब लगती थी, लेकिन उसमें एक गरिमा थी, जो मन में आदर उपजाती थी।

'मैं तुम्हें कुछ देर से देख रही हूँ,' उसने कहा। 'क्या तुम्हारे माता-पिता तुम्हें विदा करने नहीं आये?'

'मैं यहाँ नहीं रहता,' मैंने कहा। 'मुझे यहाँ से रेलगाड़ी बदलनी थी। और वैसे भी मैं अकेले सफ़र कर सकता हूँ।'

'मुझे यकीन है, तुम कर सकते हो,' उसने कहा। ऐसा कहने पर वह मुझे अच्छी लगी और अपनी पोशाक की सादगी से भी वह मुझे पसन्द आयी साथ ही अपनी गहरी, मधुर आवाज़ और चेहरे की सौम्यता के कारण भी।

'यह बताओ कि तुम्हारा नाम क्या है?' उसने पूछा।

'रस्टी,' मैंने जवाब दिया।

'और अपनी गाड़ी के लिए तुम्हें कितनी देर रुकना है?'

'लगभग एक घंटा, मेरे ख़याल से। वह बारह बजे आती है।'

'तब मेरे साथ आओ और कुछ खा-पी लो।'

मैं शर्मीलेपन और शक से मना करने वाला था, लेकिन उसने मेरा हाथ थाम लिया और मुझे महसूस हुआ कि अपना हाथ छुड़ाना बेवक़ूफ़ी होगी। उसने एक कुली को मेरे सूटकेस का ध्यान रखने को कहा और फिर मुझे प्लेटफ़ॉर्म पर आगे को ले चली। उसका हाथ मुलायम था और मेरा हाथ न तो बहुत कस कर थामा हुआ था, न बहुत ढीलेपन से। मैंने एक बार फिर नज़रें उठाकर उसे देखा। वह जवान नहीं थी। और बूढ़ी भी नहीं थी। वह तीस से ऊपर रही होगी, लेकिन अगर वह पचास की भी होती तो भी मेरे ख़याल में वह काफ़ी कुछ ऐसी ही लगती।

वह मुझे स्टेशन के भोजनालय में ले गयी और चाय, समोसे और जलेबियाँ लाने के लिए कहा और फौरन ही मैं नरम पड़कर उस रहमदिल औरत को नयी दिलचस्पी से देखने लगा। हमारी अजीबो-गरीब मुलाकात ने मेरी भूख पर कोई ज़्यादा असर नहीं डाला। मैं एक भूखा स्कूली लड़का था और जितना सम्भव था उतने सभ्य और शिष्ट ढंग से मैं जितना खा सकता था, उतना मैंने खाया। प्रकट ही मुझे खाते देखकर उसे मज़ा आ रहा था और मेरे ख़याल में यह खाना-पीना ही था जिसने हमारे बीच के सम्बन्ध को मज़बूत कर दिया और हमारी दोस्ती पर मुहर लगा दी, क्योंकि चाय और मिठाई के असर से मैं काफ़ी खुलकर बात करने लगा और मैंने उसे अपने स्कूल, अपने दोस्तों और अपनी पसन्द-नापसन्द के बारे में बताया। बीच-बीच में वह मुझसे सवाल पूछती लेकिन उसे सुनना ज़्यादा पसन्द था; उसने बड़ी खूबी से मुझे सब कुछ बताने के लिए राज़ी कर लिया और जल्दी ही मैं भूल गया कि हम अजनबी थे। लेकिन उसने मुझसे मेरे परिवार के बारे में नहीं पूछा, न यही कि मैं कहाँ रहता हूँ। और मैंने भी उससे नहीं पूछा कि वह कहाँ रहती है। मैंने उसे उसी रूप में स्वीकार किया जो वह मेरे लिए थी—एक शान्त, दयालु और नरम दिल औरत जिसने रेलवे प्लेटफ़ॉर्म पर बैठे अकेलेपन के मारे लड़के को मिठाई खिलाई थी...।

लगभग आधे घंटे के बाद हम भोजनालय से बाहर आये और प्लेटफ़ॉर्म पर वापसी की दिशा में चलने लगे। प्लेटफ़ॉर्म नम्बर 8 के साथ-साथ एक इंजन

ऊपर-नीचे आ-जा रहा था और जैसे ही वह इधर को आया, एक लड़का प्लेटफ़ॉर्म नम्बर 8 से कूदा और बगल के प्लेटफ़ॉर्म पर जाने के लिए छोटा रास्ता अपनाते हुए रेल की पटरियों को पार करते हुए भागा। वह इंजन से सुरक्षित दूरी पर था, लेकिन जैसे ही उसने रेल की पटरियाँ फलाँगनी शुरू कीं, उस औरत ने मेरी बाँह को अपने पंजे में कस लिया। उसकी उँगलियाँ मेरे मांस में धँस गयीं और मैं दर्द से चिहुँक उठा। मैंने उसकी उँगलियाँ पकड़ लीं और नज़रें उठाकर उसे देखा। मुझे दर्द, डर और उदासी की एक कौंध उसके चेहरे पर गुज़रती नज़र आयी। वह उस लड़के को बगल के प्लेटफ़ॉर्म पर उछल कर चढ़ते देखती रही और जब तक वह भीड़ में गायब नहीं हो गया, उसने मेरी बाँह पर अपनी पकड़ ढीली नहीं की। वह भरोसा दिलाने वाले भाव से मेरी ओर देखते हुए मुस्कुराई और उसने फिर मेरा हाथ थाम लिया, मगर उसकी उँगलियाँ मेरे हाथ पर लरज़ती रहीं।

'वह ठीक है, उसे कुछ नहीं हुआ,' मैंने यह महसूस करते हुए कहा कि उसे भरोसे की ज़रूरत थी।

वह मुझे देखते हुए कृतज्ञता से मुस्कुराई और उसने मेरा हाथ दबाया। हम खामोशी से साथ-साथ चलते रहे जब तक कि हम उस जगह पर नहीं पहुँच गये जहाँ मैं अपना सूटकेस छोड़ गया था। स्कूल का मेरा एक साथी अपनी माँ के साथ आ पहुँचा था।

'हैलो रस्टी,' उसने आवाज़ दी। 'गाड़ी लेट है हमेशा की तरह। क्या तुम्हें पता है कि इस साल हमारे एक नये हेडमास्टर आये हैं?' हमने हाथ मिलाये और तब उसने अपनी माँ की तरफ़ मुड़कर कहा, 'ये रस्टी है, माँ। मेरा दोस्त और क्लास का सबसे अच्छा छात्र।'

'यह जानकर खुशी हुई,' उसकी माँ बोली। वह एक भारी-भरकम महिला थी जिसने चश्मा पहन रखा था। उसने उस औरत को देखा जिसने मेरा हाथ थाम रखा था और कहा, 'और मेरे ख़याल में आप रस्टी की माँ हैं?'

मैंने कुछ सफ़ाई देने के लिए अपना मुँह खोला, लेकिन इससे पहले कि मैं कुछ कह पाता, उस औरत ने जवाब दिया, 'हाँ, मैं रस्टी की माँ हूँ।'

मैं एक शब्द भी नहीं बोल पाया। मैंने जल्दी से उस औरत की तरफ़ नज़रें उठाकर देखा, लेकिन वह बिलकुल शर्मिंदा या झेंपी हुई नहीं लग रही थी और सतीश की माँ को देखकर मुस्कुरा रही थी।

सतीश की माँ ने कहा, 'ठीक आधी रात के वक्त गाड़ी का इन्तज़ार करना कैसी मुसीबत है। लेकिन बच्चे को यहाँ अकेले ही इन्तज़ार करते तो नहीं छोड़ा जा सकता। इतने बड़े स्टेशन पर बच्चे के साथ कुछ भी हो सकता है—इतने सारे सन्दिग्ध किस्म के बन्दे मटरगश्ती करते रहते हैं। इन दिनों आदमी को अजनबियों से बहुत सावधान रहना पड़ता है।'

'लेकिन रस्टी अकेले सफ़र कर सकता है,' मेरे साथ खड़ी उस औरत ने कहा और जाने क्यों उसके यह कहने पर मैंने मन में कृतज्ञता महसूस की। मैं उसे झूठ बोलने के लिए पहले ही माफ़ कर चुका था; इसके अलावा, सतीश की माँ के प्रति मेरे अन्दर सहज ही नापसन्दी की भावना पैदा हो गयी थी।

'खैर, बहुत सावधान रहो रस्टी,' सतीश की माँ ने अपने चश्मे के पीछे से मुझे कड़ाई से देखते हुए कहा। 'बहुत सावधान रहो जब तुम्हारी माँ तुम्हारे साथ न हो। और अजनबियों से कभी बात मत करो।' मैंने सतीश की माँ की तरफ़ देखा और फिर उस औरत की तरफ़ जिसने मुझे चाय और मिठाई दी थी और फिर वापस सतीश की माँ की तरफ़ नज़रें घुमा कर।

मैंने कहा, 'मुझे अजनबी पसन्द हैं।'

सतीश की माँ को निश्चित रूप से झटका लगा, क्योंकि वह प्रकट ही इस बात की आदी नहीं थी कि कोई उसकी बात काटे या उसका विरोध करे, खास तौर पर बच्चे। 'लो, देख लो! अगर इन पर हर वक्त नज़र नहीं रखी जाये तो ये सीधे मुसीबत को गले लगा लेंगे। हमेशा अपनी माँ की बात पर ध्यान दिया करो,' उसने एक छोटी-सी मोटी उँगली मेरी तरफ़ हिलाते हुए कहा। 'और अजनबियों से कभी बात मत करो।'

मैंने संजीदगी से उसकी तरफ़ देखा और उस औरत के करीब सरक गया जिसने मुझसे दोस्ती कर ली थी। सतीश अपनी माँ के पीछे खड़ा, मुझे देखकर दाँत निकाले मुस्कुरा रहा था और अपनी माँ से मेरी मुठभेड़ का मज़ा

ले रहा था। ज़ाहिर तौर पर वह मेरी तरफ़ था।

स्टेशन की घंटी घनघनाई और प्लेटफ़ॉर्म पर लोगों के बीच, जो अब तक हताशा से बैठे हुए थे, हलचल शुरू हो गयी।

'लो, आ गयी,' जैसे ही इंजन की सीटी सुनाई दी और उसकी रोशनी रेल की पटरियों पर नाचने लगी, सतीश चिल्लाया।

गाड़ी धीरे-धीरे स्टेशन में दाखिल हुई। इंजन सूँ-सूँ की आवाज़ करता हुआ फुफकार रहा था और उससे भाप के बादल निकल रहे थे। जैसे ही गाड़ी रुकी सतीश कूदकर एक रोशन डिब्बे के पायदान पर जा चढ़ा और चिल्लाया, 'आओ रस्टी, इसी में चढ़ जाओ, यह खाली है!' मैंने अपना सूटकेस उठाया और डिब्बे के खुले दरवाज़े की तरफ़ दौड़ा।

हमने खुली खिड़कियों पर अपनी-अपनी जगह सँभाल ली और दोनों औरतें बाहर प्लेटफ़ॉर्म पर खड़ी-खड़ी हमसे बातें करने लगीं। ज़्यादातर बातें सतीश की माँ ही कर रही थीं।

'अब सुनो, चलती हुई गाड़ी से मत चढ़ना-उतरना, जैसा कि तुमने अभी-अभी किया,' वह बोलीं। 'और अपने सिर खिड़की के बाहर मत निकालना और रास्ते में कुछ अल्लम-गल्लम मत खाना।' मेरी 'माँ' को बहुत काबिल न समझते हुए, उसने मुझे भी अपनी सलाह के फ़ायदों में हिस्सेदार बना लिया। उसने सतीश को फलों का एक झोला, क्रिकेट का बैट और चॉकलेट का बड़ा-सा डिब्बा थमाया और उससे कहा कि वह अपना खाना मेरे साथ बाँट कर खाये। फिर यह परखने के लिए कि मेरी 'माँ' कैसा व्यवहार करती है, वह खिड़की से पीछे को सरक गयी।

मैं सतीश की माँ के सरपरस्ताना रवैये से भन्नाया, जो ज़ाहिर तौर पर मेरे परिवार को बहुत गरीब समझती थी; और उस दूसरी औरत का राज़ खोलने का मेरा रत्ती भर इरादा नहीं था। जब उसने अपने हाथों में मेरा हाथ लिया तो मैंने उसे ऐसा करने दिया, लेकिन उससे क्या कहूँ यह मुझे नहीं सूझा। मुझे एहसास था कि सतीश की माँ हमारी तरफ़ गोलियों जैसी अपनी सख्त आँखों से घूर रही थी और मैंने पाया कि मैं उससे बेवजह नफ़रत करने लगा हूँ।

गार्ड रेलगाड़ी को चलने का संकेत देते हुए सीटी बजाता प्लेटफ़ॉर्म पर पीछे को चलता चला गया। मैंने उस औरत की तरफ़, जिसने मेरा हाथ थामा हुआ था, सीधी नज़रों से देखा और वह धीरे से मुस्कुराई। उसकी सुन्दर, हल्की मुस्कान से समझदारी का भाव झलक रहा था। तब मैं खिड़की से बाहर को झुका और मैंने अपने होंठ उसके गाल पर रख कर उसे चूम लिया।

डिब्बा झटके से आगे को बढ़ा और उस औरत ने अपना हाथ पीछे को खींच लिया।

'गुडबाय, माँ!' जैसे ही गाड़ी धीरे-धीरे स्टेशन से बाहर निकलने के लिए सरकने लगी, सतीश चिल्लाया। सतीश और उसकी माँ एक-दूसरे को देखते हुए हाथ हिलाते रहे।

'गुडबाय,' मैंने उस दूसरी औरत से कहा, 'गुडबाय, माँ।'

मैंने हाथ नहीं हिलाया, न चिल्लाया ही, बल्कि खिड़की पर शान्त बैठा हुआ प्लेटफ़ॉर्म पर खड़ी उस औरत को देखता रहा। सतीश की माँ उससे कुछ कह रही थी, पर ऐसा नहीं लग रहा था कि वह उसे सुन रही थी; वह खड़ी-खड़ी मुझे देख रही थी और गाड़ी मुझे अपने साथ लिये जा रही थी। वह लोगों से भरे उस प्लेटफ़ॉर्म पर खड़ी रही—सफ़ेद साड़ी पहने एक गोरी, गरिमामयी औरत—और मैं उसे तब तक देखता रहा, जब तक कि वह हलचल-भरी भीड़ में खो नहीं गयी।

स्कूल से भागना

जैसे ही स्कूल पैविलियन पर लगी बड़ी-सी घड़ी ने ग्यारह बजाये, मैं रेंगकर बिस्तर से बाहर निकला, अपने कसरत वाले जूते पहने और खामोशी से होस्टल के बाहर चल दिया।

दहलीज़ पर रुककर मैंने यह पक्का करने के लिए पीछे झाँककर अँधेरे कमरे का जायज़ा लिया कि कोई और तो नहीं जगा है, फिर मैं जल्दी से गलियारा पार करके सीढ़ियों से नीचे उतर आया।

दलजीत पहले से ही बरामदे में मौजूद था। वह सिख था और मेरा अच्छा दोस्त—हम एक ही क्लास में पढ़ते थे। उसने रात भर के लिए अपनी पगड़ी उतारी हुई थी और उसके लम्बे केश अब उसके सिर के ऊपर एक जूड़े की शक्ल में बँधे हुए थे। उसने जो सफ़ेद नाइट सूट पहन रखा था वह अँधेरे में रोशनी के शहतीर की तरह नुमायाँ था। अगर कोई अध्यापक उस समय घूम-फिर रहा होता तो उसे निश्चित ही देख लेता।

जैसे ही दलजीत ने मुझे देखा, उसने एक उँगली होंठों पर रखकर चुप रहने का इशारा किया। यह कतई गैर-ज़रूरी था, क्योंकि हम दोनों में मैं ही था जो सतर्क रहता था, लेकिन दलजीत मज़ा ले रहा था और चाहता था कि हर चीज़ रहस्यमय जान पड़े।

पंजों के बल चलना दलजीत की फितरत में नहीं था; उसके पैर बड़े-बड़े थे और उसे इस बारे में अक्सर छेड़ा जाता। पंजाब में एक कहावत है कि अगर तुम्हारे पैर बड़े हैं तो तुम सिर्फ़ मेहनत-मजूरी के काबिल रहोगे।

दलजीत इससे इनकार करता। इसके विपरीत, वह कहता कि अगर तुम्हारे पैर बड़े हैं तो तुम खूब यात्राएँ करोगे और अब वह इस विचार को सिद्ध करने के लिए तैयार था।

हमने स्कूल के पैविलियन के सामने सपाट मैदान को खामोशी से दौड़ते हुए पार किया। ऊपर आसमान में बरसात के मौसम के घने बादल मँडरा रहे थे। पैविलियन की सीढ़ियाँ उतर कर हम जिमनेज़ियम में दाखिल हो गये। जिम का दरवाज़ा अमूमन खुला छोड़ दिया जाता था और नारियल की जटा से बनी दरियों, वार्निश और पसीने की गंध से भरे उस बड़े-से सीलन भरे कमरे में हम रात के समय अपनी बैठकें किया करते।

स्कूल से भागने के पहले यह हमारी आखिरी बैठक थी।

'क्या तुमने सारी तैयारी कर ली है?' दलजीत ने मोमबत्ती का टुकड़ा जलाते और उसे हमारे बीच फ़र्श पर रखते हुए कहा।

हम एक-दूसरे के सामने पालथी मार कर बैठ गये। मोमबत्ती की रोशनी दलजीत के गोल, भलमनसाहत भरे चेहरे को आलोकित कर रही थी। मैं अलबत्ता अँधेरे में था।

'हाँ। सब चीज़ें तैयार हैं,' मैंने जवाब दिया। 'एक चाकू, दो पैकेट बिस्कुट, थोड़ी-सी डबलरोटी, सारडीन मछली का एक डिब्बा और कुछ मिठाइयाँ।'

डबलरोटी पिछले हफ़्ते के भोजन से चुराई गयी थी और अब तक काफ़ी बासी और कड़ी हो गयी थी, लेकिन मैं अपनी सूची को जहाँ तक सम्भव हो, लम्बी-से-लम्बी बनाना चाहता था।

'बहुत ज़्यादा तो नहीं है,' दलजीत ने टिप्पणी की। 'और पैसे कितने हैं तुम्हारे पास?'

'छः रुपये। यानी दो महीने का जेब-खर्च।'

'बुरा नहीं है, रस्टी।' वह जानता था कि मुझे अपने अभिभावक से ज़्यादा जेब-खर्च नहीं मिलता था। 'खैर, मेरे पास लगभग तीस रुपये हैं,

इसलिए हमें पैसों के बारे में फ़िकर करने की ज़रूरत नहीं—खैर, फ़िलहाल नहीं। और मेरे पास कुछ पनीर, जैम, चॉकलेट और अचार है। जो मैंने अपने पिछले पार्सल से बचा लिया था।'

'चॉकलेट के साथ अचार?'

'नहीं, नहीं। लेकिन अचार उन चीज़ों के साथ काम आयेगा जो हम रास्ते में खाने को खरीदेंगे।'

दलजीत को अक्सर अपने पिता से, जो पूर्वी अफ्रीका में एक व्यापारी थे, खाने के पार्सल मिला करते थे। दलजीत की योजना का एक हिस्सा वापस अफ्रीका पहुँचने का था, क्योंकि वह हिन्दुस्तान में बोर्डिंग स्कूल में रहने से तंग आ चुका था। यहीं हमने अपनी ताकतें एक कर ली थीं। मेरे चाचा जिम एक छोटे-से जहाज़ के कप्तान थे जो कभी-कभी पूर्वी अफ्रीका में मोम्बासा से हिन्दुस्तान के पश्चिमी तट की दो बन्दरगाहों, जामनगर और द्वारका के बीच आया-जाया करता। उनका जहाज़, ओ.एच. आइरिस, महीने के अन्त में जामनगर पहुँचने वाला था और हमें उम्मीद थी कि हम उन्हें हम दोनों को जहाज़ पर सवार कर लेने के लिए मना लेंगे।

दलजीत वापस अफ्रीका पहुँचना चाहता था। उसे यकीन था, उसके पिता को एहसास हो जायेगा कि अगर वह अपने बल पर हिन्दुस्तान से वापस अफ्रीका पहुँच सकता है तो उसे एक बार फिर हिन्दुस्तान के किसी स्कूल में दाखिल कराना कुल मिलाकर अच्छा विचार नहीं होगा।

मैं भी भागना चाहता था—मगर अलग कारणों से। यह सच है कि स्कूल उनमें से एक कारण था। हालाँकि वह उतना दारुण नहीं था जितना चार्ल्स डिकेन्स का 'उथबॉय'ज़ हॉल।' हमारा स्कूल कोई अच्छा नहीं था, प्रिन्सिपल उसे स्कूल से ज़्यादा एक कारोबार की तरह चलाते थे। 'थोड़ा दो, ज़्यादा लो,' उनका मूल मन्त्र था। वे पूरी फ़ीस लेते और बदले में हमें खराब अध्यापक और उससे भी ज़्यादा खराब खाना देते। कम-से-कम यही हम लड़कों का ख़याल था।

जहाँ तक दलजीत का सवाल था, वह अगर आखिरकार अरुण्डेल में आ

पहुँचा था तो इसके लिए वह निश्चय ही खुद दोषी था। उसे दूसरे जिन-जिन स्कूलों में भेजा गया था, उनमें से किसी एक में भी टिक कर रहना उसने मंज़ूर नहीं किया था और एक-एक करके स्कूल छोड़ते जाने की प्रक्रिया से अरुण्डेल आया था जहाँ सिर्फ़ तीन महीने तक स्कूली भोजन खाने के बाद जिसमें ज़्यादातर दाल और गोश्त की चर्बी परोसी जाती थी, वह निकल भागने को बेताब था।

'इसके बाद मैं और कोई स्कूल बर्दाश्त नहीं करूँगा,' उसने ऐलान किया। 'मैं सीधा नैरोबी में अपने बाप के कारोबार में दाखिल हो जाऊँगा। मैं लिख-पढ़ सकता हूँ और मुनाफ़े और नुकसान के बीच फ़र्क कर सकता हूँ। मुझे बस इतने की ज़रूरत है। अब तुम अपना बताओ, रस्टी।'

'मैं लेखक बनना चाहता हूँ,' मैंने कहा। वे दिन जा चुके थे जब मैं पौधों का अध्ययन करने और वनस्पतिशास्त्री बनने का इच्छुक था। मैं अब पन्द्रह बरस का था। इतना बड़ा हो चुका था कि एक बार हमेशा के लिए अपना मन बना सकूँ। 'मुझे स्कूल जाने में एतराज नहीं लेकिन मैं यहाँ साल भर से हूँ और यह मुझे रत्ती भर पसन्द नहीं और मैं जानता हूँ मेरे अभिभावक मुझे किसी और स्कूल में नहीं भेजेंगे।'

मिस्टर हैरिसन ने मुझे अरुण्डेल में इसलिए दाखिल कराया था, क्योंकि प्रिन्सिपल उनके दोस्त थे और उन्हें मेरे लिए आधी फ़ीस ही देनी पड़ती थी। अरुण्डेल आने से पहले मैं दिन भर चलने वाले स्कूल में जाता था और अपने अभिभावक और उनकी पत्नी के साथ रहता था। मेरे ख़याल में जैसे-जैसे मैं बड़ा होता गया, उन्हें मेरी देखभाल करने में बड़ी उलझन महसूस होने लगी। मेरा रुझान बगावत पर उतर आने और घर की बजाय बाज़ारों में समय बिताने की तरफ़ ज़्यादा था। मुझे किताबें पढ़ना पसन्द था, जबकि मेरे अभिभावक जंगली जानवरों का शिकार जैसे दिल बहलाव के मर्दाना तरीकों को ज़्यादा पसन्द करते। मुझे अपने अभिभावक से कभी ज़्यादा लगाव नहीं रहा था और उन्हें भी मेरे सिलसिले में निराशा ही हाथ लगी थी।

लेकिन निकल भागने का प्रमुख कारण वापस बाज़ारों या अपने अभिभावक के घर जाना नहीं था, बल्कि जामनगर में अपने चाचा जिम के जहाज़ पर पहुँचना था।

जिम चाचा भी मेरे पिता के रिश्ते के भाई थे। उन्होंने मुझे आखिरी बार तब देखा था जब मैं पाँच बरस का था और इन वर्षों के दौरान वे मुझे गाहे-बगाहे पत्र लिखते रहे थे। उनके पत्र मस्ती से भरे होते और ऐसे लिफ़ाफ़ों में आते जिन पर अलग-अलग देशों के रंग-बिरंगे डाक टिकट चिपके होते। वे वाल परेज़ो, सान दिएगो, सान फ्रान्सिस्को, ब्यूनोस आयरेज़, दार-अस-सलाम, मोम्बासा, फ्रीटाउन, सिंगापुर, बम्बई, मार्साई, लन्दन से आते जो ऐसी कुछ बन्दरगाहें थीं, जहाँ जिम चाचा का जहाज़ आता-जाता था। वे शायद ही कभी एक समुद्री रास्ते पर टिके रहते; ऐसा लगता था कि वे इत्मीनान से दुनिया के महासागरों पर आवाजाही करते और उनका जहाज़ ऐसी-ऐसी बन्दरगाहों पर जाया करता जिनके बारे में मैंने मन-ही-मन बस रूमानी कल्पनाएँ ही कर रखी थीं क्योंकि मैं अब तक समुद्री यात्राओं पर लिखी कुछ किताबें पढ़ चुका था।

अपने पत्रों में जिम चाचा अक्सर समुद्री सफ़र पर मुझे अपने साथ ले चलने की बात लिखते—'जब तुम थोड़ा और बड़े हो जाओ, रस्टी।'

मुझे लगता था कि अब मैं काफ़ी बड़ा हो गया था। मैं अपने स्कूल और अपने अभिभावक से तंग आ गया था। मगर बात इतनी ही नहीं थी। मुझे दुनिया से प्यार था। मैं दुनिया देखना चाहता था, उसका हर कोना, वे जगहें जिनके बारे में मैंने किताबों में पढ़ा था—हाँगकाँग के बजरे और शिकारे, नारियल के गाछों से घिरी हिन्द की समुद्री झीलें, लन्दन की सड़कें, अफ्रीका के खूबसूरत आबनूसी-त्वचा वाले लोग, ऐमेज़ॉन नदी के रंग-बिरंगे पखेरू और अनोखे पौधे...।

जब जिम चाचा ने अपने आखिरी खत में मुझे बताया था कि महीने के अन्त में उनका जहाज़ जामनगर पहुँचेगा तो मुझे उम्मीद की गहरी सनसनी महसूस हुई थी। आखिरकार, मेरे लिए यही मौका था! यह सच है कि जिम चाचा ने मुझे अपने साथ ले चलने के बारे में कुछ नहीं कहा था, लेकिन उन्हें क्या पता था कि मैं गम्भीरता से उस पर विचार कर रहा था।

यह महज़ स्कूल से टहलते हुए बाहर आने और किसी तेज़ सवारी पर घाट तक पहुँचने का सवाल नहीं था। जामनगर उत्तरी भारत के पहाड़ी

स्थान पहाड़गंज से जहाँ अरुण्डेल था, 800 मील दूर पश्चिमी तट पर था। आठ सौ मील!

~

मुझे शक है कि अगर दलजीत भी मेरे साथ आने को राज़ी न हुआ होता तो मैंने यह कोशिश की होती। अकेले अपने बल पर निकल भागने में कोई मज़ा नहीं है। इससे भी ज़्यादा खराब है ऐसे साथी का होना जो शुरू में तो उत्साह से भरा हो, मगर आखिरी पल पीछे हट जाये। इससे आदमी पराजित और कुचला हुआ महसूस करता है।

दलजीत उस किस्म का साथी नहीं था। वह जो कहता था, भरोसे के साथ कहता था। लगभग एक महीना पहले जब मैंने उसे अपने चाचा के जहाज़ और उस तक पहुँचने की अपनी इच्छा के बारे में बताया था तो उसने पलभर भी हिचके बिना कहा था, 'मैं भी तुम्हारे साथ चलूँगा।'

दलजीत जज़्बाती था। कभी-कभी वह गलतियाँ भी करता। लेकिन वह कभी आधे में पहुँच कर रुकता नहीं था। किसी और को उसे रोकना पड़ता, वरना जिस काम को करना उसने तय किया होता उसे वह पूरा करके ही दम लेता।

हम बरसात के मौसम की शुरुआत में होने वाली मैराथॉन दौड़ों के दौरान दोस्त बने थे। मैं छोटी लम्बाई की दौड़ों में कहीं अधिक कुशल था और दलजीत दूसरे लड़कों का साथ निभाने के लिहाज़ से कुछ ज़्यादा ही गदबदा और थुलथुल था। अच्छे धावकों को आगे निकल जाने का मौका देकर मैं घास के किसी हरे-भरे मैदान पर कोई चित्रकथा या *डेविड कॉपरफ़ील्ड* का कोई अध्याय पढ़ने के लिए पसर जाता। एक शाम जब मैं दौड़ का इस्तेमाल इस तरीके से कर रहा था, मैंने दलजीत को आनन्द से सीटी बजाते हुए सड़क पर खरामा-खरामा आते देखा।

'क्या तुम दौड़ में शामिल नहीं हो?' मैंने पूछा।

'हूँ। और तुम?'

'मैं भी,' मैंने कहा और वापस अपनी किताब में डूब गया।

'अगर हमें थोड़ी देर भी हो गयी तो भी उन्हें हमारी कमी नहीं खटकेगी,' उसने कहा। 'क्यों न हम उस ठेले पर चलकर थोड़े से गर्म पकौड़े खायें? पैसों की फ़िकर मत करो, मेरे पास ज़रूरत से ज़्यादा हैं। मेरी माँ मुझे पैसे दे-देकर बिगाड़ती है और मैं उसे रोक नहीं पाता।'

यह एक पक्की दोस्ती की शुरुआत थी। इसकी शुरुआत पकौड़ों और लम्बी दूरी की दौड़ों के प्रति आपसी चिढ़ से हुई थी, लेकिन जल्दी ही इसकी बुनियाद और भी मज़बूत हो गयी थी। कई मैराथॉन दौड़ों में इस तरह साथ निभाने के बाद, हमें महसूस होने लगा था कि हम एक-दूसरे को बरसों से जानते थे।

अब, उस ऊँची छत वाले, अँधेरे जिमनेज़ियम में साथ-साथ बैठे हुए, हमें महसूस हो रहा था कि हम एक-दूसरे को पूरी तरह जानते थे। मुझे इस बात पर कोई एतराज नहीं था कि दलजीत के पास मुझसे ज़्यादा पैसे थे। उसे इस बात की कोई फ़िकर नहीं थी कि मैं ज़्यादा 'दिमागवाला' था, जैसा कि वह कहता था। वह इस बात से प्रभावित था कि मैंने इतना कुछ पढ़ रखा था। लेकिन मैं एक अव्यावहारिक बन्दा था और दुनिया के तौर-तरीकों में दलजीत हम से ज़्यादा तजरुबेकार था।

उसने अपने नाइट-सूट की जेब से तह किया हुआ एक कागज़ निकाला और फ़र्श पर खोल दिया। वह हिन्दुस्तान में रेलवे का नक्शा था। हमने उसे अपनी पिछली और आखिरी मैराथॉन के दौरान खरीदा था। वह एक यादगार मौका था, जब हम दौड़ को बीच में ही छोड़ कर बाज़ार पहुँचे थे और फिर कई चीज़ें खरीद कर, हमने स्कूल तक पहुँचने के लिए एक छोटा रास्ता पकड़ लिया था और दौड़ में क्रमशः पहले और दूसरे नम्बर पर आये थे। (यह बात दीगर है कि निर्णायकों ने हमारी जीत रद्द कर दी थी जब वापस आकर उन्होंने ऐलान किया था कि हम उन्हें तय किये गये रास्ते पर कहीं दिखाई नहीं दिये थे; लेकिन हमने अपनी आन-बान के कुछ पल तो

हासिल कर ही लिये थे जब हरेक ने हमारी जीत पर हमें बधाइयाँ दी थीं।)

मैंने एक लाल पेन्सिल लेकर फ़र्श पर फैले नक्शे पर हिमालय की तलहटी में बसे पहाड़गंज के गिर्द एक गोल दायरा बनाया था। फिर मैंने कच्छ की खाड़ी के सामने, काठियावाड़ के अन्तरीप के छोर पर बसे जामनगर के गिर्द गोल घेरा बनाया। बीच में क्या था? पहले, पहाड़ियाँ और जंगल; फिर (गंगा-जमुना की घाटी के बीच) दोआब के सपाट, उर्वर मैदान, जो दिल्ली से थोड़ा आगे तक फैले हुए थे; फिर राजस्थान के रेगिस्तान की नंगी, भूरी पहाड़ियाँ और रेत के डूह; और अन्त में गुजरात और महाराष्ट्र का उर्वर, समुद्र-तटीय इलाका। बीच में नदियाँ और झीलें थीं। हमें सफ़र के सभी उपलब्ध साधन इस्तेमाल करने थे, क्योंकि हमारे पास खोने के लिए बहुत समय नहीं था। जिम चाचा का जहाज़ बन्दरगाह पर ज़रूरत से ज़्यादा वक्त नहीं रुकने वाला था; वह जुलाई के अन्त में फिर रवाना होने वाला था, इससे पहले कि बारिशों का मौसम ज़्यादा तकलीफ़देह हो जाये।

'हमें जितनी जल्दी हो सके, दिल्ली पहुँच जाना चाहिए,' मैंने ध्यान दिलाया, 'वरना हम आसानी से पकड़ लिये जायेंगे। एक बार हमने दिल्ली को पीछे छोड़ दिया तो उन्हें कुछ अन्दाज़ा नहीं लगेगा कि हमें कहाँ खोजें। हिन्दुस्तान बहुत बड़ा है। उसमें खो जाना आसान है।'

'क्या तुम्हारे ख़याल में वे हमें खोजने की तकलीफ़ करेंगे?'

'हाँ, निश्चय ही। याद रखो, मेरे अभिभावक प्रिन्सिपल के दोस्त हैं। और अगर तुम्हें कुछ हो जाता है तो तुम्हारे पिता स्कूल पर मुकदमा ठोक देंगे। जैसे ही उन्हें पता चला कि हम गायब हैं, वे पहाड़गंज में ढुँढाई शुरू करेंगे और अगर उन्होंने हमें यहाँ या देहरा में न पाया तो वे पुलिस में खबर देंगे और हम ''भगोड़ों'' की सूची में होंगे, अपराधियों की तरह। रेलवे स्टेशनों और बसों के अड्डों पर नज़र रखी जायेगी।'

'क्या इसका मतलब है कि हमें दिल्ली तक पैदल जाना होगा?' दलजीत ने हताश दिखते हुए पूछा। 'मैं दो सौ मील पैदल नहीं चल सकता।'

'हम सिर्फ़ देहरा तक पैदल जायेंगे। वह कोई बीस मील की दूरी पर

है, उतराई का रास्ता। क्या इतना तुम कर सकोगे?'

'मेरा ख़याल है कर सकूँगा, अगर उतराई ही उतराई है।'

'देहरा से हमें किसी रेलगाड़ी या बस या ट्रक से जाना होगा। हमें रेलवे स्टेशनों से बचना होगा।'

'ठीक है, रस्टी। इतना ठीक है। ज़्यादा आगे की योजना न बनायें तो अच्छा। पहले हम दिल्ली तक पहुँचें। वह काफ़ी दूर है। उसके बाद हम अपनी किस्मत आज़मायेंगे।'

कुछ मिनट के लिए हमारे बीच खामोशी छा गयी—हम दोनों अपने-अपने ख़यालों में खोये हुए उन नतीज़ों के बारे में सोच रहे थे जो पकड़ लिये जाने पर हमें भुगतने पड़ते या उन खतरों और मुश्किलों के बारे में जिनका सामना हम करने वाले थे। मोमबत्ती फड़फड़ाई और बुझ गयी। मिनट भर के लिए घुप्प अँधेरा छा गया, फिर रोशनी की एक पतली-सी लकीर फ़र्श पर दौड़ती हुई मेरे पैरों पर कौंधी।

'मेरी पेन्सिल टॉर्च पसन्द आयी तुम्हें?' दलजीत ने पूछा। 'मेड इन जापान और जेम्स बॉण्ड द्वारा डिज़ाइन की हुई। मैंने इसे पिछले साल नैरोबी में खरीदा था। लेकिन हमें बैटरी ज़ाया नहीं करनी चाहिए; इस साइज़ की बैटरी यहाँ नहीं मिलती,' उसने टॉर्च बन्द कर दी।

'तुम्हें घर पर बुरी तरह बिगाड़ा गया होगा,' मैंने ईर्ष्या से कहा। कभी-कभी मुझे महसूस होता कि यह नाइंसाफी थी कि कुछ बच्चों को उनके परिवार का दुलार मिले जबकि मेरे पास अपना कहने को कोई परिवार है ही नहीं।

'हाँ बिगाड़ा गया था,' दलजीत ने हँसकर कहा। 'सच तो यह है कि मैं अब तक बुरी तरह बिगड़ा हुआ हूँ।' उसने अपना हाथ मेरे हाथ में दिया। 'तो कल रात का तय है न?' वह फुसफुसाया। फुसफुसाने की कोई ज़रूरत नहीं थी, लेकिन दलजीत मामूली-से-मामूली बातों को नाटकीय बनाने का कोई मौका नहीं छोड़ता था।

'हाँ, कल रात,' मैंने कहा।

‘कहाँ मिलेंगे हम?’

‘नीचे चीड़ के जंगल में। बड़ी चट्टान के पास। दस बजे। वहाँ से हम नदी के साथ-साथ बढ़ेंगे जब तक हम देहरा को जाने वाली पगडण्डी तक नहीं पहुँचते।’

‘समय का ख़याल रखना,’ दलजीत ने कहा। ‘मैं अँधेरे में तुम्हारा इन्तज़ार नहीं करता रह सकता, जंगल के बीचोबीच। वे कहते हैं वह भूतहा है।’

‘अरे, तुम्हारे पास तुम्हारी टॉर्च तो है,’ मैंने उसे भरोसा दिलाते हुए कहा।

उसने फिर मेरा हाथ जकड़ लिया। ‘कल हम स्कूल में एक-दूसरे से बात नहीं करेंगे। किसी को शक नहीं होना चाहिए। अब चलो, सोने चलें, मुझे नींद आ रही है।’

‘अच्छी तरह सोना,’ मैंने कहा। ‘कल से हमें सोने की बहुत मोहलत नहीं मिलने वाली।’

जब हम जिम से बाहर निकले, हमने देखा कि चाँद इस बीच उग आया था। मैदान, पैविलियन और डॉर्मिटरी की इमारत चाँदनी में नुमायाँ थी। देवदारों की भूतहा छाया पहाड़ी ढलानों पर पड़ रही थी। ऊपर आसमान में महज़ इक्का-दुक्का बादल थे। बहुत खूबसूरत रात थी।

‘यही मनाता हूँ कि कोई हमें देख न ले,’ दलजीत बोला।

‘अगर तुम पकड़े जाओ तो कहना कि तुमने मुझे नींद में चलते देखा था और मेरी निगरानी के लिए मेरे पीछे-पीछे चले आये थे।’

‘यह बढ़िया ख़याल है। मुझे लगता है कि तुम्हारे ये शानदार विचार तुम्हें किताबों से मिलते हैं।’

हमने मैदान को दो प्रेतों की तरह उड़ते हुए पार किया और तेज़ी से दौड़ते हुए अपनी-अपनी डॉर्मिटरी में चले गये।

अपनी डॉर्मिटरी की दहलीज़ पर दलजीत मुड़ा और उसने साज़िशी अन्दाज़ में मेरी तरफ़ हाथ हिलाया। मैं रेंग कर अपने बिस्तर में दाखिल हो

गया और सोने की कोशिश करने लगा। लेकिन नींद कोसों दूर थी। मेरे ख़याल बार-बार आगे आने वाली दुस्साहसी यात्रा की तरफ़ चले जाते, मैं कल्पना में खो जाता कि हमारा सफ़र कैसा होगा और मन-ही-मन देखता कि जब हम जिम चाचा के जहाज़ पर जा धमकेंगे तो वे कितने चकित होंगे।

दलजीत और मैं अपने खाने-खर्चे और सफ़र के लिए जहाज़ पर काम करने को तैयार थे।

योकोहामा, वालपरेज़ो, सान दिएगो, लन्दन!

~

स्कूल से भाग जाना! इसकी राय सबको नहीं दी जा सकती। माता-पिता और अध्यापक इसे नापसन्द करेंगे। क्या अपने दिलों की गहराई में सचमुच? हर किसी के मन में, ज़िन्दगी के किसी-न-किसी मुकाम पर भाग जाने की इच्छा उठती है, अगर किसी खराब स्कूल या बुरे घर-परिवार से नहीं तो इतनी ही नापसन्दीदा किसी चीज़ या परिस्थिति से। ऐसा लगता है कि भागना सबसे अच्छी परम्पराओं में शामिल है। हक फिन ने ऐसा किया था। और मास्टर कॉपरफ़ील्ड और ऑलिवर ट्विस्ट ने भी। और किम ने भी। जोखिम उठाने वाले अलग-अलग नौजवान भाग कर समुद्रों की तरफ़ चले गये हैं। अधिकांश महान लोग अपनी ज़िन्दगी में किसी-न-किसी मौके पर स्कूल से भाग खड़े हुए हैं, और अगर उन्होंने ऐसा नहीं किया तो शायद यह ऐसा काम है जो उन्हें करना चाहिए था। बहरहाल, दलजीत और मैं स्कूल से भाग निकले और हमने एक हद तक काफ़ी सफलता से ऐसा किया। लेकिन फिर यह सब हिन्दुस्तान में हुआ जिसका इलाका दुनिया का महज़ दो फ़ीसदी हिस्सा है, पर जिसमें दुनिया की पन्द्रह फ़ीसदी आबादी बसती है और इसलिए वह छुपने के लिए या गायब होने के लिए या गुम हो जाने के लिए और फिर कभी न देखे-सुने जाने के लिए आसान जगह है।

ऐसा नहीं था कि हमारा इरादा गायब हो जाने का था। हम एक खास जगह—जामनगर—की तरफ़ जा रहे थे और जैसे ही मैंने आगे के अनजाने

सफ़र की तरफ़, चीड़ की चिकनी और फिसलन-भरी पत्तियों पर, पहला कदम रखा, मुझे पक्के तौर पर मालूम था कि मैं किसी चीज़ से भाग नहीं रहा था, बल्कि मैं किसी चीज़ की ओर दौड़ रहा था। आप चाहें तो उसे सपना कह लें। मैं एक सपने की दिशा में दौड़ रहा था।

नंगे पैर और नाइट-सूट पहने, मैं पहाड़ी की तीखी ढलान पर सरकता चला गया और जंगल के बीचोबीच मौजूद उस बड़ी-सी सपाट चट्टान पर पहले ही पहुँच गया। चीड़ के पेड़ों में मन्द-मन्द हवा सरसरा रही थी। रात खुशगवार और ठंडी थी। नीचे घाटी से पहाड़ी नदी की दबी हुई कल-कल सुनाई दे रही थी; उसकी आवाज़ ऐसी थी जैसे कोई आदमी बिना सुर-ताल के कोई धुन खुद को सुना रहा हो। वर्षा ॠतु के घने बादलों के पीछे से चाँद निकल आया और अँधेरे में डूबे पेड़, झाड़ियाँ और चट्टानें जैसे बाहर निकल आये।

कुछ ही मिनटों बाद दलजीत भी आ पहुँचा। हालाँकि वह अब भी अपने नाइट-सूट में था, उसने पगड़ी पहनी हुई थी। दलजीत को अपनी पगड़ी पर बहुत गर्व था, जैसा कि अधिकांश सिखों को होता है। वह उसे सिर्फ़ रात को या खेलकूद के दौरान उतारता। उस रात बिस्तर पर जाने से पहले उसने उसे बिना खोले उतारा था और बिस्तर से निकलने के बाद फिर से बड़ी सफ़ाई के साथ उसे टोपी की तरह पहन लिया था, बिना एक भी तह खराब किये।

हम अपने कसरत वाले कपड़े गठरियों में ले आये थे और आगे को जाने से पहले हमने उन्हें पहन लिया, क्योंकि हमारी स्कूली वर्दियाँ बहुत आसानी से पहचान ली जातीं और हमारे आम घरेलू कपड़े स्कूली सत्र के दौरान बॉक्स-रूम में सहेज कर रख दिये गये थे। हमने जूते भी कसरत वाले ही पहन रखे थे। हमारे पिट्ठुओं में हमारा खाने का सामान था; नाइट-सूट और दो-एक किताबें उसी के साथ रख दी गयीं। हमारे बाकी सामान का ज़्यादातर हिस्सा—हमारे कपड़े, बिस्तर और बक्से—हमने खुशी-खुशी पीछे छोड़ दिये थे।

एक सँकरी पगडण्डी पहाड़ी पर नीचे को उतरती चली गयी थी और हम उसी पर बढ़ चले जब तक कि वह हमवार होकर उस छोटी-सी नदी के समानान्तर न चलने लगी जो कल-कल करती हुई पहाड़ी ढलान पर नीचे

को बह रही थी। हम तेज़ी से और खामोशी के साथ उस नदी के साथ-साथ बढ़ते रहे जब तक कि हम उस छोटे-से रास्ते तक नहीं जा पहुँचे जो खच्चरों के आने-जाने वाली पगडण्डी से बहुत ज़्यादा बड़ा नहीं था और आखिरी पहाड़ियों की तीखी ढलान पर उतरता हुआ घाटी तक जा पहुँचता था।

सफ़र आसान था। हम रास्ते को बखूबी जानते थे। और जब तक हम आखिरी तलहटी तक पहुँचे, बारिश शुरू हो गयी थी, तेज़ बौछार नहीं, बल्कि हल्की, महीन बूँदाबाँदी।

हमने एक गाँव के बाहरी हिस्से में बने छोटे-से ढाबे में आसरा लिया। ढाबेवाला सो रहा था और उसके कुत्ते ने—जो एक कान-कटा, खजैला देसी कुत्ता था—हमें ढाबे से भगाने की बजाय सिर्फ़ दोस्ताना ढंग से सूँघ कर छोड़ दिया।

हम एक पुरानी-सी बेंच पर बैठ गये और सुदूर पर्वतों से सूरज को उगता देखने लगे।

यह घटना मुझे हमेशा याद रही है। इसलिए नहीं कि वह और दिनों की बनिस्बत ज़्यादा खूबसूरत सुबह थी, बल्कि उस सुबह की खास अहमियत की वजह से मैं हर चीज़ को एक नयी नज़र से देख रहा था, इसलिए उसके ब्यौरे अब भी मेरी याद्दाश्त में साफ़-साफ़ दर्ज हैं।

जैसे-जैसे आसमान में रोशनी फैली, चीड़ और देवदार के पेड़ स्पष्ट हो उठे और चिड़ियाँ जाग गयीं। एक कोयल ने अपनी धीमी, मधुर हुंकार से शुरुआत की और फिर थ्रश पाखी झाड़ियों में बतियाने लगे। स्प्रूस के पेड़ की चोटी पर एक बारबेट चिड़िया ने अपनी एकरस चीखती हुई पुकार लगानी शुरू कर दी और फिर जैसे-जैसे और उजियाला फैला, चटक हरे रंग के तोतों का एक झुण्ड पेड़ों के ज़रा ऊपर से उड़ता चला गया।

बूँदाबूँदी जारी रही और पूरब में सुर्ख लाल दमक नज़र आयी। और फिर काफ़ी अचानक ही सूरज बादलों की एक फाँक के बीच से नमूदार हुआ और बारिश के मौसम की घनी हरी घास चमक उठी। दलजीत और मैं, दोनों ही विस्मित-से रह गये। इससे पहले हम कभी इतने सवेरे नहीं

उठे थे। मकड़ी के सैकड़ों जाले जो पेड़ों, झाड़ियों और घास में बुने गये थे, जहाँ उन पर आमतौर से नज़र नहीं जाती, अब साफ़ दिखाई दे रहे थे और उनमें अटकी बारिश की बूँदें सोने और चाँदी की बूँदों सरीखी लग रही थीं। जालों के महीन मज़बूत रेशों ने हल्की-हल्की बारिश की बूँदों को सूरज में नुमायाँ कर दिया था जिससे पानी की हर बूँद एक नन्हे-से नगीने जैसी दिख रही थी।

डेलिया का एक बड़ा-सा जंगली पौधा, जिसके लाल-लाल फूल भीग कर भारी हो उठे थे, पहाड़ी ढलान पर पसरा हुआ था और पन्ने-सरीखे चटक हरे रंग का एक टिड्डा एक पत्ती पर लेटा धूप में अपनी टाँगें फैला रहा था।

ढाबेवाला अब जाग गया था। उसका कुत्ता, अपने मालिक की उपस्थिति से निडर बनकर, हम पर भौंकने लगा। ढाबेवाले ने चूल्हे में लकड़ी के कोयले सुलगाये और उस पर पानी की एक केतली उबलने के लिए चढ़ा दी।

'क्या तुम लोग कुछ खाना चाहते हो?' उसने हिन्दी में हमसे बातचीत करने के अन्दाज़ में पूछा।

'नहीं, हम सिर्फ़ चाय लेंगे,' मैंने कहा।

उसने पीतल के दो गिलास एक मेज़ पर रख दिये।

'दूध अभी आया नहीं है,' वह बोला। 'तुम बहुत सवेरे आये हो।'

'हम बिना दूध की चाय पी लेंगे,' दलजीत ने कहा, 'लेकिन चीनी खूब सारी डालना।'

'चीनी आजकल महँगी है, लेकिन चूँकि तुम लोग स्कूली लड़के हो, तुम जितनी चाहो ले लो।'

'अरे, हम स्कूली लड़के नहीं हैं,' मैंने जल्दी से कहा।

'बिलकुल नहीं,' दलजीत ने जोड़ा।

'हम महज़ सैलानी हैं,' मैंने कुछ इस तरह झूठ बोला जिस पर किसी को यकीन न होता।

'हमें देहरा के लिए सुबह-सवेरे वाली गाड़ी पकड़नी है,' दलजीत ने आगे कहा।

'लेकिन दस बजे के पहले तो कोई गाड़ी नहीं है,' चकराये हुए ढाबेवाले ने कहा।

'हम वही दस बजे वाली गाड़ी को पकड़ने वाले हैं,' दलजीत ने चतुराई से कहा। 'तुम्हारे ख़याल में क्या हम समय से वहाँ पहुँच जायेंगे?'

'अरे, बिलकुल। अभी बहुत समय है...'

ढाबेवाले ने गरमा-गरम चाय, जिससे भाप उठ रही थी, गिलासों में डाल दी और चीनी का कटोरा हमारे सामने रख दिया। 'पहले-पहले तो मैंने यही सोचा कि तुम स्कूली लड़के हो,' उसने हँसते हुए कहा। 'मेरा ख़याल था तुम भाग रहे हो।'

घबराहट-भरी हँसी हँस कर दलजीत ने हमारा राज़ लगभग खोल ही दिया था।

'तुमने ऐसा क्यों सोचा?' उसने पूछा।

'अरे, मैं बरसों से यहीं हूँ,' ढाबेवाले ने उस छोटे-से मैदान की तरफ़ इशारा करते हुए कहा, जिसे साफ़ कर दिया गया था और जिसमें उसका छोटा-सा लकड़ी का बना चाय का ढाबा लगभग उसी तरह मौजूद था, जैसे किसी वीरान, जंगली प्रदेश में कोई बनिए की दुकान। 'स्कूली लड़के भागते समय इसी तरफ़ से जाते हैं।'

'क्या बहुत-से लड़के भागते हैं?' मैंने पूछा। मेरा दिल यह सोचकर कुछ बुझ-सा गया कि दलजीत और मैं पहले लोग नहीं थे जिन्होंने इस किस्म की जोखिम-भरी घटना में हिस्सेदारी की थी।

'बहुत तो नहीं। बस, हर साल दो या तीन। वे सिर्फ़ देहरा के रेलवे स्टेशन तक ही पहुँच पाते हैं और फिर पकड़े जाते हैं।'

'यह तो उनकी बेवकूफ़ी है कि वे पकड़े जाते हैं,' दलजीत ने उपेक्षा से कहा।

'क्या वे हमेशा पकड़े जाते हैं?' मैंने पूछा

'हमेशा। जब वे नीचे जा रहे होते हैं, मैं उन्हें चाय पिलाता हूँ और जब वे अपने अध्यापकों के साथ ऊपर ले जाये जा रहे होते हैं, तब भी मैं उन्हें चाय पिलाता हूँ।'

'खैर, तुम हमें दोबारा कभी नहीं देखोगे,' दलजीत ने चेतावनी से भरी उस नज़र को नज़रअन्दाज़ करते हुए कहा जो मैंने उसकी तरफ़ फेंकी थी।

'आह, मगर तुम स्कूली लड़के तो हो नहीं!' दुकानदार ने हमारी तरफ़ खिली हुई मुस्कान के साथ देखते हुए कहा। 'और तुम भाग भी नहीं रहे हो!'

हमने चाय के पैसे दिये और तेज़ी से नीचे को उतर चले। तोतों ने फिर ऊँचे स्वर में चीखते हुए उड़ान भरी और लीची के एक पेड़ पर जा टिके। सूरज की गर्मी अब पहले से ज़्यादा बढ़ गयी थी और जैसे-जैसे ऊँचाई कम होती गयी, गर्मी और उमस बढ़ गयी और हम मैदानों से अपनी तरफ़ उठती हुई गर्मी को लगभग सूँघ सकते थे।

पहाड़ियाँ समतल होकर फैले हुए मैदानी इलाके में बदल चुकी थीं। जिनमें खेतों से एक चित्र-सरीखा नमूना बना हुआ था। चावल बो दिया गया था और गन्ना बढ़ कर कमर-कमर तक पहुँच गया था।

पगडण्डी काफ़ी दलदली बन गयी थी। अपने जूते उतार कर उन्हें अखबार में लपेटते हुए हम नरम-नरम मिट्टी पर नंगे पैर चलने लगे। ढर्रे से हट कर किये गये ये सारे काम हमारे अन्दर सनसनी और उत्तेजना को बढ़ा रहे थे, जिससे हर चीज़ ज़िन्दगी भर के लिए अविस्मरणीय बनती जा रही थी।

'देहरा अभी तीन मील दूर है,' मैंने कहा। 'हमें शहर के बाहर-बाहर घूम कर जाना होगा। अब तक स्कूल में सब जाग गये होंगे और उन्हें पता चल गया होगा कि हम जा चुके हैं।'

'फिर तो हमें देहरा के रेलवे स्टेशन से भी बचना चाहिए,' दलजीत ने कहा।

'हम अगले स्टेशन रायवाला तक पैदल जायेंगे। फिर गाड़ी आयेगी, उस पर हम सवार हो लेंगे।'

‘हमें कितनी दूर चलना पड़ेगा?’

‘करीब-करीब दस मील।’

‘दस मील!’ दलजीत जैसे आसमान से गिरा। ‘हमें पूरा दिन लग जायेगा!’

‘खैर, हम यहाँ रुके नहीं रह सकते, न हम देहरा में भटकते रह सकते हैं और न स्टेशन में कदम रख सकते हैं। हमें पैदल चलते रहना है।’

‘ठीक है, रस्टी। हम चलते रहेंगे। मेरी समझ में जोखिम-भरे काम की शुरुआत उसका सबसे मुश्किल हिस्सा होता है।’

~

खेत अभी से जंगल में बदलने लगे थे। लेकिन गन्ने के कुछ खेत अब भी थे जो रेल की पटरियों के साथ-साथ फैले हुए थे।

‘हमें अभी और कितनी दूर चलना है?’ दलजीत ने अधीरता से पूछा। ‘क्या रायवाला जंगल के बीचोबीच है?’

‘हाँ, मेरे ख़याल में ऐसा ही है। हम अभी चार मील आये हैं, ऐसा मेरा अन्दाज़ा है। छः मील बाकी हैं। अजीब बात है कि कुछ दूरियाँ दूसरों से ज़्यादा लम्बी जान पड़ती हैं। मेरे ख़याल से यह इस पर निर्भर करता है कि हम किस बारे में सोच रहे हैं। अगर हमारे ख़याल आनन्ददायक हैं तो दूरी उतनी लम्बी नहीं जान पड़ती।’

‘तब हमें आनन्ददायक बातें ही सोचनी चाहिए। क्या कहीं कोई छोटा रास्ता नहीं है, रस्टी? तुम तो पहले भी इन जंगलों में आ चुके हो।’

‘हम जंगल के बीच से पगडण्डी का रास्ता लेंगे। इससे तीन या चार मील बच जायेंगे। लेकिन हमें एक छोटी-सी नदी को तैर कर पार करना होगा। बरसातें अभी-अभी शुरू हुई हैं, इसलिए धारा बहुत तेज़ या गहरी नहीं होनी चाहिए।’

घने जंगलों में जगह-जगह ऐसी पगडण्डियाँ निकाली जाती हैं ताकि जंगल की आग आसानी से न फैल सके। इन रास्तों को लोग ज़्यादा इस्तेमाल नहीं करते क्योंकि वे किसी खास जगह नहीं ले जाते, लेकिन बड़े जानवर उन्हें अक्सर इस्तेमाल करते हैं।

हम उस रास्ते पर लगभग मील भर चले होंगे कि हमने बहते पानी की आवाज़ सुनी। रास्ता साल के पेड़ों के जंगल से निकल कर एक छोटी-सी नदी के किनारे तक आकर रुक गया था जिसका ज़िक्र मैं पहले कर चुका था। नदी को पार करने का प्रमुख पुल मुख्य सड़क पर बना था—धारा के साथ-साथ लगभग तीन मील आगे।

'यह कहीं भी कमर तक पानी से ज़्यादा गहरी नहीं है,' मैंने कहा। 'लेकिन धारा तेज़ है और पत्थर फिसलन-भरे हैं।'

हमने अपने-अपने कपड़े उतारे और सारी चीज़ों की दो गठरियाँ बना लीं जिन्हें हमने अपने सिरों पर उठा लिया। दलजीत हट्टा-कट्टा लड़का था, मज़बूत जाँघों वाला। मैं उससे दुबला था, मगर ज़्यादा चुस्त।

पैरों के नीचे पत्थरों में काफ़ी फिसलन थी और हम लड़खड़ाते हुए बढ़े—एक-दूसरे की मदद करने की बजाय बाधा देते हुए। बीच मझधार में पहुँच कर हम रुके। पानी कमर तक था। पैर उखड़ जाने के डर से हम आगे बढ़ने के बारे में हिचकिचा रहे थे।

'मैं तो मुश्किल से खड़ा हो पा रहा हूँ,' दलजीत ने कहा।

'यह और खराब नहीं होना चाहिए आगे,' मैंने उम्मीद-भरी आवाज़ में कहा। लेकिन धारा तेज़ थी और मुझे घुटनों में बहुत लड़खड़ाहट महसूस हो रही थी।

दलजीत ने आगे बढ़ने की कोशिश की, मगर फिसल गया और पानी में पीछे को गिरा और उसने मुझे भी गिरा दिया। डर के मारे उसने इधर-उधर हाथ-पैर मारने शुरू किये, लेकिन आखिरकार मेरा सहारा लेकर वह ऊपर आ गया, व्हेल मछली की तरह मुँह से पानी का फ़व्वारा छोड़ता हुआ।

जब हमने पाया कि पानी हमें बहाये नहीं लिये जा रहा है, हमने हाथ-पैर मारने बन्द कर दिये और सावधानी से रास्ता बनाते हुए दूसरे किनारे पर पहुँचे, लेकिन इस फेर में धारा हमें लगभग बीस गज आगे ले आयी थी।

हमने गरम-गरम रेत पर आराम किया, जबकि जलता हुआ सूरज अपनी किरणें हम पर बरसाता रहा। दलजीत अपने हाथ में लगे घाव को चूस रहा था। लेकिन जल्दी ही हम फिर उठ खड़े हुए और चलने लगे। अब हमें भूख लग आयी थी और हम बिस्कुट खाते हुए आगे बढ़ चले थे।

'अब हमें बहुत दूर नहीं जाना है,' मैंने कहा।

'मैं इस बारे में सोचना नहीं चाहता,' दलजीत बोला।

हम जंगल के पथ पर पैर बढ़ाते हुए चलते रहे—थके, मगर निराश या निरुत्साह नहीं।

जल्दी ही हम फिर से मुख्य सड़क पर आ गये और दोनों ओर गाँव और खेत फैले थे। पहाड़ों की तरफ़ से ठंडी-ठंडी हवा नीचे को खुले मैदानी इलाके पर बह रही थी। खेतों में हल्की-हल्की लहराती हुई हरकत होती जब हवा गन्नों के बीच से गुज़रती। फिर हवा का यह झोंका सड़क पर बहता हुआ आया और धूल-मिट्टी उड़ कर हमारे गिर्द गोल-गोल नाचने और चक्कर काटने लगी। धूल-मिट्टी के बीच, हमारे पीछे से बैलगाड़ी के पहियों की गड़गड़ाहट सुनाई दी।

'हो! हो! हैया! हैया!' बैलगाड़ीवाला चिल्लाया। बैल फुफकारे और धूल-मिट्टी के बीच से भारी कदम रखते और डोलते हुए नमूदार हुए। हम सड़क के किनारे हो गये।

'क्या तुम रायवाला जा रहे हो?' दलजीत ने आवाज़ दी। 'हमें अपने साथ ले जा सकते हो?'

'चढ़ जाओ!' बैलगाड़ीवाले ने कहा और हम धूल-मिट्टी के बीच से दौड़कर चलती हुई गाड़ी पर पीछे की तरफ़ सवार हो गये। गाड़ी इतने हिचकोले ले रही थी और खड़खड़ाती डोलती आगे बढ़ रही थी कि हमें गिरने से बचने

के लिए उसकी अगल-बगल की लकड़ी से चिपके रहना पड़ता। गाड़ी से घास, पुदीने और गोबर के उपलों की बू आ रही थी। बैलगाड़ीवाले ने कसी हुई बण्डी और धोती पहन रखी थी और सिर के गिर्द लाल गमछा लपेट रखा था। वह बीड़ी पीते हुए अपने बैलों पर चिल्ला रहा था और हमारी मौजूदगी से बेखबर जान पड़ता था। हमारा ध्यान गाड़ी के पहलुओं से चिपके रहने में इस कदर लगा हुआ था कि हमें बातचीत करने की सुध नहीं थी। जल्दी ही हम रायवाला की आवाजाही के बीच पहुँच गये जो हाट-बाज़ार वाला एक छोटा-सा मगर चहल-पहल भरा कस्बा था। हम बैलगाड़ी से कूद कर उतरे और उसके साथ-साथ चलने लगे। 'क्या हमें उसको कुछ पैसे देने चाहिए?' मैंने पूछा। 'नहीं, वह बुरा मानेगा। वह कोई टैक्सी-ड्राइवर नहीं है।' 'ठीक है। हम बस उसे शुक्रिया कह देंगे।' हमने बैलगाड़ीवाले को आवाज़ देकर शुक्रिया अदा किया, मगर उसने पीछे मुड़कर नहीं देखा। वह अपने बैलों ही से बात करने में जुटा हुआ जान पड़ा।

'मुझे भूख लग रही है,' दलजीत ने ऐलान किया। 'हमने कल रात ही से ठीक-ठाक खाना नहीं खाया।'

'तो चलो खायें,' मैंने कहा। 'आओ, दलजीत।' हमने चाय और मिठाई की दुकानों का मुआयना करते हुए रायवाला के छोटे-से बाज़ार का चक्कर लगाया जब तक कि हमें सबसे सस्ता नज़र आने वाला ढाबा नहीं मिल गया। ढाबेवाले का छोकरा हमारे लिए दाल-चावल लाया और दलजीत ने छटाँक-भर घी भी लाने को कहा जो उसने दाल पर उँड़ेल लिया। खाने की कीमत दो रुपये बैठी, मगर हम जितनी चाहते उतनी दाल ले सकते थे और हमने मिलकर चार कटोरे साफ़ कर दिये।

'हम स्टेशन पर चलकर आराम करेंगे,' ढाबे से निकलते हुए मैंने कहा। 'हम सेकेण्ड क्लास के टिकट लेंगे और पहले दर्जे के वेटिंग रूम में आराम करेंगे। हमसे कोई पूछताछ नहीं करेगा। दिखते तो हम फ़र्स्ट क्लास ही हैं, है न?'

'जंगल के बीच से उस पैदल चलाई के बाद नहीं,' दलज़ीत ने जवाब दिया।

लेकिन हमने सबसे उम्दा वेटिंग रूम में अड्डा जमाया और दलजीत एक आरामकुर्सी पर इत्मीनान से जा पसरा।

'जब गाड़ी आये तो मुझे जगा देना,' उसने उनींदी आवाज़ में कहा।

हमें बहुत देर तक इन्तज़ार नहीं करना पड़ा। मैं रेल की पटरियों के पार नज़रें गड़ाये, दरवाज़े से टिका खड़ा था, जब मैंने स्टेशन की ओर आ रही गाड़ी की सीटी सुनी। वह धीरे-धीरे दाखिल हुई। उसके बड़े-से, सूँ-सूँ करते इंजन से भाप के बादल उठ रहे थे। प्लेटफ़ॉर्म पर एक भीड़ इन्तज़ार कर रही थी और जैसे ही गाड़ी आकर रुकी लोग एक लहर की तरह आगे को बढ़े। इसी के साथ डिब्बों के दरवाज़े खुले और सवारियाँ बाहर आने लगीं।

मुझे दलजीत को जगाने के लिए उसे हिलाना पड़ा और हम उस मारा-मारी में शामिल होने के लिए प्लेटफ़ॉर्म पर बाहर निकल आये। मर्द, औरतें और बच्चे धक्का-मुक्की कर रहे थे और सामान की गठरियाँ लोगों के सिरों के ऊपर से खिड़कियों के भीतर पहुँचाई जा रही थीं। दलजीत और मैं आम भीड़-भड़क्के और अफ़रा-तफ़री में खींच लिये गये और अपने-अपने बण्डलों से चिपके इत्मीनान से डिब्बे के अन्दर पहुँच गये।

जब तक हम कोने की सीट में जमकर बैठे, गाड़ी चल दी थी। एक या दो लोग अब भी दरवाज़ों या खिड़कियों से लटके किसी तरह अन्दर आने का मौका तलाश कर रहे थे।

मैं एक खिड़की के पास था और जैसे-जैसे रेलगाड़ी ने रफ़्तार पकड़ी और हम तेज़ी से आगे को बढ़े आम के झुण्ड और गाँव तार के खम्भों से एकमेक होने लगे; मुझे एहसास हुआ अब हम रहस्यमय अज्ञात में आगे को बढ़ते हुए सचमुच अपनी राह पर थे। अपनी उत्तेजना में मैंने दलजीत की बाँह को अपने हाथ से जकड़ लिया।

'हम अपनी राह पर चल दिये हैं?' मैंने कहा।

'यह तो ज़ाहिर ही है,' दलजीत ने कहा, जो अपने पिट्ठू को एक मोटे सहयात्री के नीचे से खींचकर निकालने की कोशिश में जुटा हुआ था, जो इस

सारे हल्ले-गुल्ले के बीच उसके ऊपर सो गया था।

लेकिन दलजीत को मालूम था कि मैं क्या कहना चाहता था और अपने पिट्ठू को खींच निकालने के बाद वह मेरी तरफ़ देखकर मुस्कुराया; उसकी आँखें उत्तेजना से चमक रही थीं।

~

पुरानी दिल्ली रेलवे स्टेशन पर हम बिलकुल प्रतिष्ठित लोगों की तरह ट्रेन से उतरे और टिकट-कलेक्टर को टिकट सौंप कर बाहर निकलने की सम्भावना कर काफ़ी मुदित, आत्मविश्वास के साथ निकास की तरफ़ बढ़े। भीड़ घनी थी और आगे बढ़ने की रफ़्तार धीमी। और यह एक अच्छी बात थी, क्योंकि जब हम निकासी से सिर्फ़ तीस फ़ुट दूर ही रह गये थे, मेरी निगाह हमारे गणित के अध्यापक मिस्टर जैन पर पड़ी, जो टिकट-कलेक्टर से कुछ कह रहे थे।

अरुण्डेल में मिस्टर जैन सबसे कुशल अध्यापक थे और ज़ाहिर तौर पर उन्हें हमारा पीछा करने के लिए भेजा गया था। वे गोल-मटोल आदमी थे और चश्मा पहनते थे, लेकिन वे चतुर थे और ठीक-ठीक जानते थे कि हमें कहाँ पकड़ा जा सकता है। हमें फ़ौरन निकासी से दूर भागना था।

'आओ, यहाँ से बाहर निकलें,' मैं दलजीत को पकड़ते हुए ज़ोर से फुसफुसाया।

'क्यों?' दलजीत ने पूछा। उसने अभी तक हमारे अध्यापक को नहीं देखा था।

'देखते नहीं?' मैंने कहा। 'टिकट-कलेक्टर के साथ!'

गायब होने की जल्दी में दलजीत खुद लँगड़ी खाते-खाते बचा। भीड़ निकासी की तरफ़ बढ़ने के लिए धक्के दे रही थी और हमारा सामना लोगों की ऐसी दीवार से था जो किसी भी जगह रास्ता देने को तैयार नहीं थी। तभी मिस्टर जैन की नज़र हम पर पड़ी और हमने उन्हें चिल्लाते सुना :

'लड़को, इधर आओ! रस्टी! दलजीत!'

पल भर के लिए मैं अपने अध्यापक की परिचित आवाज़ का कहा मानने को तैयार हुआ; और फिर मेरी निगाह के सामने तेज़ी से क्लासरूम, डॉर्मेंट्रीज़ और प्रिन्सिपल के मनहूस, चूहे जैसी मूँछों वाले चेहरे के दृश्य गुज़र गये और मेरा मन उस सबके प्रति नफ़रत से भर कर जल्दी-से-जल्दी भाग जाने को हुआ; मैं तब तक भागता रहना चाहता था जब तक कि मैं समुद्र और अपने चाचा के जहाज़ तक न पहुँच जाऊँ।

दलजीत पल भर नहीं हिचका। उसने एक लम्बे जाट किसान की टाँगों के बीच से डुबकी लगाई और दूसरी तरफ़ निकलने की कोशिश में अपनी पगड़ी गँवाते-गँवाते बचा। मैं दो भारी-भरकम पंजाबी औरतों के बीच पतली-सी फाँक की तरफ़ बढ़ा, लेकिन इससे पहले कि मैं पूरी तरह निकल पाता, वे एक-दूसरे से सट गयीं और नतीजे के तौर पर टाँगें और बाँहें आपस में गुच्छम-गुच्छा हो गयीं। मिस्टर जैन मेरे पीछे-पीछे थे। और तभी एक कुली ने किसी डिब्बे तक जल्दी से पहुँचने के लिए प्लेटफ़ॉर्म को दौड़ते हुए पार किया और मिस्टर जैन से टकरा गया।

मिस्टर जैन एक तरफ़ को जा लुढ़के और अपना चश्मा गँवा बैठे। मैंने खुद को उन औरतों से छुड़ाया और दलजीत की तरफ़ दौड़ा जो अपने घूँसों और कुहनियों का इस्तेमाल करते हुए भीड़ में से रास्ता बनाने की कोशिश करता हुआ काफ़ी आगे था।

वह एक बार रुका और उसने मुड़कर देखा कि मैं क्या खुद को छुड़ा पाया हूँ या नहीं और चिल्लाया: 'आओ रस्टी! रेल की पटरियों के पार!'

वह प्लेटफ़ॉर्म से कूदकर नीचे उतरा और एक रुकी हुई गाड़ी के दो डिब्बों के बीच से सरक कर दूसरी तरफ़ निकल गया। मैं बेमन से उसके पीछे-पीछे भागता रहा। मुझे रेल की पटरियाँ पार करने में हमेशा ही से एक अन्धविश्वासी भय रहा है और कभी-कभी मुझे ऐसे दुःस्वप्न आते जिनमें मैं खुद को रेल की पटरी पर असहाय लेटा पाता (मगर बँधा हुआ नहीं) जबकि भाप का एक इंजन घड़घड़ाता हुआ मेरी ओर आता दिखाई

देता। अभी इंजन मुझसे लगभग तीन फ़ुट की दूरी पर होता कि जाने कैसे मैं ऐन वक्त पर अचानक उठकर निकल भागने में सफल हो जाता। लेकिन कभी-कभी मैं हैरत से सोचता कि अगर सही समय पर मैं उठकर भागने में नाकाम रहा तो क्या होगा!

दलजीत तब तक रेल की दो पटरियाँ पार कर चुका था और उस पार की रेलिंग पर चढ़ रहा था। मैंने बायीं तरफ़ देखा, फिर दायीं तरफ़ और फिर बायीं तरफ़ और दूर एक अकेले इंजन को शंटिंग करते देखा। लेकिन मुझ पर एक अजीब-सा नासमझी-भरा डर हावी हो गया और मेरे माथे और हथेलियों पर पसीना फूट आया।

'चलो भी!' दलजीत ने जल्दी मचाते हुए कहा।

मैंने लम्बी साँस भरी और सीधा सामने को देखते हुए पटरियों के पार लपका। मैं इतना घबराया हुआ था कि पटरियों पर गिर पड़ा। मेरा जी ऊपर को आने लगा और ऐसा लगा कि ज़मीन भूकम्प की चपेट में आयी हुई है। क्या आखिरकार मेरा दुःस्वप्न सच साबित होने वाला था? मैं अब भी दलजीत को चिल्लाते सुन सकता था और मुझे इंजन की आवाज़ भी पास आती सुनाई दे रही थी।

'चलो भी रस्टी, उठो,' दलजीत की आवाज़ अब मेरे कान में थी और मैं उसे अपने पास पाकर चकित हो गया। वह मेरी बाँह को झटके दे रहा था।

उसकी मौजूदगी ने मेरे अन्दर आत्मविश्वास भर दिया। मैं हाथ-पैर मारता हुआ उठा, अपना पिट्ठू उठाया और उसके साथ भागता हुआ पटरियों के किनारे पहुँचा। लोहे की चादर से बनी एक रेलिंग ने हमारा रास्ता रोक रखा था। वह लगभग दस फ़ुट ऊँची थी और उसमें पैर रखने की कोई जगह नहीं थी जिससे हम उस पर चढ़ पाते। सो, हम रेलिंग के किनारे-किनारे दौड़ते रहे, जब तक कि हमें बाहर निकलने का रास्ता नहीं मिला जो मालगोदाम के अहाते में ले जाता था।

हम एक खुले फाटक से दौड़ते हुए निकले और एक छोटी-सी गली में आ पहुँचे। हम इसी तरह सँकरी गलियों और रास्तों पर भागते रहे, जहाँ

छोटी-छोटी मस्जिदें, मन्दिर, स्कूल और दुकानें एक-दूसरे के कन्धे से कन्धा मिलाये बनी हुई थीं। फिर हमने खुद को एक चौड़ी सड़क पर पाया जहाँ लोगों की हलचल थी और आते-जाते वाहनों का शोर गूँज रहा था।

हम चाँदनी चौक में थे—दिल्ली में सुनारों की मशहूर और ऐतिहासिक सड़क।

~

यहाँ, खरीदारों, खोंचेवालों, क्लर्कों, आवारा छोकरों, साधुओं, जौहरियों, नाइयों और जेबकतरों के बीच हम खुद को काफ़ी सुरक्षित महसूस कर रहे थे। किसी भी शहर का बीचोबीच का हिस्सा गुम हो जाने के लिए सबसे अच्छी जगह होती है। भगोड़े और फ़रार लोग भाग कर आमतौर पर देहात की तरफ़ जाने की भूल करते हैं जहाँ अजनबी होने की वजह से वे जल्दी ही ध्यान खींच लेते हैं। महज़ संयोग से हम दिल्ली की सबसे सुरक्षित जगह में आ पहुँचे थे।

ताँगे, बैलगाड़ियाँ, साइकिलें, स्कूटर-रिक्शा और नयी-पुरानी कारें सड़क पर जद्दोजहद कर रहे थे। जिन वाहनों में हॉर्न थे वे हॉर्न बजा रहे थे, कोई घंटी बजा रहा था। घंटी और हॉर्न न होने पर आप बोलकर हुँकार लगा सकते थे।

हमने मिठाई का एक ठेला खोजा और जिस समय दलजीत शीरे में डूबे, भूरे गुलाब जामुन अपने गले के नीचे उतार रहा था, मैंने कुछ सुनहरी-सिंकी जलेबियों का मज़ा लिया।

अचानक आयी बौछार ने हमें एक बरामदे का आसरा लेने पर मजबूर कर दिया। चूँकि बारिश ज़ोरों से होने लगी, सड़क जल्दी ही खाली हो गयी और देखते-देखते लोगों का वह हुजूम गायब हो गया। इक्का-दुक्का कारें तेज़ी से बहते पानी को मथती हुईं अपना रास्ता बनाती जा रही थीं और आवारा गायें कचरे के ढेरों को कुरेदना जारी रखे हुए थीं।

छोटे लड़कों का एक झुण्ड सड़क पर उछल-कूद मचाता आया, जो

अब बाढ़ आयी नदी सरीखी हो गयी थी। जब वे बारिश के पानी से भरे एक गटर पर पहुँचे, वे उसमें कूद पड़े, चीखते और किलकारियाँ मारते। गेंदे के फूलों की एक माला सड़क के बीचोबीच बहती चली जा रही थी।

और फिर बारिश अचानक रुक गयी। धूप निकल आयी। कागज़ की एक नाव मेरी टाँगों के बीच से तैरती हुई चली गयी।

'अब हम कहाँ जायें?' दलजीत ने पूछा। 'स्टेशन तो सुरक्षित जगह नहीं है।'

'हमें दिल्ली से निकलने के लिए कोई और साधन अपनाना होगा। इस बीच आओ रात भर के लिए कोई सस्ता-सा होटल खोजें।'

'अरे, यह कोई समस्या नहीं है। मेरे पास अब भी तीस रुपये से ज़्यादा बचे हुए हैं,' दलजीत बोला।

'फिर भी, मेरे ख़याल में यह हम दोनों के लिए काफ़ी नहीं पड़ेगा, अगर हमें टिकट भी खरीदने हुए तो।'

'तब हम टिकट नहीं खरीदेंगे,' दलजीत ने गैर-संजीदा अन्दाज़ में कहा।

हमें होटल खोजने में देर नहीं लगी। उसका नाम 'ग्रेट ओरियण्टल होटल' था और पुलिस स्टेशन के ठीक पीछे था। वह तीसरे दर्जे का होटल होने का भी दिखावा नहीं कर रहा था और पाँच रुपये में हमें पीछे की तरफ़ एक छोटा-सा कमरा दे दिया गया जिसकी खिड़की एक अफ़गान मसालेवाले के गोदाम की तरफ़ खुलती थी। हींग की तीखी गंध नीचे अहाते से आ रही थी।

हम थके हुए और गर्मी के मारे थे, सो हमने अपना सामान फ़र्श पर पटका और बारी-बारी से नहाये। फिर हम उस कमरे की अकेली चारपाई पर लम्बे हो गये और सड़क से आते शोर, होटल के गद्दे में बसे कीड़ों की तवज्जो और छत पर लगे पुराने पंखे की चरर-मरर से बेखबर दोपहर भर सोते रहे।

शाम ढल चुकी थी जब हम जागे और हमने पाया कि हमें फिर से भूख लगी है। दलजीत ने दरवाज़ा खोला और आवाज़ दी। कुछ ही देर बाद होटल

का नौकर—छोकरा प्रकट हुआ।

'हमारे लिए चाय, टोस्ट, दो बड़े आमलेट और टोमैटो सॉस की बोतल लाओ,' दलजीत ने ऐसे आत्मविश्वास से कहा कि मेरी इच्छा हुई कि काश, मुझमें यह होता।

जब बीस मिनट बाद आमलेट आये तो वे नन्हे-नन्हे थे। ज़ाहिर था कि दोनों एक ही अण्डे से बनाये गये थे; सॉस में पानी मिला कर उसे पतला बना दिया गया था और टोस्ट जले हुए थे। नमक सीला हुआ था और उसे इस्तेमाल करने के लिए हमें नमकदानी का ढक्कन खोलना पड़ता। काली मिर्च लेकिन बरसात की तरह निकलती और उस नाश्ते का प्रमुख हिस्सा बन गयी थी। चूँकि हमारी भूख इतने मामूली-से भोजन से शान्त नहीं हुई थी, हमने दोबारा अण्डे मँगाये, इस बार उबले अण्डे। चाहे वे कितने छोटे-छोटे होते, मगर सही-साबुत तो मिलते।

'चलो, बाहर घूमकर आयें,' जब हम अण्डे खा चुके तो दलजीत ने कहा। 'यहाँ घुटन है।'

'मुझे अब भी नींद आ रही है,' मैं बोला।

'तो फिर मैं कुछ देर के लिए बाहर हो आता हूँ। हो सकता है मैं गुरुद्वारे तक चला जाऊँ।'

'ठीक है, लेकिन खो मत जाना।'

दलजीत चला गया और मैंने पलँग पर पसर कर टैगोर की किताब *द गार्डनर* खोल ली, लेकिन मैं देर तक नहीं पढ़ पाया, क्योंकि जैसे-जैसे शाम ढलती गयी, मैंने पाया कि मैं एक दर्शक की तरह रात की थोड़ी-सी ठंडी आज़ादी में कीड़ों की विशाल वार्षिक उड़ान का साक्षी हूँ।

सफ़ेद चींटियाँ और दीमक जो गर्मी के मौसम के दौरान सोती रही थीं, अपनी-अपनी बाँबियों से निकल आयीं। हर छेद, दरार और फाँक से पंखों वाली बड़ी-बड़ी चींटियाँ प्रकट हुईं, अपने जीवन की इस पहली और अन्तिम उड़ान में पहले-पहले भारीपन से फड़फड़ाती हुईं। वे सिर्फ़ रोशनी की ओर

ही उड़ सकती थीं—शहर भर में बिजली के बल्बों, सड़क की बत्तियों और मिट्टी के तेल की लालटेनों की ओर। हमारे कमरे के बाहर नीचे सड़क की बत्ती ने अनगढ़ कीड़ों के एक भारी झुण्ड को आकर्षित कर लिया था जो एक घने, धीरे-धीरे घूमते झुण्ड का आभास देते।

छिपकलियों की मौज थी। हफ़्तों की धैर्य-भरी प्रतीक्षा के बाद उन्हें उनका इनाम मिल रहा था। अपनी चिपचिपी गुलाबी जीभें लपलपा कर वे तेज़ी से कीड़ों को भकोस रही थीं। यह जानते हुए कि ऐसा अगले मौसम से पहले उन्हें नहीं मिलने वाला था, वे अपने पेट ठूँसे जा रही थीं। गर्मियों के पूरे मौसम के दौरान कीट-जगत इस उड़ान की तैयारी करता है, अँधेरे से रोशनी की ओर, लेकिन आज़ादी के इस प्रयास में कोई जीवित नहीं बचता।

उनींदा महसूस करते हुए, मैंने अपनी आँखें बन्द कर लीं, लेकिन शहर की अनवरत आवाजाही का शोर खिड़की से छनकर अन्दर आता रहा। जहाज़ और सुदूर बन्दरगाहें। बहुत-बहुत दूर लगती थीं, लेकिन यही हाल पहाड़ों और पहाड़ी नदियों का था।

मेरी आँख लग गयी और मैं तभी उठा जब दलजीत लौटा।

'मैंने समस्या का हल निकाल लिया है,' उसने दमकते हुए चेहरे के साथ कहा। हम रेलगाड़ी के लिए सिर नहीं खपायेंगे। मैंने एक ट्रक ड्राइवर से दोस्ती गाँठ ली है। वह हमें जयपुर तक ले जाने के लिए राज़ी है। यानी लगभग 300 मील। जयपुर से गाड़ी पकड़ने में कोई खतरा नहीं रहेगा।

'कब ले जा सकता है हमें तुम्हारा दोस्त?'

'ट्रक सुबह के चार बजे चलेगा?'

'बदमाशों को कभी कोई आराम नहीं मिलता,' मैंने कहा। 'तो भी जितना कम समय हम नष्ट करें उतना ही बेहतर होगा। आज बुधवार है और मेरे चाचा का जहाज़ शायद शनिवार को चल दे। कितने पैसे देने होंगे हमें?'

'कुछ नहीं। मुफ़्त सवारी है। ड्राइवर सिख है और मैंने उसे विश्वास

दिला दिया है कि हम एक-दूसरे के रिश्तेदार हैं। उसकी भाभी की भतीजी से ही मेरे साले की शादी हुई है।'

~

अगली सुबह उठकर हम लालकिला पहुँचे जिसकी दीवारें तारों जड़े आकाश की पृष्ठभूमि में काली नज़र आ रही थीं। पिछली शाम जिन सड़कों पर इतना भीड़-भड़क्का और हलचल थी, अब निर्जन थीं। सड़क के किनारे लगी बत्तियाँ फुटपाथ पर रोशनी के चकत्ते बना रही थीं। इक्का-दुक्का कार खामोशी से गुज़र जाती, मगर वह एक बिलकुल अलग दुनिया से ताल्लुक रखती थी।

किले के नज़दीक हमें दो-एक ढाबे मिले जो अब भी खुले थे। उनका धन्धा ट्रक ड्राइवरों के सहारे चलता था, जो दिन में सोते और रात को ट्रक चलाते थे।

हमारा ड्राइवर, एक लम्बा-तगड़ा, दाढ़ी वाला सिख अँधेरे से प्रकट हुआ। उसके साथ उसका साथी भी था, एक और सिख, जो अब भी बनियान-चड्डी में ही था।

'तुम लोग पीछे बैठकर चल सकते हो,' ड्राइवर ने अपनी ठेठ पंजाबी में कहा, जिसे मैं काफ़ी अच्छी तरह समझ सकता था। 'हम कुछ ही मिनटों में चल देंगे।'

ट्रक पीपल के एक पेड़ के नीचे खड़ा था। हम उस खुले ट्रक पर चढ़े तो हमने पाया कि हमारा रास्ता ऐसे जानवर ने रोक रखा है जो किसी प्रागैतिहासिक दानव जैसा लगता था।

दानव एक बार नाक से फुफकारा, ट्रक के तख्ते पर ज़ोर से पैर पटके और हमें लड़खड़ाते हुए पीछे को भेज दिया।

'भैयाजी!' दलजीत चिल्लाकर ड्राइवर से बोला। 'वहाँ तो किसी किस्म का कोई जानवर है!'

‘फ़िकर मत करो, वह ममता ही है,’ हमारे दोस्त ने कहा।

‘मगर वह क्या कर रही है यहाँ?’

‘वह हमारे साथ जा रही है। मैं उसे जयपुर की हाट में ले जा रहा हूँ। इसलिए जाकर उसके साथ बैठ जाओ, लड़कों, और आराम से अपनी जगह ले लो।’

अब तक इतनी रोशनी हो गयी थी कि हम अपने सफ़र की साथिन को नज़दीक से देख सकें। वह पंजाब की एक पूरी जवान भैंस थी।

‘शानदार भैंस है,’ दलजीत ने कहा, जो लगता था इन जानवरों की खूबियों से अच्छी तरह परिचित था। ‘उसकी नीली आँखें देखो!’

‘मुझे नहीं मालूम था कि भैंसों की नीली आँखें होती हैं,’ मैंने रूखेपन से कहा।

‘सिर्फ़ सबसे उम्दा भैंसों की होती हैं,’ दलजीत बोला। ‘नीली आँखों वाली भैंसें भूरी आँखों वाली भैंसों से ज़्यादा दूध देती हैं।’

हमारी खुशकिस्मती से सरदार जी ने ट्रक चालू किया और सुबह-सवेरे की हवा ने जो नदी की तरफ़ से बह रही थी, थोड़ी-सी वह बदबू उड़ा दी जो भैंसों से आमतौर पर आती है।

जल्दी ही हम दिल्ली के बाहर आकर अच्छी-खासी रफ़्तार से जयपुर को जाने वाली सड़क पर बढ़ चले। हाल में हुई बारिश की वजह से नीचे ज़मीन में जगह-जगह पानी इकट्ठा हो गया था और बगुले और सारस भारी तादाद में निकल आये थे। खेत और पेड़ अजीबो-गरीब, सुन्दर चिड़ियों से सजीव हो उठे थे : लम्बी पूँछवाले पहाड़ी कौवे, नीलकण्ठ और बया पाखी और कभी-कभार सफ़ेद-सिर वाली बड़ी चील, जो माना जाता है कि विष्णु देवता का मशहूर वाहन गरुड़ है।

जैसे-जैसे हम राजस्थान में और अन्दर को गये, मोर और भी ज़्यादा तादाद में दिखने लगे, और ऊँट भी जो सीधी तरतीबवार कतारों में सड़क के किनारे-किनारे उचकते हुए चलते रहते। और जैसे-जैसे पेड़-पौधे और हरियाली

कम होने लगी और रेगिस्तान हावी होने लगा, लोग खुद ज़्यादा रंगीन नज़र आने लगे, मानो इर्द-गिर्द की दृश्यावली में रंगों की अनुपस्थिति की भरपाई कर रहे हों। औरतों ने घेरदार लाल लहँगे और सोने और चाँदी के गहने पहन रखे थे। वे सुन्दर, लम्बी, गोरी और तगड़ी थीं। मर्द भी लम्बे थे और उनमें से उम्रदराज लोगों की लम्बी सफ़ेद दाढ़ियाँ भी थीं।

जैसे-जैसे सवेरा दिन में बदला और सूरज आसमान में और ऊँचा उठा, सड़क पर आवाजाही बढ़ती चली गयी, लेकिन हमारे ट्रक ड्राइवर ने रफ़्तार धीमी करने की बजाय और बढ़ा दी।

शायद वह भैंस को बेचकर मामले को निपटाने की जल्दी में था। जल्द ही वह एक दूसरे ट्रक से आगे निकलने की कोशिश में जुट गया।

सामने वाले ट्रक की रफ़्तार भी तेज़ थी और उसके ड्राइवर का कोई इरादा सड़क के बीच से हटने का नहीं था। वह ऊपर तक गन्ने के पूलों से लदा हुआ था।

'रेस लगने वाली है!' दलजीत उत्तेजना से चिल्लाया और भैंस से सट कर खड़ा हो गया ताकि बेहतर ढंग से सब कुछ देख सके।

सड़क इतनी चौड़ी नहीं थी कि दो बड़े वाहन साथ-साथ चल सकें और चूँकि दूसरा ट्रक रास्ता नहीं दे रहा था इसलिए हमारे ट्रक को बार-बार उसके पीछे हो जाना पड़ता जिससे अगले ट्रक से निकलने वाले धुएँ से हमारा दम लगभग घुटने लगता। जब-जब हमारा ट्रक ऊबड़-खाबड़ सड़क पर हिचकोले खाता तो हम ट्रक के फ़र्श पर लुढ़क जाते और ममता घबरा कर इस तरह पैर मारती कि हमारे रौंद दिये जाने का खतरा बना रहता। फिर एक भयंकर झटका लगा, ब्रेक चिंचियाये और ट्रक रुक गया।

धूल-मिट्टी साफ़ हुई तो हमें अपने ड्राइवर का दाढ़ी वाला चेहरा नज़र आया जो चिन्ता से नज़रें झुकाये हमें देख रहा था।

'तुम ठीक-ठाक तो हो न?' उसने कर्कश आवाज़ में पूछा

'हाँ, लगता तो है,' मैंने कहा।

‘क्या तुम दूसरे ट्रक से आगे निकल पाये?’ दलजीत ने सवाल किया।

‘नहीं,’ हमारे दोस्त ने रुखाई से कहा। ‘वह रास्ता ही नहीं दे रहा था। वह भी सिख था। बेहतर है, तुम लोग आगे आ जाओ।’

हम बिना हिचके फौरन तैयार हो गये और उसके सहायक ने काफ़ी बेमन से भैंस के पास जगह ले ली।

कुछ मील चलने के बाद ड्राइवर दोस्ताना अन्दाज़ में बतियाने लगा और उसने हमें बताया कि उसका नाम गुरनाम सिंह है।

‘क्या तुम मेरा नया हॉर्न सुनना चाहोगे?’ उसने पंजाबी में दरयाफ़्त किया।

‘क्या हम इस दौरान उसे सुनते नहीं रहे?’ मैंने व्यंग्य-भरे लहज़े में हिन्दी में कहा। हम ठीक-ठाक ही चल रहे थे।

‘पीछे तुम उसे ठीक से नहीं सुन सकते,’ उसने मेरे व्यंग्य को ज़रा भी समझे बिना कहा। ‘इसीलिए मैं तुम्हें यहाँ सामने की तरफ़ ले आया हूँ। क्या ख़याल है इसके बारे में?’ उसने पूछा और एक कान फाड़ देने वाली आवाज़ ट्रक के सामने वाले कैबिन में भर गयी।

‘उम्दा हॉर्न है,’ मैंने कानों में उँगलियाँ डाले हुए कहा। ‘इससे ज़्यादा तेज़ कोई हॉर्न नहीं होगा।’

‘इसे तुम आधा मील दूर तक सुन सकते हो,’ गुरनाम सिंह ने गर्व से कहा और उसने एक ही साइकिल पर सवार दो नौजवानों को उसका नमूना दिखाया। वे फुरती से रास्ता छोड़कर बगल हो गये।

‘यह यहाँ भी काफ़ी शोर करता है,’ मैंने कहा और फिर कहीं वह बुरा न मान ले, इस डर से आगे कहा, ‘वैसे कोई फ़र्क नहीं पड़ता इससे...’

‘क्या तुम्हारा हॉर्न एक ही सुर में बजता है?’ दलजीत ने पूछा।

मुझे लगा कि ऐसा पूछना बदतमीज़ी समझी जा सकती है, लेकिन गुरनाम सिंह इस सवाल का स्वागत करता जान पड़ा।

‘नहीं, दो में,’ वह चहका। ‘मर्द और औरत। देखो।’ और उसने एक

ऊँचा सुर बजाया और एक नीचा दोनों बराबर से कान-फाड़ू थे। हमारे आगे एक ऊँट घबरा कर सड़क से उतरा और खेतों में भाग गया।

'यह एक शानदार हॉर्न है,' गुरनाम सिंह बोला। 'मैंने इसे अपने ट्रक के लिए खास तौर पर बनवाया है। विलायती हॉर्न बेकार होते हैं। वे उतने ऊँचे नहीं बजते। हिन्दुस्तानी हॉर्न सबसे उम्दा होते हैं!'

बीच में जब थोड़ी-सी शान्ति हुई तो मैंने खुद को आवाज़ की फ़ितरत पर सोचते पाया—कुछ आवाज़ों की कर्कशता और दूसरी आवाज़ों का मीठापन—और कैसे कुछ खास आवाज़ें (जैसे वे जो इन दानवी हॉर्नों से निकलती थीं) कुछ लोगों को मीठी और दूसरों को भयंकर लगती थीं।

'यह पुरानी दिल्ली में बना है,' गुरनाम सिंह ने अपने हॉर्न के बारे में आगे बात बढ़ाते हुए मेरे ख़यालों को भंग किया। 'सिर्फ़ पचहत्तर रुपये में। मेरे बताये नमूने पर हाथ से बनाया गया है। बस, एक ही कमी है—यह भीगना नहीं चाहिए!'

उसने अपनी मुट्ठी फिर हॉर्न पर पटकी और मैंने बारिश के लिए दुआ माँगने की सोची, लेकिन आसमान साफ़ था और मैंने फ़ैसला किया कि हमें अपने साथ सवार कराके इतनी दूर ले जाने में जो भारी एहसान यह आदमी कर रहा था, उसके एवज़ में ऐसी प्रार्थना करना तर्कहीन और एहसान फरामोशी ही समझी जायेगी।

'मगर तुम्हें अन्दाज़ा भी नहीं है कि मेरे जैसा हॉर्न अपनी गाड़ी में लगवाना कितनी बड़ी बात है। आज़मा कर देखो, दोस्त। खुद आज़मा कर क्यों नहीं देखते?'

चूँकि मैं उसकी बगल में बैठा था, यह सवाल मुझसे किया गया था, दलजीत दरवाज़े वाली तरफ़ था।

'अरे, ठीक है,' मैंने कहा। 'तुमने पहले ही साबित कर दिया है कि यह कितना उम्दा और शानदार है।'

'नहीं, नहीं! तुम्हें आज़माना चाहिए। मैं कहता हूँ, तुम ज़रूर आज़मा

कर देखो।' वह किसी बड़े बच्चे जैसा था, अचानक उदारता से भरकर अपने नये खिलौने को छोटे भाई के साथ मिल-बाँटने को तैयार।

उसने मेरा दायाँ हाथ थामा और उसे हॉर्न पर रख दिया और जैसे ही मैंने हॉर्न को हल्के-से दबता महसूस किया खुशी की एक सनसनी मेरी बाँह में दौड़ गयी। मैंने ज़ोर से उसे दबाया और संगीत की एक धारा ट्रक के अन्दर और बाहर फैल गयी। और उसे दबाये रखते हुए मैंने ड्राइवर की प्रसन्नता अपने अन्दर भी महसूस की, क्योंकि उसके जैसे हॉर्न के साथ आदमी को उस ताकत और शान का एहसास होता था, जो सड़क के बादशाहों के पास होती है।

~

जब तक हम जयपुर पहुँचे अँधेरा हो चला था, इसलिए हम शहर को ज़्यादा नहीं देख सके। रात हमने ट्रक पर पीछे की तरफ़ गुरनाम सिंह के साथ सोते हुए गुज़ारी। ममता को रास्ते में ही बेच-बाच कर निपटा दिया गया था। जयपुर की रातें गर्मियों में भी ठंडी हो सकती हैं इसलिए गुरनाम सिंह ने बड़ी मेहरबानी से अपने ओढ़ने-बिछाने का सामान हमारे साथ मिल-बाँट लिया था। चूँकि वह ट्रक पर सोने का आदी था, इसलिए वह सुर-ताल में ऊँचे-ऊँचे खर्राटे लेता हुआ, जल्दी ही सो गया। दलजीत और मैं बेबसी में करवटें बदलते रहे। रात में उसने कई बार मुझे लात मारी। ट्रक का फ़र्श सख्त था और उसमें भैंस की तरह-तरह की गंध बसी हुई थी।

अभी हमें मुश्किल से नींद आयी होगी (या ऐसा हमें लगा), जब गुरनाम सिंह ने हमें जगा दिया और कहा कि चार बजने वाले हैं और उसे इस बार लाल पत्थरों की एक खेप लादकर वापस जाना था।

'कैसी ज़िन्दगी है!' दलजीत ने अपनी उनींदी आँखों को एक हाथ से मलते हुए झुँझला कर कहा। 'मैं ट्रक ड्राइवर बनना कभी पसन्द न करता।'

'आदमी को पेट तो पालना ही है,' गुरनाम सिंह ने दार्शनिकों की तरह कहा। 'मुझे गाड़ी चलाना पसन्द है। मैं सिर्फ़ छः या सात बरस का था जब मैंने

ड्राइविंग सीख ली थी। पैसे भी बुरे नहीं मिलते। अब जब मैं दिल्ली लौटूँगा, मैं दो दिन की छुट्टी लूँगा जिसे मैं अपने बीवी-बच्चों के साथ गुज़ारूँगा। तो गुडबाय दोस्तो। और अगर फिर कभी दिल्ली आओ तो मैं तुम्हें वहीं लालकिले की दीवार के पास मिलूँगा।'

हमने हाथ हिलाकर उसे विदा दी और वह अपने ट्रक पर बैठकर, धूल के बड़े-बड़े बादल उड़ाता, भारी शोर मचाता और शायद आस-पास रहने वालों को उनकी नींद से जगाता, तेज़ी से रवाना हो गया। कुत्ते भौंकने लगे और एक मुर्गा बाँग देने लगा।

हम शहर के बाहरी हिस्से में एक झील के पास थे। दूसरी तरफ़ खुले मैदान, नंगी पहाड़ियाँ और रेगिस्तानी इलाका था। हमें कुछ कँटीली झाड़ियाँ और बबूल के पेड़ों के बीच एक इमारत के खँडहर भी नज़र आ रहे थे जो शायद कभी कोई महल रहा होगा या शिकारगाह।

'चलो, वहाँ चलें,' दलजीत ने सुझाया। 'हम झील में नहाकर आराम कर सकते हैं। फिर सुबह होने पर हम शहर में जाकर रेलगाड़ियों का पता कर सकते हैं।'

हम झील के किनारे-किनारे चल दिये और उसकी दूसरी तरफ़ पहुँचने में हमें आधा घंटा लग गया।

खेतों में कोई नहीं था, लेकिन पास कुएँ में लगे रहट के जुए में जुता ऊँट लगातार पानी से भरी टींडें खींचता हुआ चक्कर काट रहा था। पास के गाँव में घरों से धुआँ उठ रहा था और एक बाँसुरी की तान भोर की शान्त हवा में हमारे ऊपर लहरा रही थी।

हमें खँडहर तक पहुँचने में लगभग बीस मिनट लग गये जो किसी राजपूत राजा की शिकारगाह लगती थी और तब बनाई गयी होगी जब शिकार के लिए जानवरों की भरमार रही होगी।

खँडहर का फाटक मलबे से बन्द था, लेकिन दीवार का कुछ हिस्सा ढह गया था और हम उस फाँक पर चढ़कर अन्दर पहुँचे जहाँ हमने खुद

को पत्थर-बिछे अहाते में पाया जिसके बीचोबीच पत्थर ही का बना, सूखा, इस्तेमाल में न आने वाला फ़व्वारा था। फ़व्वारे के फ़र्श में पड़ी दरारों से पीपल का एक छोटा-सा पेड़ उग रहा था।

हम अहाता पार करके बड़ी इमारत तक पहुँचे। तभी दलजीत ने सहसा रुक कर पूछा : 'रस्टी, क्या तुम्हें कोई गंध आ रही है?'

'हाँ,' मैंने कहा, 'किसी चीज़ के पकने की।'

हमें रत्ती भर उम्मीद नहीं थी कि हमें यहाँ ऐसा कुछ मिलेगा। इसका मतलब था कि खँडहर में कोई रहता था। मैंने मन में सोचा कि मुड़कर चल देना ही बेहतर होगा, लेकिन उत्सुकता ने हमें अपने शिकंजे में कस लिया था—उत्सुकता ने और सालन की दिलकश खुशबू ने! लिहाज़ा, दलजीत और मैं आगे बढ़े, बाहर की रोशनी से छूते हुए बरामदे की छाया में। एक दरवाज़ा अन्दर के नीम अँधेरे कमरे में खुलता था जहाँ से सालन के पकने की खुशबू हवा पर बहती हुई आ रही लगती थी। हम वहीं ठिठके खड़े रहे, अनजानी जगह की दहलीज़ पर।

'अब आगे भी बढ़ो,' दलजीत ने उकसाते हुए कहा।

'मैं तुम्हारे लिए रुका था,' मैंने कहा। बिना किसी साफ़ कारण के थोड़ा आशंकित महसूस करते हुए।

आपसी समझदारी से एक-दूसरे को देखकर मुस्कुराते हुए हम एक साथ कमरे में दाखिल हुए और हमने उसे खाली पाया।

कमरे के एक कोने में चूल्हा बना था और उस पर चढ़े पतीले में कोई मज़ेदार चीज़ पक रही थी। रसोई बनाने वाले का कोई नामोनिशान न था।

मैं सतर्कता से आग की तरफ़ बढ़ा और पतीले का ढक्कन उठाकर मैंने सूँघा। मुर्गे का सालन! निपट निर्जन जगह में बनी शिकारगाह के खँडहर में मुर्गे का सालन! हमने रुक कर यह नहीं विचारा कि कैसे और क्यों यह सब यहाँ आया है। वहाँ कोई बर्तन भी नहीं था, इसलिए हमने सालन में उँगलियाँ डालीं और मैंने अभी एक रसीले टुकड़े में दाँत गड़ाये ही थे कि पीछे से दो

मज़बूत बाँहों ने मुझे जकड़ लिया और फ़र्श से ऊपर उठा लिया।

मैं इतना चौंक गया कि मुर्गे का वह टुकड़ा मेरे हाथों से नीचे जा गिरा। मैं उन बाँहों की जकड़बन्दी से छूटने के लिए छटपटाया, लेकिन उसकी बाँहें बहुत मज़बूत थीं। वे किसी भूत की नहीं, बल्कि आदमी की थीं, यह मुझे उसकी बाँह के काले बालों से मालूम हो गया था। मैं छटपटा कर बेतहाशा टाँगें मारने लगा; तभी कोई, एक और आदमी मेरे सामने प्रकट हुआ और उसने मेरी टाँगें पकड़ लीं। दलजीत किसी और आदमी के साथ छीना-झपटी करता सुनाई दे रहा था और मैंने चिल्लाकर उससे कुछ कहना चाहा, लेकिन जिस आदमी ने मेरी टाँगें जकड़ रखी थीं, मेरे मुँह में एक तेलहा कपड़ा ठूँस दिया। उसने मेरे हाथ थाम लिये और उन्हें पकड़े रखा जबकि मेरे पैर रस्सी से बाँध दिये गये। मुझे ज़मीन पर पटक दिया गया। मेरा मुँह फ़र्श की तरफ़ था और हाथ-पैर बँधे थे। कमरे के दूसरे कोने में दलजीत भी काफ़ी कुछ ऐसी ही हालत में था। हम कुछ ज़्यादा करने के काबिल नहीं रह गये थे। हमारे साथ कम-से-कम तीन आदमी उस कमरे में थे।

'अरे, यह तो बस छोकरा ही है,' एक आदमी ने झुककर मेरा चेहरा परखते हुए हिन्दी की स्थानीय बोली में कहा (मुझे हैरत हुई कि उसकी बोली मेरी समझ में आ गयी।) कमरे के अँधेरे में मैं उसका नाक-नक्शा नहीं देख पा रहा था, लेकिन मुझे मालूम था कि उसके चेहरे पर दाढ़ी थी, जिसे मैंने अपनी गरदन पर महसूस किया था। उसकी साँस में लहसुन की तीखी गंध थी।

'छोकरा हो या आदमी या लड़की,' दूसरे ने कहा, 'जो भी हमारा खाना उड़ाने के चक्कर में हो, उसकी जमकर पिटाई होनी चाहिए।'

'यह काफ़ी गोरा है, यह छोकरा,' दाढ़ीवाले आदमी ने कहा।

'क्या यह विदेशी है?'

'हाँ, लगता तो ऐसा ही है। चलो, इन्हें बाहर अहाते में ले चलें। वहाँ इन्हें हम अच्छे से देख सकेंगे।'

'नहीं, हमें स्वयं दिखना नहीं चाहिए! अगर गाँववालों ने हमें यहाँ देख

लिया तो बात जल्दी ही फैल जायेगी। हम इस जगह को दोबारा इस्तेमाल करना चाहते हैं न?'

'तब लालटेन जलाओ।'

जो आदमी मिट्टी के तेल की लालटेन जलाने के काम में जुटा था, वह उन तीनों में सबसे लम्बा था। जैसे ही लालटेन की लौ तेज़ हुई, उससे दीवार पर बड़ी-सी छाया पड़ने लगी। यह आदमी दानव जैसा था, छः फुट से कई इंच लम्बा। उसकी छाती उघड़ी हुई थी और बाल छोटे-छोटे कटे थे। उसकी मांसपेशियाँ लोहे के डलों की तरह उभरी हुई थीं। दाढ़ीवाले के पीछे एक तीसरा आदमी था, जो हुक्म देता जान पड़ता था; मैं अभी उसे देख नहीं पा रहा था।

'इसे पलटो ताकि हम ठीक से देख सकें,' उसी तीसरे आदमी ने कहा।

दानव ने मुझे फ़र्श पर पलट दिया, जिससे मैं बेबसी से सिर्फ़ काली पड़ गयी छत को देख सकता था। कुछ पल बाद तीन चेहरे नीचे झुक कर मुझे ताक रहे थे। उस गहरे अँधेरे कमरे में, बँधे हाथ-पैर और मुँह में ठुँसे कपड़े के साथ, पूरी तरह उनके रहमो-करम के हवाले, मैं डर से काँप रहा था। वे अपराधियों जैसे लगते थे। शायद वे डाकू थे और उस खँडहर को अपने छिपने की जगह की तरह काम में लेते थे।

दाढ़ीवाले के गालों की हड्डियाँ ऊँची थीं और आँखें तिरछीं। अपनी चौड़ी नाक और मोटे-मोटे भारी होंठों के बावजूद दाढ़ीवाले के चेहरे पर क्रूरता नहीं थी। मुझे सबसे ज़्यादा डर तीसरे आदमी से लगा था। वह दरअसल कुछ-कुछ नाटा-सा था और मुझे देखते हुए मुस्कुरा रहा था, लेकिन वह ऐसी मुस्कान थी जिसे देखकर मेरी रीढ़ की हड्डी में झुरझुरी दौड़ गयी थी।

'हमारे मुर्गे पर हाथ साफ़ करना कोई अच्छी बात नहीं थी,' उसने मुलायम आवाज़ में कहा। 'खासतौर पर जब भँबीरी ने उसे इतनी तकलीफ़ उठाकर चुराया था।'

'हाँ, आधी रात को,' दानव बोला जिसका वह अजीब-सा नाम था—भँबीरी—जो लट्टू को कहते हैं। 'तीन कुत्ते और आधा गाँव खेतों में मुझे

दौड़ा रहा था। लेकिन मैंने उन्हें चकमा दे दिया।' और वह खुद ही मज़ा लेता हुआ चहका।

'इसे मखौल में उड़ाना तो ठीक है,' दाढ़ीवाला आदमी मुँह लटकाये हुए बोला। 'मुर्गे की बात ज़रूरी नहीं है। ये लोग यहाँ आये किसलिए? तुम्हारे ख़याल में इन्हें क्या मालूम है?'

'चलो, इससे पूछें,' उस नाटे, डरावने आदमी ने कहा। उसने नीचे झुककर मेरी आँखों में सख्ती से देखा और फिर मेरे मुँह से कपड़ा खींच लिया। जैसे ही कपड़ा निकला, मैंने अपने नीचे के दाँतों पर किसी ठंडी, कड़ी चीज़ को महसूस किया। वह कुछ ऐसा था मानो दाँतों का डॉक्टर अपने मरीज के दाँतों की शुरुआती जाँच कर रहा हो, लेकिन फ़र्क बस इतना था कि यह नाटा, डरावना आदमी चाकू की नोक इस्तेमाल कर रहा था।

'जब तक हम न कहें, बोलना या चिल्लाना मत,' उसने खबरदार किया। फिर चाकू हटाते हुए वह पीछे खिसक कर खड़ा हो गया। 'उसे थोड़ा-सा सीधा करके बैठा दो। मेरी बात समझ रहे हो?'

मैंने सिर हिलाकर हामी भरी। भँबीरी आगे बढ़ा और आसानी से उठाकर उसने मुझे एक दीवार से टिका दिया।

'मेरी कलाई दर्द कर रही है,' मैंने कहा।

भँबीरी मेरे हाथों में बँधी रस्सी को खोलने के लिए कसमसाया, लेकिन उसके सरदार ने कहा, 'उसके हाथ मत खोलो, बेवक़ूफ़,' और वह दानव पीछे हट गया।

'अब हमें बताओ तुम यहाँ क्या कर रहे हो?'

'हम सिर्फ़ ऐसी जगह खोज रहे थे जहाँ आराम कर सकें,' मैंने यह सोच कर कहा कि सच बोलने में कोई हर्ज नहीं था।

'इसकी बाँह मरोड़ो, भँबीरी।'

मेरे ख़याल में वह दानव मेरी बाँह को बहुत ज़ोर से नहीं मरोड़ना

चाहता होगा, लेकिन उसके हल्के-से-हल्के मरोड़ने पर भी मेरी चीख निकल जाती थी। ज़िन्दगी में किसी-न-किसी समय वह ज़रूर पहलवान रहा होगा।

'झूठ मत बोलो,' सरदार ने तीखे स्वर में कहा। 'झूठ बोलने पर बहुत तकलीफ़ सहनी पड़ती है। तुम हमारी जासूसी करते रहे हो।'

'हम तुम लोगों के बारे में कुछ नहीं जानते,' मैंने हताशा से कहा। 'हमने जयपुर में सिर्फ़ एक रात बिताई है।'

'ये महज़ लड़के हैं।'

'हम समुद्री किनारे की तरफ़ जा रहे हैं,' मैंने कहा। 'हमारे पास ज़्यादा पैसे नहीं हैं।'

'इसलिए तुम हमारा खाना चुराने जा रहे थे,' भँबीरी कड़े स्वर में बोला। हम पुलिस के जासूस हैं, इस सम्भावना की बनिस्बत खाना गँवा देना उसके लिए चिन्ता का अधिक कारण था।

'आओ देखें कि इनके पास कुछ पैसे हैं या नहीं,' नाटे आदमी ने कहा। उसने मेरी जेबें खँगालीं और कुछ नोट और रेज़गारी निकाल ली जो मेरी कुल दौलत थी। फिर वह दलजीत की तरफ़ गया, जिसके मुँह में अब भी कपड़ा ठुँसा था और जो असहाय पड़ा हुआ था। उसने दलजीत का बटुआ निकाला, उसे देखा-परखा और कहा, 'इसमें तीस या चालीस रुपये हैं।' उसने सब कुछ अपनी जेब के हवाले किया। मैं हताशा में डूब गया। अब हम क्या करेंगे?

'क्या मैं अब इन्हें जाने दूँ?' भँबीरी ने पूछा।

'नहीं, मूरख आदमी, ये शोर मचा देंगे। जो खाना बचा है उसको हमें खत्म करना चाहिए और फिर चल देना चाहिए।'

लिहाज़ा हम उसी बँधी हालत में पन्द्रह मिनट वहाँ पड़े रहे, जिस बीच डाकुओं ने अपना खाना खत्म किया। मैं देख सकता था कि मेरी तरह दलजीत भी छूटने और उस भयंकर जगह से निकल भागने को बेचैन था। इस बीच, ऐसा लगता था कि डाकुओं का कुछ भी पीछे छोड़ जाने का कोई इरादा नहीं था। जब वे खा-पी चुके तो उँगलियाँ चाटीं और डकार ली। मैं यह सोचे बिना

नहीं रह सका कि भँबीरी की डकार कितनी नायाब थी। वह कहीं उसके पेट की गहराई से उठती और जैसे-जैसे बाहर को आती, उसका आकार बढ़ता जाता और फिर पूरे कमरे में इस तरह गूँजती जैसे कोई डंका बजा हो। नाटा आदमी अपने ओछे तरीके से बहुत धीमी डकार लेता।

'हम इनको यहीं छोड़ देंगे,' उसने मेरी तरफ़ कुटिलता से मुस्कुराते हुए देखकर कहा। 'ये जितना चाहें आराम करें। दो-एक दिन तक शायद इनका पता किसी को नहीं चल पायेगा। उस गोरे लड़के का मुँह फिर से बन्द कर दो, भँबीरी।'

दानव मेरे ऊपर झुका जिससे लालटेन की रोशनी ढँक गयी और हालाँकि अँधेरा था, तो भी मेरा ख़याल है मुझे उसकी आँखों में हमदर्दी की एक किरण दिखाई दी। उसने वह गन्दा चिथड़ा फिर से मेरे मुँह में ठूँस दिया और कपड़े की एक पट्टी उस पर बाँध दी। और फिर, जिस बीच उसने रोशनी रोक रखी थी, उसने अपने हाथ मेरे पीछे सरकाये और फुरती से उस रस्सी की गाँठ खोल दी जिससे मेरे हाथ बँधे हुए थे।

'चलो चलते हैं,' सरदार ने कहा।

वह चैम्बर से चल पड़ा दूसरे लोग भी उसके पीछे-पीछे चल पड़े। भँबीरी अन्त में गया किन्तु उसने पीछे मुड़कर हमें नहीं देखा। जब तक उस की पदचाप सुनाई देती रही मैंने इन्तज़ार किया। उसके बाद मैंने अपने हाथ रस्सी से छुड़ाये जिसे भँबीरी ने खोल दिया था, फिर मैंने अपने मुँह में ठुँसा कपड़ा निकाला। मैंने अपने पैर खोले और दलजीत की ओर गया और उसके मुँह में से कपड़ा निकाला और कमर के चारों ओर बँधी रस्सी भी।

'तुम कैसे छूटे?' जैसे ही दलजीत बोलने के काबिल हुआ, उसने पूछा।

'ऊँची आवाज़ में मत बोलो,' मैंने कहा। 'हो सकता है वे लौट आयें। उनके खाना बनाने के बर्तन अब भी यहीं हैं, हालाँकि वे शायद किसी और के हैं।'

'लेकिन तुम छूटे कैसे, रस्टी?'

'दूसरे लोगों की नज़रें बचाकर उस लम्बे-तगड़े आदमी ने मेरे हाथ खोल दिये थे। मेरा ख़याल है उसे हम पर दया आ गयी।'

'भगवान उसका भला करें,' दलजीत ने आवेग-भरे स्वर में कहा। 'हो सकता है हम यहाँ कई दिनों तक पड़े रहते और भूख से मर जाते। या प्यास से, जो भी पहले होता।'

जैसे ही उसके हाथ-पैर आज़ाद हुए, वह उठ बैठा और अपनी बाँहें और टाँगें सीधी करने लगा। फिर उसने घुटने मोड़े और अपनी ठोड़ी उन पर टिका ली और मेरी तरफ़ चिन्ता से देखा।

'अब हम क्या करेंगे रस्टी? वे हमारे पैसे ले गये हैं। हम कहीं नहीं जा सकते, न आगे, न पीछे। हमें सबसे नज़दीक के थाने में खुद को पुलिस के हवाले करना होगा।'

'वे हमारे पिट्ठू भी ले गये हैं। खैर, अगर वे डाकू हैं तो मेरे ख़याल में यही उनका काम है कि जो वे ले जा सकें ले जायें। मेरा मानना है कि हमें खुद को खुशकिस्मत समझना चाहिए। वे हमारी जान भी ले सकते थे।'

'हम उनका पहला शिकार नहीं थे। वह नाटा व्यक्ति...' दलजीत के चेहरे पर गुस्सा था जब वह सम्भावनाओं पर बात कर रहा था; तभी उसके हाथ उसकी जेब में गये और उसका चेहरा चमक उठा। 'वे उतने चालाक भी नहीं थे, रस्टी, मेरी घड़ी भूल गये, सोचो और मेरी जेबों में थोड़ी नकदी अभी भी है!'

'खैर, कुछ तो है,' मैंने कहा। 'हम भूखे नहीं मरेंगे। हम घड़ी को किसी भी समय बेच सकते हैं। लेकिन अगर हम उसे बेचे बिना किसी तरह जामनगर पहुँच सकें तो...हमें उसको किसी असली आफ़त के लिए बचाये रखना चाहिए।'

'क्या यह आफ़त नहीं है?'

'है तो, मेरे ख़याल से...फिर भी...'

'और तुम्हारा ख़याल है हम आगे जा सकते हैं? तुमने अभी इरादा नहीं छोड़ा है?'

‘अपने बारे में बताओ?’

‘तुम सोचते हो मैं तुमसे पहले हार जाऊँगा? चलो, रस्टी, यहाँ से बाहर निकलें। कल शनिवार है और हमें उस जहाज़ तक पहुँचना है।’

~

दलजीत और मैं मालगाड़ी के एक डिब्बे के फ़र्श पर पसरे हुए थे, जिसकी छत नहीं थी। रेलगाड़ी छुक-छुक करती हुई धीमे-धीमे रेगिस्तान को पार कर रही थी और गर्म हवाएँ रेत को हम पर बरसा रही थीं। किरकिरी रेत हमारे बालों, हमारी आँखों और मुँह में पड़ रही थी। उससे कोई बचाव नहीं था। रेत की परत चढ़ा दलजीत का चेहरा मेरे चेहरे के रंग जैसा हो गया था। सूरज बेरहमी से हम पर बरस रहा था और डिब्बे का सिर्फ़ एक छोटा-सा कोना था जहाँ कुछ छाया थी। हमारे पास जो पैसे बचे थे उससे हमने कुछ केले खरीदे जिन्हें हम बीच-बीच में खा रहे थे।

‘सुबह तक भूख से हमारा बुरा हाल हो जायेगा,’ मैंने कहा। ‘मेरे खयाल में हमें इन केलों में से कुछ बचा रखने चाहिए।’

‘सुबह कल आयेगी,’ दलजीत बोला। ‘मुझे भूख आज लगी है। इसके अलावा, सुबह तक हम जामनगर में होंगे।’

‘और अगर जहाज़ चला गया होगा, तो...?’ मैं खुद को उन सभी सम्भावनाओं के बारे में सोचने से रोक नहीं पा रहा था, जिनमें हम खुद को पा सकते थे—भले ही वे हमारी आशाओं के विपरीत होतीं।

‘जहाज़ वहीं होगा।’ हमेशा की तरह दलजीत हर चीज़ के बारे में भरोसे से बोल रहा था।

‘तुम्हें कैसे मालूम?’ मैंने पूछा।

‘मुझे मालूम नहीं है। मैं सिर्फ़ उम्मीद बनाये रखता हूँ।’

‘वह किसी भी दिन रवाना हो सकता है। शायद वह जा भी चुका है,

दलजीत। हम बिना एक भी पैसे के फँसे रह जायेंगे; तब हम क्या करेंगे?'

'फ़िकर करना छोड़ो, रस्टी। घबराओ मत। अगर हम मुसीबत में हुए तो हम घड़ी बेचकर स्कूल वापस जायेंगे और निकाले जायेंगे। नहीं, वे हमें निकालेंगे नहीं—उन्हें मेरे पिता से वह सारा पैसा मिलना बन्द हो जायेगा—लेकिन अगर तुम चाहो तो हम फिर भाग जायेंगे।'

'जहाज़ वहीं हो तो अच्छा है,' मैं बड़बड़ाया।

'वहीं मिलेगा वह। हम कल उस पर चल देंगे। मुझे उम्मीद है तुम आकर मोम्बासा में मेरे साथ कुछ दिन रहोगे।'

'अरे, मैं तो अपने चाचा के साथ जहाज़ पर सफ़र करने में बहुत व्यस्त रहूँगा,' मैंने कहा।

'कितनी मज़ेदार बात है, स्कूल का झंझट खत्म। हो सकता है, मैं भी तुम्हारे साथ चलूँ, रस्टी। मेरे ख़याल में व्यापार बहुत दिलचस्प नहीं साबित होगा।'

'हम साथ-साथ सारी दुनिया देख सकेंगे,' मैंने कहा। 'कैसे सपने देखने वाले लोग हैं हम!'

'खैर, हम कहीं-न-कहीं तो जा ही रहे हैं। जैसा कि मेरे दादा कहा करते थे, (ये वही दादा थे जो पंजाब में बना कपड़ा बेचने के लिए दुनिया भर में सफ़र किया करते थे।) एक जगह से दूसरी जगह जाने की सबसे अच्छी वजह यह देखने के लिए है कि बीच में क्या है।'

'बीच में वे कपड़ा बेचते थे,' मैंने कहा। 'वे हमारी तरह सपने नहीं देखते थे।'

'तुम हाथ खड़े कर रहे हो, रस्टी।'

'नहीं, मैं हाथ नहीं खड़े कर रहा।'

मगर वह रात भर का कड़ा सफ़र था। मालगाड़ी बेहद धीमी रफ़्तार से चल रही थी और कई जगहों पर रुकती। एक छोटे-से स्टेशन पर, बहुत-से बोरे जिनमें मवेशियों का चारा भरा होगा डिब्बे में फेंक दिये गये जिससे हम

अपनी कच्ची-पक्की नींद में लगभग दब ही चले थे। लेकिन हमने पाया कि वे आराम करने के लिए अच्छे थे और हम इत्मीनान से उनके ऊपर सवेरा होने तक लेटे रहे।

जैसे-जैसे आसमान साफ़ हुआ, हमें पता चल गया कि हम अपनी यात्रा के अन्त से बहुत दूर नहीं हैं। इर्द-गिर्द की दृश्यावली पूरी तरह बदल गयी थी। हम रेगिस्तान को पीछे छोड़कर समुद्री किनारे के मैदानी इलाके में आ पहुँचे थे।

ऊँचे लहराते हुए नारियल और ताड़ के पेड़ों की फाँक से होकर मेरी नज़र समुद्र पर पड़ी।

यह वही समुद्र था जैसा कि मैं उसे अपने पिता के साथ काठियावाड़ में बिताये दिनों के बाद सपनों में देखता आया था। विशाल, अकेला और नीला। नीला जैसा कि आसमान नीला था और जो पहला जहाज़ मुझे दिखाई दिया, वह एक अरब डाउ थी जो किनारे की तरफ़ बहती हवा में हल्के-से तिरछी होती हुई लहरों पर बढ़ती जा रही थी।

मालगाड़ी एक छोटे-से पुल पर जाकर रुक गयी, जिसके नीचे से बहती नदी मैदान पर मँडराती हुई नीचे समुद्र में मिलने के लिए बहे जा रही थी।

हम यहाँ उतर गये और हमने हाथ हिलाकर ब्रेकवाले का शुक्रिया अदा किया जिसने हमें मालगाड़ी पर सफ़र करने की छूट दी थी। फिर हम नदी के किनारे पर सरकते हुए नीचे चले आये और तब तक पुल के नीचे छिपे रहे जब तक कि गाड़ी फिर रवाना नहीं हो गयी। हम नहीं चाहते थे कि गार्ड हमें देख ले; वह शायद ब्रेकवाले जितना हमदर्द नहीं साबित होता।

यह देखकर कि आस-पास कोई नहीं है, हमने सफ़र की धूल-गर्द और दागों से भरे अपने कपड़े उतारे और पानी के अन्दर किनारे की तरफ़ उगी शैवाल के बीच से रास्ता बनाते हुए नदी में चले गये। पानी का बहाव पहाड़ी नदियों की तरह तेज़ नहीं, बल्कि धीमा था और उसका गर्म-गर्म पानी भी उतना तरोताज़ा करने वाला नहीं था जितना पहाड़ी चश्मों से आने वाला वह पानी जिसके हम आदी थे, लेकिन वह हमारे मतलब जितना

ताज़ा था और उससे हमारे थके हुए शरीरों में नयी जान आ गयी। हम पानी में छप-छप करते नहाते रहे—एक-दूसरे पर पानी उछालते और एक-दूसरे को डुबकियाँ देते हुए—और दलजीत पानी के अन्दर-अन्दर तैरता हुआ जब सतह पर आया तो उसके लम्बे बालों में, जो खुल गये थे, एक शैवाल उलझी हुई थी।

हम पानी में पन्द्रह मिनट तक नहाते रहे और अपने चारों तरफ़ का सारा होश जाता रहा था। जब हम आखिरकार पानी से निकल कर किनारे पर आये तो हमें ज़बर्दस्त झटका लगा: हमारे कपड़े गायब थे। बस दलजीत की पगड़ी ही थी, जो बची थी।

किनारे पर ऊँचाई पर सिर्फ़ लँगोट पहने तीन लड़के खड़े-खड़े हमें घूर रहे थे। उनमें जो औरों से बड़ा था, चिढ़ाने वाले अन्दाज़ में हमारे कपड़े हाथ में उठाये हमें दिखा रहा था।

'हमारे कपड़े हमें दे दो भैया,' दलजीत ने भलमनसाहत से हिन्दी में कहा। 'मेरी पगड़ी छोड़कर तुमने बहुत अच्छा किया, लेकिन मैं पगड़ी सिर पर बाँधता हूँ और कहीं नहीं।'

तीनों लड़के ठठा कर हँस पड़े और मुड़कर खेतों के बीच से दौड़ गये।

'अरे, वापस आओ,' दलजीत चिल्लाया।

'चलो, उनका पीछा करें,' मैंने कहा।

हमारे लिए यह लगभग जीने-मरने का मामला था। दलजीत के बदन पर सिर्फ़ उसकी पगड़ी और घड़ी थी, लेकिन मेरे पास तो उतना भी नहीं था। हम हाथों का सहारा लेते हुए किनारे पर चढ़े और बेतहाशा उनके पीछे-पीछे भागने लगे। लेकिन उन्हें अच्छी बढ़त मिल चुकी थी और खेतों के बीच से रास्ता मालूम था। अभी हम खेतों के बीच मेड़ों, गड्ढों और सिंचाई के लिए बनी नालियों की वजह से गिरते-पड़ते, रास्ते में ही थे जब वे गाँव तक पहुँच चुके थे। एक दीवार से कंकड़ों की बौछार आयी तो हम रुक गये।

'आओ, उन्हें मनाने की कोशिश करते हैं,' मैंने सुझाया और अपने हाथ

मुँह के दोनों तरफ़ लगाकर चिल्लाया : 'मेहरबानी करके हमारे कपड़े लौटा दो, हमारे पास और कपड़े नहीं हैं!' मैंने अपनी सबसे अच्छी हिन्दी इस्तेमाल करने की कोशिश की।

उत्तर में एक बड़ा-सा पत्थर आया, जो मेरे कान के पास से गुज़र गया।

'मुझे नहीं लगता कि वे यहाँ हिन्दी बोलते हैं,' मैंने दलजीत से कहा। 'क्या मैं अंग्रेज़ी में कहूँ? मुझे और कोई भाषा नहीं आती।' 'अंग्रेज़ी नहीं! उसके जवाब में सिर्फ़ और पत्थर ही आयेंगे। मेरा ख़याल है, वे गुजराती बोलते हैं... और वह मुझे बिलकुल नहीं आती।'

खेत के छोर पर एक आदमी हमारी तरफ़ लाठी चमकाता और चिल्लाता हुआ प्रकट हुआ। वह क्या चिल्ला रहा था, यह हमारी समझ से बाहर था।

'तुम्हारे ख़याल से यह क्या कह रहा है?' दलजीत ने पूछा।

'मैं क्या जानूँ? शायद वह चाहता है, हम उसकी ज़मीन से बाहर निकल जायें।'

'खैर, हम अपने कपड़े लिये बिना नहीं जायेंगे।'

'हमें जाना पड़ेगा,' मैंने कहा। 'देखो, कुत्ते भी आ रहे हैं!'

गाँव के कई देसी कुत्ते भौंकते और तेज़ी से भागते हुए हमारी तरफ़ आ रहे थे। उनके पीछे लाठी लिये दो आदमी और पत्थरों से लैस कई लड़के भी थे। दलजीत और मैंने उन्हें अपना पिछवाड़ा दिखाने में रत्ती भर समय नहीं गँवाया और जितनी तेज़ी से हम अपने थके हुए अंगों के सहारे भाग सकते थे, खेतों के बीच से सरपट भाग खड़े हुए। नदी को पार करके ही हमने साँस दुरुस्त करने के लिए दम लिया। गाँववालों ने इस तरफ़ हमारा पीछा नहीं किया, सो हमने नतीजा निकाला कि अब हम किसी और की ज़मीन पर थे। गाँववाले हमारी तरफ़ अपनी लाठियाँ चमकाते रहे और हम उन्हें मुट्ठियाँ हिला-हिला कर धमकाते रहे, लेकिन हमारे कपड़े अभी तक हमें नहीं मिले थे। हमने नदी के पास से हट कर आमों के एक झुण्ड में आसरा खोजा। वहाँ हमें अकेला छोड़ दिया गया।

'और अब हम क्या करें?' दलजीत ने जानना चाहा।

'तुम्हारा मतलब है, बिना कपड़ों के?'

'क्यों नहीं? हम अँधेरा होने तक इन्तज़ार करेंगे।'

'और जब सुबह होगी, तब?'

'अरे, कोई रास्ता निकालेंगे। हम इस घड़ी को बेचकर कुछ कपड़े खरीद लेंगे।'

'मैं इस बात की कल्पना भी नहीं कर सकता कि हम किसी दुकान में घड़ी के अलावा और कुछ न पहने दाखिल हो रहे हैं, जिसे हम फिर बिक्री के लिए पेश कर रहे हैं।'

'हम साधू होने का दिखावा कर सकते हैं,' दलजीत बोला। 'या कम-से-कम साधुओं के चेले होने का। आजकल इसी का चलन है। सिर्फ़ सबसे ऊँचे और बढ़िया साधू नंगे घूमते हैं। हो सकता है, हमें रात भर के लिए मुफ़्त खाना और रहने की जगह भी मिल जाये।'

'और सुबह तक हम पायेंगे कि जहाज़ इस बीच हमें साथ लिये बिना जा चुका है।'

'यह तो मैंने सोचा ही नहीं था...'

लेकिन जब हम वहाँ बैठे अपनी दुर्दशा की उधेड़-बुन में जुटे हुए थे, हमने दो लोगों को, जो शायद रेल कर्मचारी थे, हमारी तरफ़ के किनारे पर नदी तक जाते देखा। उन्होंने किसानों के विपरीत, जिन्होंने धोतियाँ पहनी हुई थीं, पतलून-कमीज़ और जूते पहन रखे थे। पहले मैंने सोचा कि वे पानी पीने नदी पर जा रहे हैं, लेकिन जब मैंने उन्हें कपड़े-जूते उतारते देखा तो मैं एक अनजानी उम्मीद से उठ बैठा।

'दलजीत,' मैंने शिद्दत से कहा, 'उन्हें देख रहे हो?'

'बिलकुल, मैं उन्हें देख सकता हूँ।' उसने मेरा मतलब समझने में देर नहीं लगाई। 'हाँ, यही हमारा एक अकेला मौका है। याद रहे, हमें कोई

रहम नहीं करना चाहिए। हमारे जैसे भले लोगों के लिए इस संसार में कोई जगह नहीं है। और वैसा ही करना चाहिए जैसा यहाँ के लोग करते हैं! वे इसके लिए शायद गाँववालों को दोषी ठहरायेंगे। लेकिन बिलकुल दबे पाँव चलना।'

'झाड़ियों की ओट लेकर चलना होगा। वे हमें देख न पायें!'

हाथ-पैर के बल रेंगते हुए और उन काँटों की परवाह न करते हुए, जो हमारे नंगे जिस्मों को खरोंच रहे थे, हम फिर नदी की तरफ़ लगभग उसी जगह आ पहुँचे जहाँ वे आदमी नहा रहे थे। नहाते समय बच्चों की तरह मस्ती करते हुए वे काफ़ी शोर कर रहे थे। (ऐसा लगता है कि खुले में नहाना बड़े आदमियों में काफ़ी चंचलता पैदा कर देता है। ऐसा मैंने देखा है। शायद इसलिए कि वे उसी तत्त्व में फिर से वापस पहुँच जाते हैं जहाँ से मनुष्य पहले-पहल एमीबा की तरह बाहर आया था।) इसीलिए उन्होंने हमें न देखा, न सुना। उनके कपड़े एक बेतरतीब ढेर में कुछ गज़ दूर पड़े थे।

'मैं उन्हें लाऊँगा,' दलजीत फुसफुसाया। 'अगर वे मुझे देख भी लेंगे तो गलती से मुझे गाँव का कोई छोकरा समझेंगे। लेकिन अगर उन्होंने तुम्हें देख लिया तो समझो शामत आयी।'

वह बहुत तेज़ी से झाड़ियों के पीछे से झपटा। (अगर उसने यही रफ़्तार स्कूल में दिखाई होती तो वह एक अच्छा धावक बन सकता था।) फिर उसने सारे कपड़े अपनी बाँहों में उठाये और मेरे पास लौट आया। 'शानदार!' मैंने फुसफुसा कर कहा। 'उन्होंने कुछ भी नहीं देखा।' हम इस बात के लिए नहीं रुके कि वे अपना नुकसान देख पायें बल्कि हम दौड़कर आमों के उस झुण्ड को पार करते हुए चले आये।

हमने रेल की पटरियाँ पार कीं और खुले देहाती इलाके को दौड़कर पार करते रहे, जब तक कि हम एक पुराने कुएँ तक नहीं पहुँचे। वहाँ बरगद के एक बड़े पेड़ की घनी छाया में हमने अपने नये कपड़े पहने जो हमारे लिए काफ़ी बड़े नाप के थे। लेकिन उस समय किसे इस बात की फ़िक्र थी? कम-से-कम अब हम नंगे तो नहीं थे!

दो घंटे बाद हम जामनगर में थे।

हम चाय की एक छोटी-सी दुकान के पास रुके और दूसरे लोगों को लड्डू और भेलपुरी खाते देखते रहे। हमारी बिसात तो एक नारियल तक खरीदने की नहीं थी।

'जहाज़ों का घाट कहाँ है?' मैंने दुकानदार से पूछा।

'यहाँ से दो मील दूर,' उसने जवाब दिया।

'क्या घाट पर कोई जहाज़ है?' मैंने राहत से मगर चिन्ता भी महसूस करते हुए सवाल किया।

'तुम्हें जहाज़ से क्या काम?'

'जहाज़ से किसी को क्या काम हो सकता है?'

'खैर, वहाँ सिर्फ़ एक जहाज़ है और वह आज रवाना हो रहा है, इसलिए अगर तुमको उस पर सवार होकर जाना है तो जल्दी करो।'

'आओ चलें,' दलजीत बोला।

'रुको!' एक नौजवान बोला जो दुकान के काउण्टर से टिका खड़ा था। 'तुम्हें वहाँ पहुँचने में लगभग एक घंटा लग जायेगा। मैं तुम्हें अपनी गाड़ी में ले चलूँगा।' उसने पास खड़ी एक खटारा-सी घोड़ा गाड़ी की तरफ़ इशारा किया। ऐसा लगता था कि घोड़ी कहीं नहीं जाना चाहती थी।

'मेरी घोड़ी तेज़ चलती है!' नौजवान ने हमारी नज़रों का पीछा करते हुए कहा। 'जो दिखता है, उस पर कभी विश्वास मत करो। यह बेशक थकी लगती है, मगर दौड़ती है रेस के घोड़े की तरह! सवार हो जाओ, दोस्तो, मैं सिर्फ़ एक रुपया लूँगा।'

'हमारे पास एक कौड़ी तक नहीं है,' मैंने कहा। 'हम पैदल चले जायेंगे।'

'चलो, पचास पैसे देना, फिर,' वह बोला। 'पचास पैसे और एक गिलास चाय, बैठ जाओ मेरे दोस्तो!' 'ठीक है,' दलजीत राज़ी हो गया। 'गँवाने के

लिए हमारे पास एक पल भी नहीं है। मैं पचास पैसे दूँगा और चाय तुम अपनी खरीदना।'

हम गाड़ी में सवार हो गये, नौजवान कूदकर सामने जा चढ़ा और उसने अपना कोड़ा टँकारा। घोड़ी हिचकोले के साथ आगे बढ़ी, पहिये खड़खड़ाये और काँपे, और हम बाज़ार की सड़क पर भयंकर रफ़्तार के साथ सरपट भागने लगे।

'मुझे नहीं मालूम था कि तुम्हारे पास पचास पैसे बचे हैं,' मैंने कहा।

'नहीं हैं,' दलजीत ने जवाब दिया। 'लेकिन इसकी फ़िकर बाद में करेंगे। तुम्हारे चाचा दे देंगे।'

जैसे ही हम शहर से बाहर निकलकर समुद्र को जाने वाली खुली सड़क पर आये, घोड़ी और भी तेज़ चलने लगी। वह ऐसा किये बिना कैसे रहती, क्योंकि सड़क ढलुवाँ थी। हवा से मेरे बाल उड़कर मेरी आँखों पर आ रहे थे और समुद्र की नमकीन गंध हवा में बसी हुई थी।

दलजीत ने उत्तेजना से मुझे झकझोरा।

'जल्द ही हम घाट पर होंगे,' वह मगन होकर चिल्लाया। 'और फिर आखिरकार रवाना!'

घोड़ीवाला अपनी घोड़ी से प्यार-भरी बातें कर रहा था और समुद्री हवा और अपनी गाड़ी की रफ़्तार से उल्लसित होकर उसके मुँह से गीत के बोल फूट पड़े। जैसे ही हम सड़क में एक मोड़ से बढ़े तो समुद्र-तट नज़र आने लगा। किनारे के पास कई छोटे-छोटे बजरे और समुद्री नावें थीं और मछुआरों की नौकाएँ किनारे रेत पर घसीट कर ले आयी गयी थीं। मछुआरे अपने जाल सुखा रहे थे और उनके बच्चे लहरों में नंगे उछल-कूद कर रहे थे। भाप से चलने वाला एक जहाज़ समुद्र पर दिखाई दे रहा था और हालाँकि मैं इस फ़ासले से उसका नाम साफ़-साफ़ नहीं पढ़ पा रहा था, मुझे यकीन था कि वह 'आइरिस' था।

गाड़ी घाट पर आकर रुक गयी और हम गिरते-पड़ते उतर कर उसके

साथ-साथ दौड़ने लगे। लेकिन जैसे-जैसे हम भाग रहे थे, मेरे सामने यह साफ़ हो रहा था कि जहाज़ हमसे दूर जा रहा था, बाहर समुद्र की ओर। उसके पंखे से छोटी-छोटी लहरें बहती हुई घाट की तरफ़ आ रही थीं।

'कप्तान!' मैं चिल्लाया। 'जिम चाचा! हमारे लिए रुको, ठहरो!'

जहाज़ के पिछले छोर पर खड़े खलासी ने हमें देखकर हाथ हिलाया, बस। मैं घाट के किनारे खड़ा अपने हाथ हिलाता और हवा में चिल्लाता रहा।

'कप्तान! जिम चाचा! हमारे लिए ठहरो!'

कोई जवाब नहीं आया। स्टीमर के पीछे-पीछे चक्कर काटते हुए जलपाखी जैसे मेरी पुकार में सुर मिला रहे थे—'कप्तान, कप्तान...'

रफ़्तार पकड़ते हुए, जहाज़ और दूर होता चला गया। और फिर भी मैं उसे बैठी हुई, याचना-भरी आवाज़ में पुकारता रहा।

योकोहामा, सान दिएगो, वालपरेज़ो, लन्दन—सब हमेशा के लिए सरक कर गायब होता हुआ...

हम दोनों-के-दोनों घाट पर अकेले खड़े रहे, उस ढलती हुई शाम के वक्त, समुद्री चिड़ियों के साथ जो हमारे गिर्द चक्कर काटती हुईं अपनी पुकारों से हमें चिढ़ा रही थीं। जिम चाचा के एक पत्र की पंक्ति मेरे दिमाग में कौंध गयी। 'पहला पड़ाव अदन, फिर सुएज़ और फिर नहर पर ऊपर की तरफ़...' लेकिन मेरे लिए तो सिर्फ़ वापसी का लम्बा सफ़र बचा था और मेरे अभिभावक की नाराज़गी, क्लासरूम की ऊब और बोर्डिंग स्कूल की तकलीफ़ें।

दलजीत इस बीच खामोश रहा था। आखिरकार जब मैंने खुद पर ज़बर्दस्ती करके उसकी तरफ़ देखा तो उसे मुस्कुराता देखकर मुझे हैरत हुई। वह ज़रा भी बुझा-बुझा और निराश नहीं जान पड़ता था।

'हम बहुत देर से पहुँचे,' मैंने कहा। 'हमने सैकड़ों मील का फ़ासला तय किया और हमें पहुँचने में पाँच मिनट की देर हो गयी!'

'कोई बात नहीं!'

‘सब कुछ बेकार गया, दलजीत। हमारी सब योजनाएँ... हमारे सारे सपने!’

‘सपनों के साथ क्या गड़बड़ है? कुछ नहीं। जब तक वे सच नहीं होते, हम सपने देखते रह सकते हैं। हम वापस स्कूल चले जायेंगे। और दूसरे सपने देखेंगे।’

‘मुझे नहीं पता था, तुम दार्शनिक हो, दलजीत। और तुम्हारे ख़याल में हम वापस स्कूल कैसे जाने वाले हैं? अगर तुम अपनी घड़ी बेच भी दो तो भी काफ़ी नहीं होगा। मैं तंग आ चुका हूँ। मैं कहीं नहीं जाना चाहता। जब तक मेरे चाचा लौटते नहीं, मैं इसी घाट पर बैठा रहूँगा।’

‘तुम्हें कितने दिन इन्तज़ार करना पड़ेगा?’

‘एक या दो साल,’ मैंने मुस्कुराते हुए कहा।

‘वापस जाने के बारे में चिन्ता मत करो,’ दलजीत ने तसल्ली देने वाले लहज़े में कहा। ‘जब हम भागे थे तो उसे गुपचुप करना था, लेकिन अब वह भेद नहीं रह गया है। हम घड़ी बेच देंगे घोड़ेवाले को पैसे दे देंगे और एक तार भेजेंगे!’

‘प्रिन्सिपल को?’

‘नहीं। बम्बई में अपने एक चाचा को। वे कार में आकर हमें ले जा सकते हैं। और वे कार ही में हमें वापस स्कूल भी ले जा सकते हैं। इस बार हम आराम से सफ़र करेंगे! हम मुर्गा खायेंगे और सारे रास्ते आइसक्रीम लेते रहेंगे। कुछ दिन हम मौज करेंगे।’

‘हाँ,’ मैंने बुझे स्वर में कहा। ‘जब हम लौटेंगे तो हमारे पास मौज-मज़ा लेने के लिए कुछ होगा ही नहीं।’

घोड़ागाड़ी तक वापस जाते हुए मैंने अधिक बात नहीं की।

मेरे ख़याल कहीं दूर मँडरा रहे थे। मैंने खुद से कहा कि अगले साल किसी समय जिम चाचा आइरिस में वापस आयेंगे और तब मैं कोई गलती नहीं करूँगा। उस जहाज़ के रवाना होने से बहुत पहले ही मैं उस पर सवार हूँगा।

और इसलिए मैं रुका और आखिरी बार समुद्र को नज़र भर कर देखा। सागर की उस विशाल लम्बाई–चौड़ाई में, उस विस्तार में वह स्टीमर बहुत छोटा–सा नज़र आ रहा था।

इस साल, अगले साल, किसी समय... योकोहामा, वालपरेज़ो, सान दिएगो, लन्दन...

शिमला के खेल मैदान

सर्दियों का मौसम एक सोलह वर्षीय युवक के लिए अकेलापन लेकर आया था। मैंने छुट्टियों के पहले-पहले कुछ हफ़्ते देहरा में अपने अभिभावक और उनकी पत्नी के साथ बिताये थे। फिर वे दिल्ली के लिए रवाना हो गये और मैं काफ़ी हद तक अपने हाल पर छोड़ दिया गया। बेशक, मेरी ज़रूरतों को पूरा करने और मेरी देखभाल करने के लिए नौकर-चाकर थे, मगर मेरा संग-साथ देने वाला कोई नहीं था। मैं सुबह के समय ऊपर पहाड़ों की तरफ़ जाने वाला कोई रास्ता पकड़ कर चल देता, दोपहर के खाने के समय लौटता, थोड़ी देर कुछ पढ़ता और फिर सैर पर निकल जाता जब तक रात के खाने का वक्त न हो जाता। कभी-कभी मैं अपने नाना-नानी के मकान की तरफ़ चला जाता, लेकिन अब वह कितना अलग-अलग-सा लगता—ऐसे लोगों से बसा हुआ जिनके बारे में मैं कुछ नहीं जानता था। ऐसे वक्त पर मुझे लगता कि मैं कभी उस मकान में रहा ही नहीं या उस तरह चाहा था जैसा कि वास्तव में मैं उसे चाहता रहा था। सर्दियों की तीन महीनों की छुट्टियाँ खत्म हो रही थीं और मैं वापस शिमला में अपने बोर्डिंग स्कूल लौटने के लिए लगभग बेताब-सा था। नहीं अब मैं 'अरुण्डेल' में नहीं था—उस 'भाग जाने वाली' नाकामयाबी के बाद से ही। जब हम (दलजीत और मैं) 'अरुण्डेल' लौटे थे तो उसके पिता और मेरे अभिभावक को बुलवाया गया था। हमें डाँट-फटकार कर बिना अविलम्ब स्कूल से निकाल दिया गया था। अब मैं एक बेहतर स्कूल में दाखिल होकर वहाँ रहते हुए पढ़ाई कर रहा था—वह बेशक एक बेहतर स्कूल था क्योंकि मैं वहाँ यकीनन पहले से ज़्यादा खुश था।

ऐसा नहीं था कि स्कूल में मेरे बहुत दोस्त थे। मुझे एक दोस्त चाहिए था, मगर आठवीं क्लास में पढ़ने वाले ढेर सारे लड़ाके, नली से मटर दागने वाले लड़कों की भीड़ में से, जो डेस्कों पर अपने नाम गोदते और क्लास टीचर की कुर्सी पर च्यूइंगम चिपका देते, कोई दोस्त खोजना आसान नहीं था। अगर मैं दूसरे लड़कों के साथ बड़ा हुआ होता तो शायद मैं स्कूली लड़कों की अराजकता में रुचि विकसित कर पाया होता, लेकिन मेरी माँ से मेरे पिता के अलगाव के बाद अपने पिता के अकेलेपन में उनका साथ निभाते हुए और किसी मज़बूत पारिवारिक बन्धन से वंचित हो जाने के कारण, मैं समय से पहले ही वयस्क हो गया था। मेरी पढ़ाई का मिला-जुला स्वरूप—चार्ल्स डिकेन्स, रिचमल क्रॉम्पटन, टैगोर और *चैम्पियन* और *फ़िल्म फ़न*—शायद मेरी ज़िन्दगी की उलझनों और भरमाई हुई दिमागी कैफ़ियत को प्रतिबिम्बित करता था। इलेक्ट्रॉनिक युग से पहले के उस ज़माने में भी किताबें पढ़ने वाला लड़का विरले ही नज़र आता था। बरसात के दिनों में ज़्यादातर लड़के ताश या मोनोपली खेलते या कॉमन रूम में रखे हत्थे वाले ग्रामोफ़ोन पर आर्टी शॉ के गाने सुनते।

आठवीं क्लास में एक महीना बिताने के बाद मेरा ध्यान एक नये लड़के-उमर—पर गया और वह भी इसलिए कि वह खामोश तबियत का और कम बोलने वाला लड़का था जो आठवीं क्लास के लड़कों द्वारा सर्कस में मार्क्स बन्धुओं की मसखरी की नकल करने की कोशिशों में कोई हिस्सा नहीं लेता था। वह उस सर्वव्यापी अराजकता के प्रति कोई नापसन्दगी नहीं ज़ाहिर करता था, न उसमें हिस्सेदारी की कोई कोशिश ही करता था। एक बार उसने मुझे अपनी तरफ़ देखते पाया और वह मुस्कुराया—एक अफ़सोस-भरी और बर्दाश्त करने वाली मुस्कान। क्या मैं क्लास में एक और वयस्क की मौजूदगी महसूस कर रहा था? कोई ऐसा जो अपनी उम्र से ज़्यादा बड़ा था?

एक-दूसरे से बातचीत शुरू करने से पहले ही उमर और मैंने एक किस्म की समझदारी विकसित कर ली थी और जब हम क्लासरूम के गलियारों में या डाइनिंग हॉल या डॉर्मिटरी के माहौल में मिलते तो हम सिर हिलाकर सम्मान से एक-दूसरे का अभिवादन करते। हम एक ही हाउस में नहीं थे। स्कूल का हाउस तन्त्र अपने ही किस्म के भेदभाव की परिपाटी पर अमल

करता था, जिसमें एक हाउस, मिसाल के लिए 'कर्ज़न हाउस', के सदस्य से यह उम्मीद नहीं की जाती थी कि वह 'रिवाज़' या 'लेफ्रॉ' के किसी सदस्य से मेलजोल रखेगा। इन पब्लिक स्कूलों को यकीनन मालूम था कि लड़कों को अलग-अलग खानों में कैसे कस दिया जाये। लेकिन इस सबके बावजूद, जब मुझे और उमर को स्कूल के 'कोल्ट्स' (यानी 'नये बछड़ों') की हॉकी टीम के लिए चुन लिया गया—मुझे गोलकीपर के और उमर को फ़ुलबैक के रूप में—तो ये दीवारें ढह गयीं।

खामोश तबियत का और कम बोलने वाला उमर अब कभी-कभी मुझसे बोल-बतिया लेता और खेल के मैदान पर हमारा अच्छा तालमेल रहता। गोलकीपर और फ़ुलबैक के बीच अच्छी समझदारी की ज़रूरत पड़ती है। हमारी सोच एक-सी थी। मैं उसके खेल के अन्दाज़ को पहले ही भाँप लेता और वह मेरे अन्दाज़ से परिचित था। बरसों बाद जब मैंने जोज़ेफ़ कॉनरैड की किताब द *सीक्रेट शेयरर* पढ़ी तो मुझे उमर की याद हो आयी।

हमारी दोस्ती तब तक नहीं फली-फूली जब तक हम स्कूल क्लासरूम और डाइनिंग हॉल की बन्दिशों से बाहर नहीं निकले। हॉकी टीम अगली पर्वतमाला पर बने 'सनावर' स्कूल के दौरे पर गयी, जहाँ हमें अपने पुराने प्रतिद्वन्द्वी 'लॉरेन्स रॉयल मिलिट्री स्कूल' के खिलाफ़ दो-तीन मैच खेलने थे। यह मेरे पिता का पुराना स्कूल था, इसलिए मैं उसके परिवेश का जायज़ा लेना और उसके क्लासरूम्स में झाँकना चाहता था।

'सनावर' के सफ़र के दौरान उमर को और मुझे काफ़ी संग-साथ निभाने का मौका मिला और अपनी फ़ुर्सत के पलों में बिना रोक-टोक या बाधा के उस स्कूल के इर्द-गिर्द चहलकदमी करते हुए जहाँ हम विद्यार्थी नहीं, मेहमान थे, हमने अपनी-अपनी ज़िन्दगियों के ब्यौरे और दूसरी पोशीदा बातें साझा कीं। उमर भी अपने पिता को गँवा बैठा था—क्या मैंने इसे ही पहले महसूस किया था?—फ्रण्टियर के इलाके में कबीलों की किसी लड़ाई में गोली लग जाने से, क्योंकि वह पेशावर के भी परे के बेकानून-कायदे वाले इलाके का रहने वाला था। अब पेशावर में बसे उसके एक अमीर चाचा उमर की पढ़ाई-लिखाई का बन्दोबस्त कर रहे थे।

हम घूमते-फिरते स्कूल के गिरजे में जा पहुँचे और वहाँ स्कूल के सम्मानित लोगों की सूची में—उन पुराने छात्रों की जिन्होंने दो विश्वयुद्धों में लड़ाई के दौरान जान गँवाई थीं—मैंने अपने पिता का नाम दर्ज पाया : ए.ए.बॉण्ड।

'उनके नाम के पहले अक्षरों से क्या नाम बनता था?' उमर ने पूछा।

'ऑब्रे ऐलेक्ज़ैण्डर।'

'गैर मामूली नाम, जैसे तुम्हारा। तुम्हारे माता-पिता तुम्हें रस्टी क्यों कहते थे?'

'मुझे पक्का पता नहीं है।' मैंने उसे उस किताब के बारे में बताया जो मैं लिख रहा था। वह मेरी पहली किताब थी और उसका नाम *नाइन मन्थ्स* था (गर्भ की नहीं, स्कूल के सत्र की अवधि) और उसमें स्कूल में होने वाली कुछ घटनाओं का ज़िक्र था और हमारे कुछ टीचरों का मखौल उड़ाया गया था। इस समय से पहले की कच्ची साहित्यिक परियोजना से मैंने तीन पतली-पतली स्कूली कॉपियाँ भर दी थीं और मैंने उमर को उन्हें पढ़ने की इजाज़त दे दी। वही मेरा पहला पाठक और आलोचक रहा होगा। 'बहुत दिलचस्प है,' उसने कहा 'लेकिन अगर किसी के, खासकर मिस्टर ऑलिवर के हाथ यह लग गयीं तो तुम मुसीबत में फँस जाओगे।' और उसने एक नागवार तुकबन्दी ऊँचे सुर में पढ़ी—'ऑयली, ऑयली, ऑयली, ठेलिया पे रखी उसके अण्डकोष की थैली; और सारा पिछवाड़ा रंगा हरे रंग से सारा।'

मुझे मानना होगा कि वह उम्दा साहित्य नहीं था। मैं हॉकी और फ़ुटबॉल में ज़्यादा माहिर था। मैंने कुछ शानदार गोल बचाये थे और हमने 'सनावर' के खिलाफ़ अपने मैच जीत लिये थे। जब हम शिमला लौटे तो हम कुछ दिनों के लिए स्कूल के हीरो बने रहे और हमने अपनी चुप्पी से थोड़ी-सी निजात पा ली; हम दूसरे लड़कों के साथ मेलजोल करने में थोड़ा-सा आगे भी बढ़े। और तभी मेरा शाहकार, *नाइन मन्थ्स* मेरे हाउस मास्टर, मिस्टर फ़िशर के हाथ लग गया, जिसे मैंने अपने गद्दे के नीचे छिपा रखा था। वे उसे अपने साथ ले गये और उन्होंने उसे आदि से अन्त तक पढ़ डाला (जैसा कि उन्होंने मुझे बाद में बताया)। उस ज़माने में शारीरिक दण्ड चूँकि चलन में था, इसलिए

मुझे एक लचकदार मलाका बेंत के भरपूर वार अपने पिछवाड़े पर खाने पड़े और मेरी पाण्डुलिपि चीर कर मिस्टर फ़िशर की रद्दी की टोकरी के हवाले कर दी गयी। अपनी सारी कोशिशों के नतीजे के तौर पर दिखाने के लिए मेरे पास पिछवाड़े पर पड़े कुछ नील ही बचे। इन्हें उन सबको मैंने गर्व से दिखाया जिन्होंने दिलचस्पी ज़ाहिर की और एक बार फिर दो दिनों के लिए मैं स्कूल में हीरो बना रहा।

'क्या तुम भी चले जाओगे जब अंग्रेज़ हिन्दुस्तान को छोड़कर चले जायेंगे?' उमर ने एक दिन मुझसे पूछा।

'मेरा तो ऐसा कोई ख़याल नहीं है,' मैंने कहा। 'मेरे पास इंग्लैण्ड में वापस जाने के लिए कोई नहीं है और मेरे अभिभावक मिस्टर हैरिसन का भी लगता है वापस जाने का कोई इरादा नहीं है।'

'सभी लोग कह रहे हैं कि हमारे नेता और अंग्रेज़ देश का बँटवारा करने जा रहे हैं। शिमला हिन्दुस्तान में रहेगा और पेशावर पाकिस्तान में।'

'अरे, ऐसा नहीं होगा,' मैंने चलते अन्दाज़ में कहा। 'वे इतने बड़े देश को कैसे बाँट सकते हैं?' लेकिन जिस बीच हम इस सम्भावना की चर्चा में जुटे हुए थे, नेहरू, जिन्नाह, माउण्टबैटन और वे सभी जो महत्त्वपूर्ण थे, इस बड़ी और गम्भीर चीरा-फाड़ी के लिए अपने औज़ार तैयार कर रहे थे।

इससे पहले कि उनका फ़ैसला हमारी और बाकी सभी लोगों की ज़िन्दगियों पर थोपा जाता, हमने अपने लिए थोड़ी-सी आज़ादी खोज ली थी—एक सुरंग में जो हमें तीसरे फ़्लैट के नीचे मिली थी।

दरअसल वह पानी की निकासी के लिए बनी नालियों के पुराने तन्त्र का हिस्सा थी जो अब काम में नहीं लाया जाता था। जब उमर और मैंने उसकी खोजबीन शुरू की तो हमें कोई अन्दाज़ा नहीं था कि ज़मीन के नीचे की वह सुरंग कितनी दूर तक जाती थी। पेट के बल लगभग बीस फुट रेंगने के बाद, हमने खुद को घुप्प अँधेरे में पाया। उमर अपने साथ एक छोटी-सी पेन्सिल टॉर्च लाया था और उसकी मदद से हमने आगे को रेंगना जारी रखा (पीछे को जाना काफ़ी असम्भव साबित होता) जब तक कि हमें सुरंग के

अन्त में रोशनी की एक झलक नहीं मिली। धूल और जालों से लिथड़े और बहुत बेतरतीबी की हालत में स्कूल की चारदीवारी से थोड़ा आगे हम घास के एक टीले पर निकले।

बड़ों द्वारा बनायी गयीं चारदीवारियों को पार करके छुटकारा पाना हमेशा बहुत रोमांचक होता है। यहाँ हम अनजाने इलाके में थे। पासपोर्ट के बिना सफ़र करना आज़ादी की परम अवस्था होगी!

लेकिन और पासपोर्ट रास्ते में थे—और अधिक सीमाएँ और चारदीवारियाँ।

वायसरॉय और भावी गवर्नर जनरल, लॉर्ड माउण्टबैटन हमारे स्थापना दिवस में भाग लेने और इनाम बाँटने आये। मुझे भी एक पुरस्कार मिला था और मैं महीन धारी वाला सूट पहने उस लम्बे-ऊँचे, खूबसूरत आदमी से पुरस्कार में मिली अपनी किताब लेने के लिए मंच पर चढ़ा था। 'बिशप कॉटन' उस समय हिन्दुस्तान का सबसे उम्दा स्कूल था, जिसे अक्सर 'पूरब का ईटन' कहा जाता था। समय-समय पर वायसरॉय और गवर्नर इसके समारोहों की शोभा बढ़ाते थे। इसके बहुत-से छात्रों ने आगे चलकर प्रशासनिक सेवाओं और फ़ौज में ऊँचे ओहदे और प्रतिष्ठा अर्जित की थी। सिर्फ़ एक 'पुराने छात्र' के बारे में वे सख्ती से मुँह बन्द रखते थे—जनरल डायर के बारे में, जिसने अमृतसर के जलियाँवाला बाग में कत्ले-आम का आदेश दिया था और उस भरोसे को नष्ट कर दिया था, जो इंग्लैण्ड और हिन्दुस्तान के बीच धीरे-धीरे पनप रहा था।

अब माउण्टबैटन ने उन ऐतिहासिक घटनाओं का ज़िक्र किया जो हमारे चारों तरफ़ हर जगह हो रही थीं—युद्ध अभी-अभी खत्म हुआ था, संयुक्त राष्ट्र संघ ने शान्ति और भाईचारे के साथ रहने वाली दुनिया का आश्वासन दिया था और हिन्दुस्तान, इंग्लैण्ड के साथ बराबरी की साझेदारी में, दुनिया के महान राष्ट्रों में शामिल होगा...।

कुछ हफ़्ते बाद बंगाल और पंजाब के प्रान्त दो हिस्सों में बाँट दिये गये। पूरे उत्तरी भारत में दंगे भड़क उठे और पाकिस्तान और हिन्दुस्तान के बीच नयी खिंची सरहदों के आर-पार लोगों का भारी पलायन शुरू हो गया। घर

बर्बाद हो गये, हज़ारों अपनी-अपनी ज़िन्दगियों से हाथ धो बैठे।

कॉमन-रूम के रेडियो और कभी-कभार आने वाले अखबार ताज़ातरीन घटनाओं से हमें अवगत कराते रहते, लेकिन हमारी सुरंग में उमर और मैं उस सबसे महफ़ूज़ महसूस करते रहे जो हो रहा था। उस सारी लूटपाट, हत्या और प्रतिशोध से कोसों दूर, मानो दूसरी ही दुनिया में। और सुरंग के बाहर, स्कूल के नीचे चीड़ के टीले पर ताज़ा अनरौंदी घास थी, क्लोवर और डेज़ी के फूलों की छटा बिखरी हुई और हमें जो आवाज़ें सुनाई देतीं, वे महज़ किसी कठफोड़वे की खुट-खुट या दूर किसी हिमालयी बारबेट पाखी की हठी पुकार। हमें वहाँ कौन छू पाता?

'और जब सारे युद्ध खत्म हो जायेंगे,' मैंने कहा, 'एक तितली तब भी सुन्दर ही रहेगी।'

'क्या तुमने यह कहीं पढ़ा था?'

'नहीं, बस मेरे दिमाग में कौंधा।'

'तुम अभी से लेखक बन गये हो।'

'नहीं, मैं हिन्दुस्तान के लिए हॉकी या आर्सेनल क्लब के लिए फुटबॉल खेलना चाहता हूँ। बस, जीतने वाली टीमों ही की ओर से।'

'तुम हमेशा जीतते नहीं रह सकते। बेहतर है लेखक बनना।' जब बारिशों का मौसम आया, सुरंग में पानी भर गया, क्योंकि नाली कूड़े-कचरे से पट गयी थी। हमें लॉरेन्स ऑलिवियर की फ़िल्म 'हैमलेट' देखने के लिए बाहर सिनेमाघर तक जाने की इजाज़त मिली, लेकिन एक बरसाती और बुझी-बुझी उदास दोपहरी में उस फ़िल्म ने हमारी उमंग को बढ़ाने में कोई योग नहीं दिया। बहरहाल, वह उस साल हमारी आखिरी फ़िल्म साबित हुई, क्योंकि शिमला के लोअर बाज़ार में अचानक साम्प्रदायिक दंगे फूट पड़े, जो इलाका काफ़ी हद तक अब भी वैसा ही था, जैसा किपलिंग ने उसे बताया था—'जो आदमी वहाँ के रास्ते जानता है वह हिन्दुस्तान की ग्रीष्मकालीन राजधानी की सारी पुलिस को चकमा दे सकता है'—और हमें अनिश्चितकाल तक स्कूल की चारदीवारियों की नज़रबन्दी बर्दाश्त करनी पड़ी।

एक सुबह, गिरजे में प्रार्थना के बाद, हेडमास्टर ने एलान किया कि मुस्लिम छात्रों को जिनके घर उस इलाके में थे जो अब पाकिस्तान था—बाहर निकाल कर फ़ौजी निगरानी में सरहद के पार उनके घर भेज दिया जायेगा।

सुरंग अब हमारे लिए किसी भी तरह से निकल भागने का रास्ता मुहैया नहीं करा रही थी। बाज़ार जाने पर बन्दिश थी। पानी से भरा खेल का मैदान सुनसान पड़ा था। उमर और मैं लकड़ी की एक सीली बेंच पर बैठे भविष्य के बारे में अस्पष्ट रूप से उम्मीद भरे शब्दों में चर्चा करते, लेकिन हमने कोई समस्या नहीं सुलझाई। सुलझाने का जो भी काम था उसे माउण्टबैटन, नेहरू और जिन्नाह ही कर रहे थे।

जल्दी ही उमर की रुखसती का वक्त आन पहुँचा—वह लाहौर, रावलपिण्डी और पेशावर के लगभग पचास और लड़कों के साथ रवाना हो गया। हममें से बाकियों—हिन्दुओं, ईसाइयों और पारसियों—ने इन्तज़ार कर रहे ट्रकों में उनका सामान लदवाने में उनकी मदद की। दो-तीन लड़के आपा खोकर रोने लगे। यही हाल हमारे स्कूल के कप्तान का था, एक पठान जो अपने निर्लिप्त और भावुकता-रहित स्वभाव के लिए जाना जाता था। उमर ने खुशी-खुशी मुझे देखते हुए हाथ हिलाया और मैंने भी पलट कर उसे हाथ हिलाते हुए विदा दी। हमने किसी दिन दोबारा मिलने की कसम खायी थी।

काफ़िला काफ़ी हिफ़ाज़त के साथ उस पार पहुँच गया था। सिर्फ़ एक बन्दे—स्कूल के बावर्ची ने जान गँवाई थी, जो कालका की तराई में मनाही वाले इलाके में भटक कर पहुँच गया था और भीड़ के चंगुल में जा फँसा था। वह फिर कभी दिखाई नहीं दिया।

स्कूल का साल खत्म होने के करीब, ठीक उस वक्त जब हम सभी स्कूल से छुट्टियों के लिए रवाना होने की तैयारियों में जुटे थे, मुझे उमर का एक खत मिला। उसने मुझे अपने नये स्कूल के बारे में कुछ बातें बताई थीं और लिखा था कि उसे मेरे संग-साथ और हमारी खेलकूद और आज़ादी की हमारी सुरंग की कितनी याद सताती है। मैंने उसे जवाब दिया था और अपने घर का पता बताया था, लेकिन फिर मुझे उसकी कोई खबर नहीं मिली।

कोई सत्रह या अट्ठारह साल बाद मुझे उमर की खबर ज़रूर मिली, मगर एक बिलकुल अलग सन्दर्भ में। हिन्दुस्तान और पाकिस्तान के बीच लड़ाई चल रही थी और शिमला के पास ही अम्बाला पर हवाई बमबारी के हमले के दौरान एक पाकिस्तानी विमान मार गिराया गया था। उसका चालक दल टक्कर में मारा गया था। उनमें से एक, मुझे बाद में पता चला, उमर था।

मैंने कयास लगाया कि क्या उसे खेल के उन मैदानों की झलक मिली थी जिन्हें हम लड़कों के तौर पर इतनी अच्छी तरह जानते थे?

हो सकता है, जब वह तराई के ऊपर उड़ रहा था, उसके स्कूली दिनों की यादें बाढ़ की तरह उमड़ती हुई लौटी हों। शायद उसे वह सुरंग याद आयी हो जिससे होकर हम आज़ादी की तरफ़ निकल भागने की अपनी छोटी-सी कोशिश किया करते थे।

मगर आसमान में कोई सुरंग नहीं होती।

एक वसन्त की बात

हवा पर सवारी करती हुई, वसन्त की हल्की बारिश पेड़ों में और सड़क पर आगे को बढ़ती चली जा रही थी; उससे हवा में दिल को खिला देने वाली, खुशगवार ताज़गी, धरती की गंध, फूलों की खुशबू भर गयी थी; उसकी वजह से मैं बेफ़िक्र और खुशी महसूस करने लगा था और रास्ते को पैदल तय करते हुए मैं खुद अपने आप मुस्कुराने लगा था।

यह लम्बा रास्ता पहाड़ियों में मँडराता और घूमता-घुमाता, उठता-गिरता, मुड़ता-मुड़ाता नीचे देहरा की तरफ़ जाता था। सड़क पहाड़ों से आती थी और जंगलों और घाटियों से गुज़रती हुई, देहरा के बीच से गुज़र कर बाज़ार में कहीं खत्म होती थी। लेकिन ठीक-ठीक किस जगह वह खत्म होती थी, यह किसी को मालूम न था, क्योंकि बाज़ार एक चकरा देने वाली जगह थी, जहाँ सड़कें आसानी से गुम हो जाया करतीं।

मैं देहरा से तीन मील के फ़ासले पर था। देहरा से जितनी दूर मैं होता, उतना ही अधिक मेरे खुश होने की सम्भावना थी। फ़िलहाल मैं देहरा से सिर्फ़ तीन मील दूर था, इसलिए मैं बहुत खुश नहीं था और इससे भी खराब बात यह थी कि मैं घर की ओर जा रहा था।

बारिश की बूँदों को चेहरे पर महसूस करते हुए मुझे अच्छा महसूस हो रहा था; मुझे उसकी गंध और ताज़गी भली लग रही थी। मैं अपने इर्द-गिर्द के नज़ारों की तरफ़ नहीं देख रहा था, न उन पर ध्यान ही दे रहा था—मेरा दिमाग, हमेशा की तरह, कहीं बहुत दूर था—लेकिन मैं उनका माहौल महसूस

कर पा रहा था, और मैं फिर मुस्कुरा उठा था।

मेरा दिमाग इतनी दूर था कि अपनी बगल में साइकिल के पहियों की सरसराहट पर गौर करने में मुझे कई मिनट लग गये। साइकिल सवार मेरे पास से गुज़र कर आगे नहीं बढ़ गया था, बल्कि मेरे साथ-साथ चलता रहा, मेरा जायज़ा लेता हुआ और मेरे नज़र आने वाले हर ब्यौरे पर गौर करता हुआ: स्लेटी-नीली आँखों और हल्के रंग के बालों वाला गोरा किशोर, नाबालिग लड़का; मेरा चेहरा, खुरदरा और निशानों से भरा, नीचे का होंठ भारीपन से नीचे को लटका हुआ। मेरी चाल (यह मेरी आम आदत थी)—हाथ जेबों में और सिर नीचे झुका हुआ। मेरी इस चाल से लोगों को मेरे हमेशा थके होने का धोखा होता। मैं आलसी शख़्स था, लेकिन थका हुआ नहीं। साइकिल सवार ने मेरे नंगे सिर, खुले गले की कमीज़, गर्म पतलून, सैण्डल और कमर में बँधी चमड़े की मोटी पेटी का जायज़ा लिया। देहरा में विलायती अब आम नज़ारा नहीं रह गये थे, लेकिन साइकिल सवार शायद किसी विलायती से मिलने में दिलचस्पी रखता था।

'हैलो,' उसने अपनी साइकिल की घंटी को टुनटुनाते हुए कहा।

अब मैंने नज़रें उठाकर उसे ठीक से देखा और मुझे बेतरतीबी से बँधी पगड़ी के नीचे एक युवा, दोस्ताना चेहरा नज़र आया।

'हैलो,' अजनबी बोला, 'क्या तुम पसन्द करोगे कि मैं अपनी साइकिल पर बैठाकर तुम्हें शहर ले चलूँ? अगर तुम शहर जा रहे हो तो?'

'नहीं, मैं ठीक हूँ,' अपनी चाल धीमी किये बिना मैंने कहा। 'मुझे पैदल चलना पसन्द है।'

'मुझे भी, लेकिन पानी बरस रहा है।'

और मानो उसकी दलील को पुख़्ता करने के लिए बारिश पहले से ज़्यादा तेज़ हो गयी।

'मुझे बारिश में पैदल चलना पसन्द है,' मैंने ज़ोर देते हुए कहा। 'और मैं शहर में नहीं रहता, उसके बाहर रहता हूँ।'

भले लोग शहर में नहीं रहते थे...

'खैर, मैं तुम्हारी तरफ़ से होता हुआ जा सकता हूँ,' जाने किस वजह से मेरी मदद करने के लिए कमर कसे, उसने इसरार किया।

मैंने एक बार फिर इस साइकिल सवार पर नज़र दौड़ाई, जिसने निक्कर और पगड़ी के अलावा, मेरे जैसे ही कपड़े पहने हुए थे। उसकी टाँगें लम्बी और खिलाड़ियों जैसी थीं, रंग गैर-मामूली तौर पर गहरा सुनहरा था, नाक-नक्श सुघड़ थे और उसके मुँह पर आसानी से दोस्ताना भाव आ जाता था। उसके स्वभाव की गर्मजोशी को नज़रअन्दाज़ करना असम्भव था।

मैं उचक कर उसके सामने साइकिल के डंडे पर जा बैठा और हम चल दिये।

जल्द ही सड़क के दोनों ओर के जंगल की जगह खुले खेतों और चाय के बागानों और फिर फलों के बगीचों और इक्का-दुक्का घरों ने ले ली।

'मेरा नाम सोमी है,' साइकिल सवार बोला। 'जब तुम अपने घर पहुँच जाओ तब बता देना। तुम अपने माता-पिता के साथ रहते हो?'

मेरे ख़याल में यह सवाल किसी निपट अजनबी द्वारा पूछा जाना नामुनासिब और गैर-मामूली तौर पर करीब आने की कोशिश करने जैसा था और मैंने कोई जवाब नहीं दिया।

'क्या तुम्हें देहरा पसन्द है?' सोमी ने पूछा। प्रकट ही उसे मुझसे बतियाने और अपनी उत्सुकता शान्त करने से कुछ भी रोक नहीं सकता था।

'ज़्यादा नहीं,' मैंने खुशी महसूस करते हुए कहा।

'खैर, इंग्लैण्ड के बाद यह फ़ीका और नीरस लगता होगा...'

थोड़ी-सी चुप्पी छा गयी और फिर मैंने कहा : 'मैं इंग्लैण्ड नहीं गया। यहीं पैदा हुआ था। मैं दिल्ली, काठियावाड़, शिमला और जावा के अलावा और कहीं नहीं गया हूँ।'

'क्या तुम्हें दिल्ली पसन्द है?'

'ज़्यादा नहीं।'

हम खामोशी से बढ़ते रहे। बारिश अब भी हो रही थी, लेकिन गीली सड़क पर साइकिल एक नरम, सरसराहट की आवाज़ पैदा करती हुई, आसानी से, झटके के बिना चलती चली जा रही थी।

जल्द ही एक आदमी हमें नज़र आया—नहीं, यह आदमी नहीं था, बल्कि एक युवक था, लेकिन उसके शरीर का गठन और उसकी रूपरेखा आदमी की-सी थी। वह शहर की तरफ़ पैदल जा रहा था।

'ओये रणबीर,' जैसे ही हम उस हट्टे-कट्टे शख्स के करीब पहुँचे, सोमी चिल्लाया, 'लिफ़्ट चाहिए?'

रणबीर सड़क पर दौड़कर सोमी के पीछे साइकिल के कैरियर पर सवार हो गया। साइकिल थोड़ा डगमगाई, लेकिन जल्द ही नियन्त्रित हो गयी और अब पहले से थोड़ी तेज़ी से आगे को बढ़ चली।

सोमी ने मेरे कान में कहा : 'मेरे दोस्त रणबीर से मिले, यह बाज़ार का सबसे उम्दा कुश्तीबाज़ है।'

'हैलो मिस्टर,' इससे पहले कि मैं अपना मुँह खोल भी पाता, रणबीर ने कहा।

'हैलो मिस्टर,' मैंने उसके आकार और आवाज़ से किसी कदर दबाव में आते हुए कहा। फिर रणबीर और सोमी ने तेज़ी से हिन्दी में बातें करनी शुरू कर दीं और मैंने खुद को खोया हुआ-सा, यहाँ तक कि किसी अजीब वजह के चलते उस नवागन्तुक से ईर्ष्या-सी महसूस करते पाया।

अब कोई और सड़क के बीचोबीच खड़ा बेतहाशा बाँहें लहराता और अस्पष्ट शब्दों में चिल्लाता हुआ नज़र आया।

'सूरी है,' सोमी ने कहा।

वह सूरी ही था। वह अपने माता-पिता के साथ हमारे पड़ोस ही में कहीं रहता था, इसलिए मैं उसके बारे में जानता था, हालाँकि मैं व्यक्तिगत रूप से कभी उससे नहीं मिला था।

चश्मा पहने और उल्लू सरीखे नज़र आते सूरी में एक लगभग मुजरिमाना चतुराई थी और वे सभी जो उसे जानते थे उसके प्रति एक ही साथ आदर और नफ़रत का भाव रखते थे। उसकी दिलचस्पियाँ लोगों और उनके भेदों तक ही सीमित थीं (भेद जो सूरी की जानकारी में आने के बाद जल्द ही सबकी जानकारी बन जाते)।

वह एक पीला, हडीला, बीमार-सा लड़का था, मगर शायद वह रणबीर से ज़्यादा जीने वाला था।

'ओये, मुझे लिफ़्ट दे दो!' वह चिल्लाया।

'पहले ही बहुत लोग हैं,' सोमी ने कहा।

'अरे, मान भी जाओ सोमी, मैं लगभग डूब चुका हूँ।'

'बारिश बन्द हो गयी है।'

'अरे, चलो भी...'

लिहाज़ा सूरी अगले डंडे पर चढ़ बैठा, जिससे सोमी को सड़क नज़र आनी लगभग बन्द हो गयी और साइकिल पूरी सड़क पर इधर से उधर डगमगाने लगी। रणबीर कैरियर से लगातार फिसलता और फिर उचक कर बैठता रहा और मैं साइकिल के डंडे को बेहद असुविधाजनक महसूस करने लगा। साइकिल मुश्किल से काबू में आयी ही थी कि सूरी ने शिकायतों की झड़ी लगा दी।

'यह दुखता है,' वह रिरियाया।

'मेरे पास कोई गद्दी नहीं है,' सोमी ने कहा।

'यह साइकिल है,' रणबीर ने ताना कसा, 'रोल्स रॉयस मोटरकार नहीं।'

अचानक सड़क में तीखी ढलान आयी और साइकिल ने रफ़्तार पकड़ ली।

'आराम से चलो अब,' सूरी बोला, 'वरना मैं उड़ जाऊँगा।'

'कस कर पकड़े रहो,' सोमी ने खबरदार किया। 'अब लगभग सारा

रास्ता पहाड़ी की ढलान वाला है। हमें तेज़ रफ़्तार से जाना ही होगा, क्योंकि ब्रेकों की हालत ठीक नहीं है।'

'हाय, मम्मी,' सूरी कलपा।

'चुप कर!' रणबीर ने उसे डपटा।

हवा अचानक बड़ी ज़ोर से हमसे आ टकराई और हमारे कपड़े गुब्बारे की तरह फूल गये, हमें लगभग साइकिल से खींच कर नीचे लाते हुए। मैं अपनी बेआरामी भूल गया और बेतहाशा डंडे से चिपका रहा; घबराहट में मेरे मुँह से एक शब्द तक नहीं निकल रहा था। सूरी चीखता रहा और रणबीर उसे चुप कराने के लिए डपटता रहा, लेकिन सोमी सवारी का मज़ा ले रहा था। वह खुशी से हँसता रहा, एक साफ़, गूँजती हुई हँसी, जिसमें कोई दुर्भावना नहीं थी, न उपहास उड़ाने का भाव, बल्कि सिर्फ़ मौज, मस्ती...।

'तुम बेशक हँस सकते हो,' सूरी ने शिकायत की। 'अगर कुछ हो गया तो मैं चोट खा बैठूँगा!'

'अगर कुछ हुआ,' सोमी ने कहा, 'तो हम सब चोट खा जायेंगे!'

'सही है,' रणबीर पीछे से चिल्लाया।

मैंने अपनी आँखें बन्द कर लीं और बुदबुदा कर जल्दी से ईश्वर से प्रार्थना की और अपना भरोसा इस साइकिलवाले को सौंप दिया जिसे लगता था हमारे अंजाम की कोई फ़िक्र नहीं थी।

'हाय, मम्मी!' सूरी कलपा।

'चुप कर!' रणबीर बोला।

सड़क जितना मुड़ और घूम सकती थी, उतना मुड़ती और घूमती रही और अगर कभी ऊपर को उठी भी तो दूसरी तरफ़ और भी तीखी ढलान पर उतरते चले जाने के लिए। मगर आखिरकार वह सपाट होने लगी, क्योंकि हम शहर के करीब और लगभग रिहायशी इलाके में पहुँच रहे थे।

'लो, दौड़ पूरी हो गयी,' सोमी ने थोड़े अफ़सोस के साथ कहा।

'हाय, मम्मी!'

'चुप कर!'

'मैं अब यहीं उतरूँगा,' मैंने कहा। 'मैं पास ही रहता हूँ।' सोमी ने ब्रेक लगाया और साइकिल अचानक फिसलती हुई थिर खड़ी हो गयी और सूरी हैण्डल से उछल कर बगल की पटरी की मिट्टी में जा गिरा। मैं सरक कर उतर आया, लेकिन सोमी और रणबीर साइकिल पर सवार ही रहे, रणबीर अपने पैर ज़मीन पर टिकाये साइकिल को सहारा देता रहा।

'खैर, शुक्रिया,' मैंने कहा।

सोमी बोला : 'तुम आकर हमारे साथ खाना क्यों नहीं खाते, आगे बहुत दूर नहीं जाना होगा।'

ऐसे प्रस्ताव को स्वीकार करने में मुझे बहुत संकोच और अटपटापन महसूस हुआ। आखिरकार हम दोस्त भी नहीं थे। 'मुझे घर जाना होगा,' मैं बुदबुदाया। 'मेरा इन्तज़ार हो रहा होगा। बहरहाल, बहुत-बहुत शुक्रिया।'

'बहरहाल, कभी आकर हमसे मिलो,' सोमी ने कहा। 'अगर तुम बाज़ार में चाट की दुकान पर आओगे तो तुम्हें हममें से कोई-न-कोई ज़रूर वहाँ मिलेगा। तुम बाज़ार तो जानते हो न?'

'मैं उससे होकर गुज़रा हूँ।'

मैं एक बार फिर अपने हाथ जेबों में ठूँसे चलने लगा।

'सुनो,' सोमी चिल्लाया। 'तुमने हमें अपना नाम नहीं बताया!'

मैं हिचकते हुए पीछे मुड़ा और फिर मैंने कहा, 'रस्टी...'

'जल्दी ही मिलेंगे, रस्टी,' सोमी चीखा और साइकिल बढ़ चली।

मैं साइकिल को सड़क पर ओझल होते देखता रहा और सोमी की तीखी आवाज़ हवा के साथ उड़कर मुझ तक आती रही। बारिश रुक गयी थी, लेकिन मुझे सिर्फ़ एक चीज़ का एहसास था—कि मैं लगभग घर पहुँच चुका था और यह एक दुखी कर देने वाला ख़याल था। अपने को चकित

करते और खुद से नफ़रत-सी महसूस करते हुए, मैंने अपने अन्दर यह इच्छा जागती पायी कि मैं सोमी के साथ देहरा चला गया होता।

मैं पटरी पर खड़ा, बेहद-बेहद अकेला महसूस करता हुआ खाली सड़क को ताकता रहा।

~

मैं हल्की-हल्की हवा में लहराते रंग-बिरंगे फूलों के अद्‌भुत नज़ारे को सराहता हुआ मिशनरी के बगीचे के एक कोने में खड़ा था। उस कोने पर मुझे अपने अभिभावक और मिशनरी की पत्नी के बीच हो रही बातचीत के अंश सुनाई दे जाते थे।

'मुझे उम्मीद है जब तक मैं बाहर हूँ आप इस लड़के को किसी काम में लगायेंगी,' मेरे अभिभावक कह रहे थे। 'इसका कुछ इस्तेमाल कीजिए। यह बहुत ज़्यादा सपने देखता है। बड़ी बदकिस्मती है कि यह स्कूली पढ़ाई पूरी कर चुका है। मुझे समझ नहीं आता कि इसका क्या करूँ।'

'यह खुद नहीं जानता कि खुद अपने साथ क्या करे,' मिशनरी की पत्नी ने जवाब दिया। 'लेकिन मैं इससे कुछ-न-कुछ कराती रहूँगी। वह जंगली घास और पौधों की सफ़ाई कर सकता है या दोपहर के वक्त मुझे कुछ पढ़कर सुना सकता है। मैं उस पर नज़र रखूँगी।'

'ठीक,' मेरे अभिभावक, मिस्टर हैरिसन ने कहा। और, इस तरह अपनी अन्तरात्मा की सफ़ाई करके, उन्होंने वहाँ से निकल भागने में देर नहीं की। वे यह बात पूरी तरह भुला बैठे थे कि उन्होंने मुझे मिशनरी के घर तक उनके साथ चलने के लिए कहा था और यह भी कि मैं उस समय बगीचे में दरअसल उनका इन्तज़ार कर रहा था!

बाद में, दोपहर के खाने के वक्त उन्होंने मुझसे कहा :

'मैं कल दिल्ली जा रहा हूँ। काम से।'

खाने के दौरान बस यही बात उन्होंने कही। जब वे खाना खत्म कर चुके तो उन्होंने एक सिगरेट सुलगाई और अपने और मेरे बीच धुएँ का एक पर्दा-सा खड़ा कर दिया। वे बहुत सिगरेट पीते थे, जिससे उनकी उँगलियों पर गहरी पीली परत चढ़ गयी थी।

'आप कितने दिन बाहर रहेंगे, सर?' मैंने चलताऊ ढंग से सवाल करने के अन्दाज़ में पूछा।

मिस्टर हैरिसन ने जवाब नहीं दिया। वे विरले ही मेरे सवालों के जवाब देते और उनके अपने सवाल पूछे नहीं, बताये जाते थे; वे जाँचते-परखते और सुझाते, तीखेपन से, जल्दी-जल्दी, फ़ालतू की बातचीत को कभी बढ़ावा दिये बिना। वे कभी अपने बारे में बात न करते, न बहस ही करते, वे किसी किस्म की बहस बर्दाश्त नहीं करते थे। उनकी पत्नी पिछले एक साल से इंग्लैण्ड में थीं, इसलिए उनके सभी एकालापों का मैं अकेला श्रोता था—चाहे वे हिदायतें और हुक्म होते या नाराज़गी और डाँट-फटकार।

वे ऊँचे कद के आदमी थे, दिखने में साफ़-सुथरे और करीने से कपड़े पहने हुए और हालाँकि वे चालीस के ऊपर थे, मगर देखने में अपनी उम्र से कम नज़र आते, क्योंकि वे अपने बाल छोटे-छोटे कटाये रखते, कानों के ऊपर तक शेव करते हुए। उनके ऊपरी होंठ पर छोटी-सी हल्की भूरी, टूथब्रश-सरीखी मूँछें थीं।

अपने अभिभावक से मुझे डर महसूस होता रहता।

मिस्टर हैरिसन ने मेरे लिए बहुत किया था। इससे मैं कभी इनकार नहीं कर सकता, मगर यही बात उनके प्रति मेरे मन में डर पैदा करती थी। मुझे उन्होंने अपने घर में रखा, खिलाया-पिलाया और मेरा खर्च उठाया था, मुझे पहाड़ों पर ऐसे स्कूलों में पढ़ाया था, जो 'पूरी तरह विलायती ढंग' पर चलते थे। मुझे, एक तरीके से, मिस्टर हैरिसन ने खरीद लिया था। और अब मुझे महसूस होता कि मैं उनकी मिलकियत था। और मुझे सिर्फ़ वही करना था जैसा मेरे अभिभावक चाहते थे।'

मैं उनकी इच्छा पूरी करने को तैयार था : मैंने हमेशा उनकी आज्ञा का

पालन किया था (दो साल पहले की उस घटना के सिवा जब मैं बोर्डिंग स्कूल से भाग गया था)। लेकिन मैं उनकी आज्ञा मानने को तैयार था तो इसलिए नहीं कि मैं मन में उनकी इज़्ज़त करता था, बल्कि इसलिए कि मैं उस आदमी से डरता था, उसकी खामोशी से और उसकी हल्की भूरी मूँछों से और उस लचकदार बेंत से जो बैठक की शीशे वाली अलमारी में रखा हुआ था।

दोपहर का भोजन खत्म होने पर मैं अपने अभिभावक को छोड़कर, जो बावर्ची को कुछ हिदायतें दे रहे थे, अपने कमरे में चला आया।

खिड़की बगीचे की तरफ़ जाने वाले रास्ते पर खुलती थी और एक सफ़ाईकर्मी लड़का रास्ते पर आगे-पीछे आ-जा रहा था। उसने हाथ में एक बाल्टी ली हुई थी, जो उसकी नंगी जाँघ से टकरा कर खनखना रही थी। उसने सिर्फ़ एक लंगोट पहन रखा था, वह नंगे बदन था और धूप में तप कर गहरा भूरा हो गया था। और उसका सिर पूरी तरह मुँडा हुआ था। वह पानी की टंकी के फेरे लगा रहा था और हर बार जब वह टंकी पर लौटता, वह नहाता, जिससे उसका बदन भीगा होने की वजह से लगातार चमकता रहता।

मेरे सिवा देहरा के विलायती समुदाय में एकमात्र लड़का यही सफ़ाईकर्मी लड़का था, नीची जात का अछूत, लैट्रीन साफ़ करने वाला। लेकिन हममें विरले ही बातचीत होती, एक नौकर था और दूसरा साहब और वैसे भी उस सफ़ाईकर्मी लड़के के साथ खेलना सेहत के लिए नुकसानदेह होगा...मिशनरी की पत्नी ने कहा था : 'अगर तुम हिन्दुस्तानी भी होते, मेरे बच्चे, तब भी तुम्हें उस लड़के के साथ खेलने की इजाज़त न मिलती।' तो फिर, यह लड़का किसके साथ खेल सकता था?

वह अछूत लड़का खिड़की के पास से गुज़रा और मुस्कुराया, लेकिन मैंने नज़रें फेर लीं।

चेरी के पेड़ों के ऊपर से पहाड़ नज़र आते थे। देहरा तराई की एक घाटी में बसा हुआ था और उस छोटे-से, क्षीण होते जा रहे विलायती समुदाय की रिहायश शहर के बाहरी हिस्से में थी।

मेरे अभिभावक का मकान और दूसरे मकान भी सब-के-सब अंग्रेज़ी

शैली में बने थे, सामने के साफ़-सुथरे बगीचों और फाटक पर नामों की तख्तियों के साथ। कुल मिलाकर आस-पास का परिवेश इतना अंग्रेज़ी किस्म का था कि लोगों को अक्सर मुश्किल से विश्वास होता कि वे हिमालय की तलहटी में बसे हुए हैं, हिन्दुस्तान के सबसे घने वनों से घिरे हुए। हिन्दुस्तान एक मील के फ़ासले पर शुरू होता, जहाँ से बाज़ार चालू होता।

बाज़ार एक अद्भुत और लुभावनी जगह थी और हाल में अपने अभिभावक की कार की खिड़की से मैं उसे जितना भर देख पाया था, वह मेरे दिल की धड़कन को उत्तेजना से बढ़ाने और मेरी कल्पना को एड़ लगाने के लिए काफ़ी था, लेकिन वह एक पाबन्दी वाला इलाका था—'चोरों और कीटाणुओं से भरा हुआ' मिशनरी की पत्नी ने कहा था—और आजकल मैं उसमें कभी कदम नहीं रखता था सिवा अपने सपनों के।

मिस्टर हैरिसन, मिशनरियों और उनके पड़ोसियों के लिए, फूलों से खिले चेरी के पेड़ों वाला यह देहाती मुहल्ला ही हिन्दुस्तान था। उन्हें इस बाज़ार की हकीकत पता थी और यह भी अच्छी तरह पता था कि एक असली हिन्दुस्तान भी है। लेकिन वे ऐसी जगहों के बारे में बात नहीं करते थे, उन्होंने उनके बारे में न सोचने का फ़ैसला कर लिया था।

विलायती समुदाय में ज़्यादातर बुज़ुर्ग लोग थे, बाकी दूसरे लोग आज़ादी के बाद जल्दी ही रुखसत हो गये थे। ये चन्देक लोग पीछे रह गये थे, क्योंकि वे एक नये देश में ज़िन्दगी शुरू करने के लिए बहुत बूढ़े हो चुके थे, जहाँ कोई नौकर-चाकर न होंगे और बहुत कम धूप; और हालाँकि वे अपनी किस्मत के बारे में शिकायतें करते और सरकार की आलोचना भी, तो भी उन्हें मालूम था कि उनका पैसा उन्हें सुविधाएँ मुहैया करा सकता था : नौकर-चाकर, अच्छा खाना, व्हिस्की, लगभग सब कुछ—सिवा उस गरिमा और प्रतिष्ठा के जिसका उन्हें सबसे ज़्यादा चाव था...

लेकिन मिस्टर हैरिसन, वैसी ही सुविधाओं का फ़ायदा उठाने के बावजूद, मुल्क में अलग कारणों से मौजूद थे। उन्हें इसकी कोई परवाह नहीं थी कि शासक कौन थे, बशर्ते कि वे मिस्टर हैरिसन के व्यापारिक हितों को न छीन लें; बहुत-से छोटे-छोटे चाय बागानों में उनकी हिस्सेदारी और शेयर थे और

उनके पास कुछ ज़मीन भी थी—जंगल के इलाके में—जहाँ वे, मिसाल के लिए हिरन और जंगली सुअर का शिकार करते।

समुदाय में मैं एकमात्र युवक था, इसलिए मैं सबकी, खासतौर पर महिलाओं की तवज्जो का निशाना था।

इसके बावजूद मैं बेहद अकेला था।

हर रोज़ मैं भविष्य की उधेड़-बुन करता हुआ या अचानक और परिपूर्ण संग-साथ, प्रेम और बहादुरी के सपनों में विचरता हुआ, वर्तमान के प्रति मुश्किल से सचेत, पहाड़ियों पर मँडराती सड़क पर निरुद्देश्य भटकता रहता। जब यारी-दोस्ती का कोई मौका सचमुच सामने आता, जैसा कि पिछले दिन आया था, तो मैं सिर्फ़ अपने संग-साथ को ही पसन्द करते हुए, अपनी नज़र न आने वाली बिल में दुबक जाता।

मेरा खाली वक्त यादों से भरा रहता, बचपन के प्रसंगों से। मैं बहुत ललक के साथ अपने पिता को याद करता; उन्होंने सचमुच मुझे बहुत प्यार दिया था और मेरी देखभाल की थी; मुझे उनके साथ की गयीं लम्बी-लम्बी सैरें और बातचीत बहुत याद आती—उनके लिए मेरा जी बहुत तरसता था... मेरे मन में अपने नाना-नानी की भी बहुत मीठी यादें थीं, पर अपनी माँ की उतनी मीठी याद नहीं। कभी-कभी मुझे अपने सौतेले भाई का ख़याल आता...

बहुत सारा समय अब शृंगार-मेज़ के शीशे में खुद अपनी जाँच-परख में खर्च होता : मैं जानबूझकर अपने मुँहासों को नज़रअन्दाज़ कर देता और इसकी बजाय एक पूरा बड़ा आदमी देखता, दुनियावी और आकर्षक। हालाँकि अभी मैं सत्रह बरस का था, लेकिन इससे काफ़ी बड़ा महसूस करता।

मिस्टर जॉन हैरिसन दिल्ली जा रहे थे।

मेरा इरादा उनकी गैर-मौजूदगी का अधिक-से-अधिक फ़ायदा उठाने का था : अगले कुछ दिनों के दौरान मैं जितनी ज़्यादा-से-ज़्यादा आज़ादी निचोड़ कर निकाल सकूँगा, निकालूँगा—घूमूँगा-फिरूँगा, खोजबीन करूँगा, खो जाऊँगा, दूर-दूर तक भटकूँगा, भले ही ऐसा मैं सपने देखने के लिए एक नयी

जगह की तलाश करने के लिए करूँ। लिहाज़ा मैं बिस्तर में जा पसरा और अगली सुबह की कल्पनाओं में खो गया...कहाँ जाऊँ मैं—फिर से पहाड़ियों की तरफ़, जंगल में? या अपने दिल में बैठे शैतान की आवाज़ सुनूँ और बाज़ार में जाऊँ? कल मुझे इसका पता होगा, कल...

~

अगली सुबह ठंडी और ताज़ा थी। जब तक सूरज घाटी से धुँध और आसमान की लहू जैसी सुर्ख़ी को साफ़ करते हुए तीर की तरह पहाड़ियों के ऊपर निकल नहीं आया शान्ति कायम रही। ज़मीन ओस से भीगी हुई थी।

मैं तब तक फाटक पर खड़ा रहा, जब तक मेरे अभिभावक आराम से कार की सीट पर स्टीयरिंग के पीछे नहीं जा बैठे और तब तक वहाँ से नहीं हटा जब तक कि कार मोड़ पर घूम कर दूसरी तरफ़ ओझल नहीं हो गयी।

मिशनरी की पत्नी, जो एक भारी-भरकम फूलगोभी जैसी महिला थी, अचानक एक झाड़ी के पीछे से नमूदार हुई और उसने पुकार कर कहा :

'गुड मॉर्निंग, मेरे बच्चे! अगर तुम आज सुबह बहुत व्यस्त नहीं हो, तो क्या मेरे बगीचे की झाड़ियों की छँटाई करने में मेरा हाथ बँटाना पसन्द करोगे?'

मिशनरी की पत्नी को मुझे अपने बगीचे के काम में लगाना पसन्द था: अगर झाड़ी की छँटाई का काम न होता, तो फिर फूलों की क्यारियों से जंगली घास निकालने और पौधों में पानी देने या बगीचे की रविश के कंकड़-पत्थर साफ़ करने या गुबरैलों और बीर-बहुटियों को खोज निकालने और उन्हें चारदीवारी के उस पार फेंकने का काम होता।

'ओह, गुड मॉर्निंग,' मैं हकलाया। 'दरअसल, मैं सैर के लिए जा रहा था। क्या मैं वापस आकर आपकी मदद कर सकता हूँ? मुझे बहुत देर नहीं लगेगी...'

मिशनरी की पत्नी को किसी कदर धक्का-सा लगा, क्योंकि मैं विरले ही 'न' कहता था और इससे पहले कि वह एक और धावा बोलतीं, मैं

आगे बढ़ गया था। मुझे एक खौफ़-सा महसूस हो रहा था कि कहीं वह आवाज़ देकर मुझे वापस न बुला लें; वह रहमदिल औरत थीं, मगर बातूनी और ऊबाऊ और मैं जानता था कि बगीचे के काम के बाद क्या होने वाला था : हल्की चाय या शिकंजी और फिर ताश का कोई खेल, शायद जोड़-मिलान।

लेकिन मुझे राहत-सी पहुँचाते हुए, उसने पीछे से पुकार कर कहा: 'ठीक है, डियर, जल्दी आना। और भले बने रहना!'

मैंने उनकी तरफ़ हाथ हिला दिया और सड़क पर आगे को तेज़ी से बढ़ गया। जिस दिशा में आमतौर पर मैं जाया करता था, उससे बिलकुल अलग दिशा पकड़ी।

इसी सड़क पर काफ़ी आगे चलकर बाज़ार था। पहले मुझे साफ़-सुथरी और करीने से बनी कॉटेज की कतारों को पार करना और एक व्यापारिक केन्द्र तक पहुँचना था—देहरा का पश्चिमी शैली में बना शॉपिंग सेंटर, जहाँ मसूरी जा रहे यूरोपीय, अमीर हिन्दुस्तानी और अमरीकी सैलानी शानदार होटलों में खाना खा सकते थे। और प्रतिबन्धित शराब पी सकते थे। लेकिन मेरे मन में हमेशा से ही लक-दक करती और सजी-धजी हर चीज़ से डर और सन्देह का भाव रहा था, इसलिए मैं शॉपिंग सेंटर की बगल से जल्दी-जल्दी कदम बढ़ाता, आगे को बढ़ गया।

मैं घंटाघर पर पहुँचा जो एक मीनार थी, पर घड़ी के बिना। वह सबसे चन्दा इकट्ठा करके बनवाई गयी थी, लेकिन इतना पैसा इकट्ठा नहीं हो पाया था कि उस पर घड़ी भी लगाई जा सके। पिछले पाँच सालों से वह घंटाघर इसी तरह बेजान खड़ा था, मगर कहीं जाने-आने के लिए निशानी का काम बखूबी निभाता था। घंटाघर की दूसरी तरफ़ बाज़ार था, और बाज़ार में ही बसता था हिन्दुस्तान और वहीं सही मायने में ज़िन्दगी थी। बाज़ार, हिन्दुस्तान और ज़िन्दगी—इन तीनों की ओर जाने की मुझे मनाही थी।

जैसे ही मैं घंटाघर पहुँचा मेरे दिल की धड़कन तेज़ हो गयी। मैं अब अपने अभिभावक और अपने समुदाय के कानून भंग करने वाला था। मैं घंटाघर पर घबराया हुआ, हिचकिचाहट से भरा, नाखून कुतरता खड़ा रहा। मैं इस

भेद के खुल जाने और सज़ा पाने के अन्देशे से भयभीत था, लेकिन भूख की तरह कचोटती उत्सुकता मुझे एड़ लगाकर आगे धकेल रही थी।

बाज़ार, हिन्दुस्तान और ज़िन्दगी, तीनों शोर-शराबे और बेतरतीबी के रेले के साथ शुरू होते थे।

हिचकिचाहट का एक पल और फिर मैंने लोगों की हलचल-भरी भीड़ में कदम रख दिया; रास्ता गरम और सँकरा था, फेरीवालों की आवाज़ों, मवेशियों और सूखते गोबर की गंध से भरा हुआ। गलियों में बच्चे ठैया-टापू या सिक्कों से जुआ खेल रहे थे, नालियों में जा गिरे सिक्के के लिए हाथ मारते हुए। और गायें इत्मीनान से कागज़ और बासी, फेंक दी गयीं सब्ज़ियों में नाक घुसाती हुईं भीड़ के बीच चल रही थीं; ज़्यादा हिम्मती गायें ठेलों या पटरियों पर लगी सब्ज़ियों में मुँह मार कर अपनी मदद आप करने की कोशिश करतीं। और शोर-शराबे की इन उठती-गिरती लहरों के ऊपर किसी लाउडस्पीकर से लोकप्रिय गाने के बोल गूँज रहे थे।

मैं भीड़ के साथ सड़क-किनारे लेटे-बैठे भिखारियों के नज़ारे से सम्मोहित-सा, आगे बढ़ता रहा : नंगे और दुबले-पतले अर्ध-मानव, कुछ तो महज़ हड्डियों के ढाँचे, कुछ नासूरों से भरे हुए; मरते हुए बूढ़े, मरते हुए बच्चे, दूध-पीते बच्चों के साथ जीती और मरती माँएँ। लेकिन, यह अजीब था कि इन लोगों के लिए मुझे कुछ महसूस नहीं हो रहा था; शायद ऐसा इसलिए कि वे इन्सानों के तौर पर पहचाने न जा सकते थे या इसलिए कि मैं खुद को ऐसी ही परिस्थितियों में देख नहीं पा रहा था। और बाज़ार में भी कोई उनके लिए कुछ महसूस करता नहीं जान पड़ता था। गायों और लाउडस्पीकर की तरह, भिखारी भी बाज़ार की उपज और उसका अंग थे और अपनी आत्मा की शान्ति के लिए कुछ पैसे उन पर कुरबान करते हुए सिर्फ़ कुछ खाते-पीते लोग ही भिखारियों की मौजूदगी से आगाह हो लेते थे।

हर छोटी दुकान अपनी बगलवाली दुकान से अलग थी। सब्ज़ियों के हरे और गीले ठेले के बाद फलों का ठेला था; और फलों के ठेले के बाद चाय और पानवालों की दुकानें; ज्योतिषी का चबूतरा—मनमोहन मुकुलदेव ज्योतिषी का चबूतरा और उसके बाद चटक-मटक रंगों वाले सस्ते गहनों और

खिलौनों की दुकान। और फिर, खिलौनेवाले के बाद, एक दुकान, जिसके दरवाज़े से धुएँ के बादल निकल रहे थे।

उत्सुकता से, मैं उस दुकान की तरफ़ मुड़ा जिससे धुआँ निकल रहा था। लेकिन मैं अकेला ही शख्स नहीं था जो उसकी तरफ़ बढ़ रहा था। उल्टी तरफ़ से सोमी भी अपनी साइकिल पर सवार इधर को आता दिखाई दिया।

सोमी ने, जिसकी नज़र मुझ पर नहीं पड़ी थी, ऐसा लगता था साइकिल पर सवार-सवार ही सीधे दुकान के अन्दर दाखिल होने का इरादा बाँध रखा था। बदकिस्मती से, उसका रास्ता एक गाय ने रोक रखा था जो निर्लिप्त भाव से इस सारे हंगामे के बीच अपनी जगह पर खड़ी, टस-से-मस नहीं हो रही थी। लेकिन साइकिल की रफ़्तार रत्ती-भर कम नहीं हुई।

मैंने साइकिल को देख लिया था, लेकिन मुझे अफ़सोस सिर्फ़ गाय पर था, उसका चोट खा जाना पक्का था। लेकिन दिल में बैठे या साइकिल के पहियों में बसे शैतान के चलते, सोमी उस गाय के पास आकर सफ़ा-सफ़ा घूम गया और उसकी बजाय मुझसे आ टकराया—और उसने मुझे अपने धक्के से नाली में ठेल दिया।

मिशनरी की पत्नी के फूलों की मीठी खुशबुओं और कभी-कभार बाथरूम साफ़ करने वाली फ़िनायल की गंध का आदी होने की वजह से, मुझे सड़ती सब्ज़ियों और रसोई के पानी की उस दुर्गंध ने पूरी तरह अपने शिकंजे में ले लिया जो गटर से उठ रही थी।

'अरे, अरे, यह क्या किया तुमने, कुछ ख़याल भी है?' मैं रुँधे गले और लड़खड़ाती आवाज़ में चिल्लाया।

'हैलो,' सोमी ने मेरी बाँह थामते और मुझे उठ कर खड़े होने में मदद करते हुए कहा, 'बहुत अफ़सोस है मुझे, पर मेरा कसूर नहीं है। बहरहाल, हमारी फिर मुलाकात हो गयी!'

चिन्ता में डूबकर मैंने सबसे पहले चोटों की जाँच-परख की और खुद को सही-सलामत पाकर ऊँचे स्वर में कहा :

'देखो तो ज़रा, कितना गन्दा हाल हो गया है मेरा!'

सोमी मेरी दुखी हालत और दुर्दशा पर हँसी रोक नहीं पाया। 'अरे, वह गन्दगी नहीं है, सिर्फ़ पत्तागोभी का पानी है। फ़िकर मत करो, तुम्हारे कपड़े अभी सूख जायेंगे...' उसकी हँसी मस्ती में गूँज उठी और उस कहकहे में कुछ था, शायद कोई संगीत जिसने खुद मेरे दिल में मस्ती के किसी तार को झंकृत कर दिया। सोमी मुस्कुरा रहा था और उसके होंठों पर वह मुस्कान दोस्ताना थी और उसकी हल्की भूरी आँखों में उस मुस्कान में उपहास-सा था।

'खैर, मुझे सचमुच अफ़सोस है,' सोमी ने अपना हाथ बढ़ाया।

मैंने उससे हाथ नहीं मिलाया लेकिन उसे ऊपर से नीचे, पगड़ी से ले कर चप्पलों तक, देखते हुए, खुद पर ज़ोर देते हुए कहा :

'मेहरबानी करके मेरा रास्ता छोड़ दो।'

'तुम बड़े नखरेबाज़ हो' सोमी ने टस-से-मस न होते हुए कहा। 'और बड़े अजीब भी हो।'

'मैं नखरेबाज़ नहीं हूँ,' मैंने सहज भाव से टिप्पणी की।

'तो इस दुर्घटना को भूल क्यों नहीं जाते?'

'तुम मुझे बचा सकते थे, लेकिन तुमने कोशिश नहीं की।'

'लेकिन अगर मैं तुमसे न टकराता तो उस गाय से टकरा जाता! तुम ''महारानी'' को नहीं जानते—यह बाज़ार की गायों की रानी है—अगर तुम इसे चोट पहुँचाओ तो यह पगला जाती है और आधे बाज़ार को तहस-नहस कर देती है! साथ ही, साइकिल भी टूट-फूट जाती...अब आओ मेरे साथ और चाट खाओ।'

मुझे कुछ पता नहीं था कि चाट किसे कहते हैं, लेकिन इससे पहले कि मैं यह न्यौता ठुकरा पाता, सोमी मुझे घसीट कर उस दुकान के भीतर ले गया जिससे धुआँ अब भी निकल रहा था।

पहले-पहल तो कुछ भी ठीक से दिखाई नहीं दिया; फिर धीरे-धीरे धुआँ छँटता हुआ लगा और वहाँ हमारे सामने किसी चमकते देवता की तरह, एक आदमी माँस की चमकती, तेल सनी तहों में लिपटा हुआ बैठा था। उसके सामने, कोयलों की आग पर एक भारी-भरकम छिछली कड़ाही रखी थी, जिसमें तेल का समन्दर खदबदा रहा था और अपनी माहिर, सधी हुई उँगलियों से वह आलू की टिक्कियाँ बना-बना कर कड़ाही में डाल रहा था और उन्हें तल कर निकाल रहा था।

दुकान में भीड़ थी, लेकिन धुएँ और भाप का पर्दा इतना घना था कि सिर्फ़ बातचीत के गड्ड-मड्ड टुकड़ों से वहाँ बहुत-से लोगों की मौजूदगी का एहसास होता था। केले के पत्तों से बना एक दोना मेरे हाथों में थमा दिया गया और दो तली हुई टिक्कियाँ अचानक उस पर प्रकट हुईं।

'खाओ!' सोमी ने कहा और मुझे नीचे खींचते हुए फ़र्श पर दीवार से पीठ टिकाते हुए बैठा दिया। 'ये टिक्कियाँ हैं,' सोमी ने बताया, 'बताना कि अच्छी लगीं या नहीं।'

मैंने एक छोटा-सा टुकड़ा चखा। टिक्की गर्म थी। मैं एक मिनट रुका, फिर मैंने एक और टुकड़ा चखा। वह अब भी गर्म थी, मगर एक अलग ढंग से—अब वह जानदार और दिलचस्प-सी थी; उसमें कुछ ऐसा स्वाद था, जैसा मैंने पहले खायी चीज़ों में कभी नहीं पाया था। शक के साथ, मगर जिज्ञासा से भरकर, मैंने टिक्की खत्म कर दी और इन्तज़ार किया कि कुछ होता है या नहीं।

'क्या तुमने पहले इसे चखा है?' सोमी ने पूछा।

'नहीं,' मैंने चिन्तित स्वर में जवाब दिया, 'क्या होगा इससे?'

'शुरू-शुरू में हो सकता है, इससे तुम्हारे पेट में कुछ परेशानी हो, लेकिन तुम इसे अक्सर खाओगे, तो इसके आदी हो जाओगे। तो लो, दूसरी भी खत्म करो।'

सोमी की इच्छाओं के आगे मेरे समर्पण ने मुझे खुद चकित-विस्मित कर दिया। एक पल पहले मैं नाराज़ और बदमिज़ाज था, लेकिन उसकी उस

हँसी के बाद से मैं अपने अन्दर बिना चूँ-चपड़ किये सोमी की बात मानने की इच्छा महसूस करने लगा था।

उसने सूती कमीज़ और निक्कर पहन रखी थी और आलथी-पालथी मार कर बैठा था। उसके पाँव उसकी जाँघों को दबा रहे थे। उसका रंग सुनहरा-भूरा था, टाँगों और बाँहों पर गहरा। मगर उसकी कमीज़ के खुले बटनों के अन्दर गोरा, बहुत गोरा नज़र आ रहा था। उसके हाथ गन्दे, मगर चंचल थे। उसकी आँखों में, जो गहरी भूरी और सपनीली थीं, गहराई और गोलाई थी।

उसने कहा : 'मेरा नाम सोमी है, अपना नाम बताओ, मैं भूल गया हूँ।'

'रस्टी...'

'क्या हाल है' सोमी ने कहा, 'तुमसे मिलकर बहुत खुशी हुई, क्या हम पहले नहीं मिले हैं? शायद बहुत पहले...अब हम दोस्त हैं, हाँ, बहुत जिगरी दोस्त!'

इसके बावजूद कि मुझे इस बात से कुछ रंज हुआ कि सोमी हमारी पहली मुलाकात के ब्यौरे भूल गया था, मैंने उसका गर्म, मैला हाथ पकड़ लिया जो उसने बढ़ाया था और हिलाया। मैंने पत्ते पर रखी टिक्की खत्म की और एक और स्वीकार की। फिर मैंने कहा, 'क्या हाल है, सोमी, तुमसे मिलकर मुझे बहुत खुशी हुई।'

~

जैसे ही मिशनरी की बीवी ने मुझे आते देखा, उसका सिर दीवार के ऊपर उभरा और स्वागत की मुस्कान में खिल उठा। मैंने भी जल्दी से मुस्कुरा कर जवाब दिया।

'कहाँ चले गये थे, बच्चे?' मेरी बातूनी पड़ोसिन ने पूछा। 'मैं दोपहर के खाने पर तुम्हारा इन्तज़ार कर रही थी। तुम कभी इतनी देर बाहर नहीं रहे। पता है, इस बीच मैंने अपना सारा काम खत्म कर लिया है...सैर अच्छी रही? मुझे मालूम है, तुम्हें प्यास लगी होगी, आओ अन्दर और शिकंजी

का एक अच्छा-सा ठंडा गिलास पियो; लम्बी सैर के बाद तरोताज़ा होने के लिए बर्फ़-डली शिकंजी जैसी कोई चीज़ नहीं। मुझे याद है, जब मैं लड़की थी तो मसूरी से देहरा तक पैदल आते समय, मुझे थर्मस भर कर शिकंजी लानी पड़ती...'

मैं उनके किस्से का बाकी हिस्सा सुनने के लिए नहीं रुका—बस, मैं निकल भागा। मैं शिकंजी को ठुकरा कर मिशनरी की पत्नी की भावनाओं को चोट नहीं पहुँचाना चाहता था, लेकिन चाट की दुकानवाले अनुभव के बाद शिकंजी का महज़ ख़याल ही मुझे नागवार लग रहा था। लेकिन मैंने तय किया कि इस इतवार को मिशनरी के गिरजे, पत्नी और बगीचे के खर्चों के लिए लिये जाने वाले चन्दे में चार आने की अतिरिक्त राशि का योगदान करूँगा; और इस भले विचार के साथ मैं अपने कमरे में चला गया।

सफ़ाईकर्मी लड़का खिड़की के पास से निकला; बाल्टियाँ खनकाता और गीले रास्ते पर पैरों से स्लप-स्लप की आवाज़ें निकालता।

मैं अपने बिस्तर पर पसर गया और अब मैंने अपनी कल्पना से एक नयी खोजी हकीकत पर सपनों का महल खड़ा करना शुरू कर दिया, क्योंकि सोमी से फिर मुलाकात का वादा कर लिया था।

और इसीलिए, अगले दिन, मेरे पैर—मानो वे खुद-ब-खुद अपनी इच्छा पर चल रहे थे—मुझे अपने अभिभावक के घर से दूर, सड़क पर आगे की तरफ़ चाक-चौबन्द दुकानों की बगल से, घंटाघर को पार करते हुए, बाज़ार में चाट की दुकान तक ले गये।

टिक्कियों का माँसल देवता मेरी तरफ़ देखकर यूँ मुस्कुराया कि लगा वह इस बात को रेखांकित कर रहा हो कि उसने मुझमें एक 'स्थायी ग्राहक' बनने की सम्भावना पहचान ली है। केले के पत्ते का दोना तैयार था और उसमें रखी टिक्कियों पर मसालेदार चटनी डली हुई थी।

'हैलो, जिगरी दोस्त,' सोमी ने इर्द-गिर्द घिरी भाप से प्रकट होते हुए कहा। उसकी चप्पलें ढीली थीं, खुली और ढीली चप्पलें उसके अँगूठों से एक पट्टे के सहारे फँसी हुई थीं और चलते समय उसकी एड़ियों से फटफटाती

थीं। 'मुझे खुशी हुई कि तुम फिर आ गये। टिक्कियों के बाद तुम्हें कुछ और लेना होगा, चाट या गोल-गप्पे, ठीक है?'

सोमी ने चप्पलें उतार दीं और मेरे साथ आकर बैठ गया—मैं किसी तरह सही ढंग से फ़र्श पर आलथी-पालथी मारकर बैठने में सफल हो गया था।

सोमी ने कहा, 'मुझे अपने बारे में कुछ और बताओ। किस बदकिस्मती ने तुम्हें अंग्रेज़ बना दिया है? यह कैसे हुआ कि तुम सारी ज़िन्दगी यहाँ रहे हो और पहले कभी किसी चाट की दुकान पर नहीं गये?'

'खैर, मामला यूँ है कि मेरे अभिभावक बहुत सख्त हैं,' मैंने कहा। 'वे मुझे अंग्रेज़ी तौर-तरीके से पालना चाहते हैं और वे सफल भी हुए हैं...।'

'अब तक,' सोमी ने कहा और ठहाका लगाया। हँसी उसके गले में लहराती हुई ऊपर आयी और मुँह से फूटती हुई, धुएँ को चीरती चली जाती थी।

फिर एक लम्बा-चौड़ा शख्स हमारे सामने नमूदार हुआ और मैंने पहचान लिया कि यह वही युवक रणबीर था जिससे मैं सोमी की साइकिल पर मिला था।

'एक और पक्का जिगरी दोस्त,' सोमी बोला।

रणबीर मुस्कुराया नहीं, बल्कि उसने अपना मुँह थोड़ा-सा खोला और मुझे ताक कर सिर ऊपर-नीचे हिला दिया। जब उसने सिर हिलाया तो बाल बेतरतीबी से उसके माथे पर आ गिरे—घने, काले, झाड़ियों सरीखे बाल, बेलगाम और बेकाबू। उसने अपने ढीले-ढाले पाजामे के ऊपर लम्बा, सफ़ेद, सूती कुरता पहना हुआ था; उसके पैर नंगे और गन्दे थे; बड़े-बड़े और मज़बूत।

'हैलो, मिस्टर,' रणबीर ने भारी आवाज़ में कहा जिसने उसके सजीलेपन को छिपा लिया। कुछ देर तक वह कुछ नहीं बोला, बस हमारे साथ-साथ खाता रहा।

खाने-पीने का सामान मज़ेदार था। आलू, अमरूद और सन्तरे की मसालेदार चाट और फिर गोल-गप्पे खाते-खाते इत्मीनान महसूस करके मैं बतियाने लगा—अपने साथियों को पहाड़ों में अपने स्कूल, अपने अभिभावक मिस्टर हैरिसन के घर और खुद उनके बारे में और उस लचकदार मलाका बेंत

के बारे में बताते। किस्से को कुछ मज़ा लेते हुए सुना गया : ज़ाहिर तौर पर अब तक की मेरी ज़िन्दगी बहुत फीकी और नीरस रही थी और सोमी और रणबीर के मन में इस सबके लिए मुझ पर दया का ही भाव था।

'कल होली है,' रणबीर ने कहा, 'तुम्हें मेरे साथ होली खेलनी होगी, तब तुम मेरे दोस्त बनोगे।'

'होली क्या है?' मैंने पूछा

रणबीर ने मेरी तरफ़ हैरत से देखा। 'तुम होली के बारे में नहीं जानते! यह हिन्दुओं का रंगों का त्यौहार है! इसी दिन हम वसन्त के आने का समारोह मनाते हैं, जब हम एक-दूसरे पर रंग फेंकते हैं, शोर मचाते हुए गाते हैं और अपने दुख भूल जाते हैं, क्योंकि रंगों का मतलब है वसन्त का और हमारे दिलों में एक नयी ज़िन्दगी का पुनर्जन्म...तुम्हें इसके बारे में मालूम नहीं!'

मैं रणबीर के अचानक बातूनीपन से कुछ चकरा-सा गया और इस खेल के बारे में मेरे मन में थोड़ा सन्देह होने लगा; मुझे यह किसी कदर आदिम किस्म का दिलबहलाव जान पड़ा, यह चारों तरफ़ रंग फेंकना।

'मैं मुसीबत में पड़ सकता हूँ,' मैंने कुछ अनिश्चय के साथ कहा। 'हर हाल में, मुझे यहाँ आने की मनाही है और मेरे अभिभावक किसी भी दिन वापस आ सकते हैं...'

'उन्हें इसके बारे में बताओ ही मत,' रणबीर बोला।

'अरे, पता लगाने के उनके अपने तरीके हैं। मेरी पिटाई हो जायेगी।'

'हुँह!' रणबीर ने कहा। उसके चंचल चेहरे पर एक निराशा और किसी हद तक नफ़रत का भाव तैर गया। 'तुम्हें अपने कपड़ों के खराब होने का डर है, मिस्टर बात यही है। तुम नखरेबाज़ हो।'

सोमी हँसा, 'यही मैंने इससे कल कहा था और तभी यह मेरे साथ चाट की दुकान में आया था। मेरा ख़याल है जब-जब ये बहाने बनाये, हमें इसको नखरेबाज़ कहकर बुलाना चाहिए।' इस बीच मैं चाट का मज़ा ले रहा था। मैंने गोल-गप्पे पर गोल-गप्पे खाये, जब तक कि मेरा गला लगभग जलने न

लगा और पेट में आग की-सी लपटें नहीं उठने लगीं। मुझे होली की बहुत चिन्ता नहीं थी, मैं वर्तमान से सन्तुष्ट था, चाट की दुकान के नये खोजे मज़े लेने से सन्तुष्ट था।

मैंने कहा, 'खैर, मैं देखूँगा...अगर मेरे अभिभावक कल वापस नहीं आते, तो मैं तुम्हारे साथ होली खेलूँगा। ठीक है?'

रणबीर खुश हो गया। उसने कहा, 'मैं तुम्हारे घर के पीछे जंगल में तुम्हारा इन्तज़ार करूँगा। जब तुम्हें जंगल में ढोलक की आवाज़ सुनाई दे, तो समझ लेना मैं तुम्हारा इन्तज़ार कर रहा हूँ। तब आना।'

'क्या तुम भी वहाँ होगे, सोमी?' मैंने पूछा। जाने कैसे मुझे सोमी के होने पर सुरक्षा का एहसास होता था।

'मैं होली नहीं खेलता,' सोमी बोला। 'बात यह है कि मैं रणबीर से अलग हूँ। मैं पगड़ी पहनता हूँ, जबकि वह नहीं पहनता। इसके अलावा, मेरी कलाई में कड़ा भी है, जिसका मतलब है कि मैं सिख हूँ। हम होली नहीं खेलते। लेकिन मैं परसों तुमसे मिलूँगा, यहीं चाट की दुकान पर।'

सोमी दुकान के बाहर चला गया और धुएँ और भाप में ओझल हो गया, लेकिन उसकी ढीली चप्पलों की स्लप-स्लप बाद में भी कुछ देर तक सुनाई देती रही, जब तक कि उनकी आवाज़ बाहर बाज़ार के और भी बड़े शोर में खो नहीं गयी।

बाज़ार में लोग दुकानदारों से मोल-भाव कर रहे थे, बच्चे वसन्त की धूप में खेल रहे थे, कुत्तों में प्रणय लीलाएँ जारी थीं और रणबीर और मैं लगातार गोल-गप्पे खा रहे थे।

दोपहर गुनगुनी और अलसाई हुई थी, जो वसन्त के लिए अनोखी बात थी, बहुत शान्त मानो वसन्त और आगे आने वाले ग्रीष्म के बीच सुस्ता रही हो। जब मैं लौटा तो मिशनरी की पत्नी और सफ़ाईकर्मी लड़के का कुछ अता-पता न था, लेकिन मिस्टर हैरिसन की कार घर को जाने वाले रास्ते में खड़ी थी।

कार को देखकर मुझे थोड़ी-सी कमज़ोरी और डर का एहसास हुआ;

मैंने अपने अभिभावक के इतनी जल्दी लौटने की उम्मीद नहीं की थी और सच तो यह है कि मैं उनके अस्तित्व को लगभग भूल ही चुका था। लेकिन अब मैं चाट की दुकान, सोमी और रणबीर के बारे में सब भूल गया और घबराया हुआ तेज़ी से बरामदे की सीढ़ियों पर चढ़ा।

मिस्टर हैरिसन बरामदे की सीढ़ियों के ऊपर, गमलों में लगे पौधों के पीछे खड़े थे।

'ओह, हैलो, सर, आप लौट आये!' मैंने ऊँचे स्वर में कहा और अपने संक्षिप्त से अभिवादन को सुनने में उत्साह-भरा बनाने की कोशिश की, क्योंकि मुझे और कुछ नहीं सूझ रहा था।

'कहाँ रहे हो तुम सारा दिन?' मेरी तरफ़ देखे बिना ही, मिस्टर हैरिसन बोले। 'हमारे पड़ोसियों को तुम हाल के दिनों में बहुत नज़र नहीं आये।'

मैं चौंका। तो उन्हें पहले ही सूचना दे दी गयी थी...बेशक, यह मिशनरी की पत्नी का काम था, जो हर वक्त इधर-की-उधर करती रहती थी। मिस्टर हैरिसन को सच तक पहुँचने से रोकने के लिए मुझे झूठ बोलना ही था।

'मैं सैर करने गया था, सर।'

'तुम बाज़ार में गये थे।'

इनकार करने से पहले मैं हिचका; उनकी आँखें अब मुझ पर टिकी थीं और झूठ बोलने के लिए मुझे नज़रें नीची करनी पड़तीं—और यह मैं कर नहीं सकता था...

'जी, सर मैं बाज़ार में गया था।'

'क्या मैं पूछ सकता हूँ, क्यों?'

'क्योंकि मेरे पास करने को कुछ नहीं था।'

'अगर तुम्हारे पास करने को कुछ नहीं था तो तुम जाकर हमारे पड़ोसियों से मुलाकात कर सकते थे। बाज़ार तुम्हारे जाने की जगह नहीं है। तुम्हें यह मालूम है।'

'लेकिन मुझे कुछ हुआ नहीं...'

'बात यह नहीं है,' मिस्टर हैरिसन बोले और अब उनकी आमतौर पर रूखी-सूखी आवाज़ में उत्तेजना का हल्का-सा तुर्श स्वर घुल गया और वे जल्दी-जल्दी बोलने लगे। 'बात यह है कि मैंने तुमसे कहा था कि तुम बाज़ार में कभी नहीं जाओगे। तुम्हारी जगह यहाँ है, इस घर में, इस सड़क और इन लोगों में। वो जगह तुम्हारे लिए नहीं है, वहाँ मत जाना।'

मैं बहस करना चाहता था, बगावत करने को ललक रहा था, लेकिन मिस्टर हैरिसन के खौफ़ ने मुझे रोक रखा था। मैं उस आदमी की सत्ता, उसके इस अधिकार का प्रतिरोध करना चाहता था, लेकिन मुझे काँच के पल्लों वाली अलमारी में रखे लचकदार मलाका बेंत का आभास था।

'मुझे अफ़सोस है, सर...'

लेकिन मेरी कायरता से मुझे कोई लाभ नहीं हुआ। मिस्टर हैरिसन काँच की अलमारी तक गये और बेंत ले आये और उन्होंने उसे अपने हाथों में ले कर उसकी लचक परखी। फिर बोले :

'तुम्हारा इतना भर कह देना काफ़ी नहीं है कि तुम्हें अफ़सोस है, तुम्हें अफ़सोस का एहसास कराना होगा। सोफ़े पर झुको।' मैंने सोफ़े पर झुककर दाँत भींच लिये और अपनी उँगलियाँ गद्दियों में गाड़ दीं। बेंत हवा में सरसराया और चटाक की आवाज़ के साथ मेरे नितम्बों पर पड़ा, मेरी पतलून में लगी गर्द झाड़ता हुआ। मुझे दर्द का कोई एहसास नहीं हुआ। लेकिन मेरे अभिभावक, वार को अन्दर तक धँसने का मौका देते हुए, रुके रहे और फिर उन्होंने दूसरा बेंत मारा। इस बार चोट पहुँची, वह डंक की तरह मेरे नितम्बों को चुभा, मांस में जलन पैदा करते हुए, उसे बाकी वारों के लिए तैयार करते हुए।

मलाका के उस लचकदार बेंत की छठी चोट पर, जो आमतौर पर आखिरी होती थी, एक जंगली चीख बेसाख़्ता मेरे गले से निकली और सोफ़े के ऊपर से छलाँग मारकर मैं अपने कमरे से भाग गया।

मैं अपने बिस्तर पर लेटा रहा, जब तक कि दर्द हल्का नहीं हुआ।

लेकिन मांस में इतनी जलन थी कि मैं उस जगह को छू भी नहीं पा रहा था, जहाँ बेंत लगे थे। अपनी पतलून को उतारकर मैंने आईने में अपने पिछवाड़े का मुआयना किया। मिस्टर हैरिसन ने अचूक वार किये थे : दोनों नितम्बों के आर–पार एक मोटा, बैंगनी नील पड़ा हुआ था और थोड़ा–सा खून रिसकर मेरी जाँघों तक बह आया था। खून का एक ठंडा, लगभग राहत–भरा असर हो रहा था, लेकिन उसे देखकर मुझे सिर कुछ उड़ता हुआ–सा लगा।

मैं लेट गया और कराहने लगा। मुझ पर आत्म–दया इस हद तक हावी हो गयी कि मेरा मन रो देने को हुआ, पर मैं आँसुओं की व्यर्थता जानता था। इसके बावजूद, दर्द और नाइन्साफ़ी का एहसास जो मुझे हो रहा था, दोनों असली थे।

बिस्तर पर एक छाया आ पड़ी। खिड़की पर कोई था और मैंने ऊपर को देखा।

सफ़ाईकर्मी लड़के ने दाँत दिखा दिये।

'क्या चाहिए?' मैंने रूखे स्वर में पूछा।

'चोट लगी क्या, छोटे साहब?'

सफ़ाईकर्मी लड़के की हमदर्दी ने मेरे भीतर सिर्फ़ शक ही पैदा किया।

'तुमने मिस्टर हैरिसन को बताया कि मैं कहाँ गया था!' मैंने आरोप लगाने वाले अन्दाज़ में कहा। मुझे उस पर इतना गुस्सा था। लेकिन उसने अपना सिर एक तरफ़ को झुकाकर मासूमियत से पूछा, 'किधर गये थे आप, छोटे साहब?'

'ओह, परवाह मत करो। जाओ यहाँ से।'

'मगर आपको चोट लगी?'

'भागो यहाँ से!' मैं गरजा।

उसके चेहरे से मुस्कान गायब हो गयी और उसकी जगह उसकी आँखों में एक उदासी और डर रह गया।

मुझे लोगों की भावनाओं को चोट पहुँचाना नापसन्द था, लेकिन मैं सफ़ाईकर्मी लड़के का आदी नहीं था और इस पर भी, महज़ कुछ मिनट पहले, मेरे बाज़ार जाने पर मेरी पिटाई हुई थी जहाँ उस लड़के जैसे ही बहुत-से लोग थे।

वह लड़का अपनी गीली उँगलियों के निशान खिड़की की पट्टी पर छोड़ते हुए मुड़ा, उसने ज़मीन पर रखी अपनी बाल्टियाँ उठायीं और बोझ सँभालने के लिए घुटनों को मोड़े, आगे बढ़ गया। जो पानी उसने छलकाया था, उसमें उसके पैर हल्के-से छप-छप कर रहे थे और नरम, लाल मिट्टी के गीले ज़र्रे ऊपर उड़-उड़कर उसकी टाँगों को चितकबरा बना रहे थे।

अपने अभिभावक, नौकर और सबसे ज़्यादा खुद अपने ऊपर नाराज़गी महसूस करते हुए मैंने अपना सिर तकिये में गाड़ दिया और असलियत को धकेल कर बाहर रखने की कोशिश की; मैंने एक अद्‌भुत सपना बुना जिसमें मैंने खुद को मिस्टर हैरिसन की तब तक पिटाई करते पाया, जब तक कि वे मुझसे रहम की भीख नहीं माँगने लगे।

~

मैं ढोल की थापों की आवाज़ से उठा और बिस्तर पर लेटा-लेटा सुनता रहा; थाप दोहराई गयी, हवा पर तैरती हुई और सोने के कमरे की खिड़की से दाखिल होती हुई। धम!... अब एक दोहरी थाप, एक गहरी, एक ऊँची, हठ-भरी, प्रश्नाकुल...अभी अँधेरा ही था, भोर होने में देर थी। मुझे अपना वादा याद आया कि मैं रणबीर के साथ होली खेलूँगा, जब वह ढोल बजायेगा तो जंगल में उससे मिलूँगा। लेकिन मैंने इस शर्त पर वादा किया था कि मेरे अभिभावक न लौटे तो; लेकिन अब मैं किसी भी तरह उस वादे को पूरा नहीं कर सकता था, खासतौर पर उस पिटाई के बाद जो मुझे सहनी पड़ी थी।

धम-धम, जंगल से ढोलक की आवाज़ आयी, धम-धम, बेसब्र, अधीर और बढ़ती हुई खीझ से भरी...

'यह चुप क्यों नहीं कर सकता,' मैंने चिढ़ महसूस करते हुए सोचा, 'क्या वह मिस्टर हैरिसन को जगा देना चाहता है...'

होली, रंगों का त्यौहार, वसन्त का आगमन, नये साल का पुनर्जन्म, प्रेम का जाग उठना—इन बातों की मेरे लिए क्या अहमियत थी? मेरी ज़िन्दगी से उनका कोई सरोकार नहीं था। मैं नयी ज़िन्दगी नहीं शुरू कर सकता था, एक दिन के लिए भी नहीं...इसके अलावा यह सब कितना जंगली और आदिम जान पड़ता था, यह रंग फेंकना और ढोल बजाना...।

धम-धम!

मैं बिस्तर में उठ बैठा।

आकाश का रंग पहले से हल्का हो चला था।

दूर, बाज़ार से एक नया संगीत सुनाई दे रहा था, बहुत-से ढोलों की आवाज़ें, हल्की-हल्की, लेकिन बराबर आती हुईं, बढ़ती हुई लय और जोश के साथ। मुझे महसूस हुआ कि वह शोर मुझ तक कोई बात पहुँचा रहा है...कुछ ऐसा जो बेलगाम और भाव-भरा है, जो मेरे सपनों की दुनिया से जुड़ा है; और, एक अचानक उमड़ आये जज़्बे के बस में, मैं उछल कर बिस्तर के बाहर निकल आया।

दरवाज़े तक जाकर मैंने कान लगाकर सुना; घर खामोश था। मैंने दरवाज़े में कुंडी लगा दी। होली के रंग, मुझे मालूम था, मेरे कपड़ों पर निशान छोड़ जायेंगे, इसलिए मैंने अपना नाइट-सूट नहीं उतारा। टेनिस खेलने वाले, रबर के सपाट तलेदार, पुराने जूतों का जोड़ा पहन कर मैं खिड़की से कूदकर बाहर आया और ओस-भीगी घास पर दौड़ता हुआ, घर के पीछे बने रास्ते से होकर, पहाड़ी पार करता हुआ जंगल में घुस गया।

जब रणबीर ने मुझे आते देखा तो वह ज़मीन से उठ खड़ा हुआ। ढोलक उसकी कमर पर लटकी हुई थी। उसके उठने के साथ ही सूरज भी उगा। लेकिन सूरज उतना तपता हुआ सुर्ख नहीं दिख रहा था, जितना रणबीर, जो एक रंगे हुए भूत-सरीखा नज़र आ रहा था। उसके घने बालों पर लाल रंग

का चूरा रचा-बसा था और उसके शरीर पर जो कमर में लिपटे कपड़े के अलावा बिलकुल उघड़ा हुआ था, हरा रंग पुता था; वह एक रंगे हुए भूत जैसा दिखता था, हरे रंग का भूत।

'तुम बड़ी देर से आये मिस्टर,' रणबीर बोला, 'मैंने सोचा कि तुम नहीं आओगे।'

उसने अपनी दोनों मुट्ठियाँ भींच रखी थीं, लेकिन जब वह मेरी तरफ़ बढ़ा तो उसने खुलकर मुस्कुराते हुए—हरे चेहरे में सफ़ेद मुस्कान के साथ—उन्हें खोल दिया। उसके दायें हाथ में लाल रंग था और बायें में हरा। और अपने दायें हाथ से उसने मेरे बायें गाल पर वह लाल रंग मल दिया और दूसरे हाथ से उसने हरा रंग मेरे दायें गाल पर लगा दिया; वह पीछे हट कर खड़ा हो गया और मुझे देख कर हँसा इसके बाद उसने मुझे गले लगाया। मेरे भौंचक्केपन को देखकर उसने मुझे बताया कि होली पर गले मिलना देसी रिवाज है। वह एक पहलवान का गले मिलना था। मेरी साँस रुक गयी और मैं चिहुँका।

'आओ,' रणबीर ने कहा, 'चलें और शहर को इन्द्रधनुष के रंगों में रंग दें।'

और सच ही, उस दिन वसन्त खुलकर फूट पड़ा।

सूरज उग गया और बाज़ार जाग उठा। घरों की दीवारों पर अचानक रंगों के छिड़काव से बड़े-बड़े धब्बे नज़र आने लगे और उतना ही अचानक लगा कि फूल पेड़ों में फूट पड़े, क्योंकि जंगल में रोडोडेंड्रॉन के फूलों की एक फ़ौज खड़ी हो गयी थी और नदी के किनारे प्योनसेतिया के फूल नाचने लगे; चेरी और आलूचे के पेड़ फूलों से भर गये थे; पहाड़ों में जमी बर्फ़ पिघल गयी थी और नदी-नाले तूफ़ानी रफ़्तार से नीचे को बह चले; पेड़ों पर नयी पत्तियाँ मिठास से भरी हुई थीं और नयी उगी दूब ओस की बूँदों और धूप की किरणों को संजोते हुए, शबनम के हर कतरे को हरे-हरे पन्ने में तब्दील कर रही थी।

वसन्त का यह संक्रामक असर एकसाथ मनुष्य के संसार और कुदरत की दुनिया में फैलता चला गया, उन्हें एकमेक करता हुआ।

रणबीर और मैं जंगल के बाहरी किनारे पहाड़ी के गिर्द चलते रहे,

जब तक कि हम विलायती लोगों के समुदाय से ही नहीं, बल्कि उस चाक-चौबन्द शॉपिंग सेंटर से बचकर दूसरी तरफ़ नहीं निकल आये। हम बड़े रास्ते के अगल-बगल की छोटी, गन्दी गलियों से गुज़रते हुए नीचे को आये जहाँ मकानों की दीवारें, वर्षों की जर्जर रिहाइश की टूट-फूट के निशान संजोये अब एक बार फिर होली के चटक रंगों से रंगी थीं। फिर हम घंटाघर पर पहुँचे।

घंटाघर पर वसन्त के उद्घाटन का सचमुच ऐलान हो चुका था। हवा में बादलों की तरह रंगीन गुबार उठ-उठ कर फैल रहा था और पानी की धारें, हरी, नारंगी और बैंगनी—सारे चटक और फड़कते हुए रंग—हर जगह फूट रही थीं।

बच्चे झुण्ड बनाकर खेल रहे थे और उनके पास ज़्यादातर साइकिल के पम्प थे या बाँस से बनी पिचकारियाँ जिनसे रंगीन पानी की धारें छोड़ी जातीं। और बच्चे मुख्य रास्ते पर चल-फिर रहे थे—तालियाँ बजा कर तेज़ स्वर में गाते हुए। बड़े लोगों को पानी की बजाय सूखे रंग ज़्यादा पसन्द थे। वे भी गा रहे थे, पर उनके गाने-बजाने में एक खासियत थी, उनके हाथ और उँगलियाँ वसन्त की लय-ताल पर थाप दे रही थीं, वही धुनें और वही गीत जो उनके जीवन के दौरान हर वर्ष इस दिन के लिए तय थे।

रणबीर की मुलाकात कुछ दोस्तों से हुई जिन्होंने बड़ी मस्ती और गर्मजोशी से उसका स्वागत किया। इससे पहले कि मैं कुछ समझ पाता कि क्या हो रहा है, एक पिचकारी मेरी तरफ़ तनी और काले पानी की एक धार मेरे चेहरे पर आ पड़ी।

पल भर के लिए आँखों के आगे अँधेरा छाने से मैं हड़बड़ाता हुआ इधर-उधर गिरता-पड़ता रहा। बच्चों का झुण्ड मुझ पर टूट पड़ा और पर हर तरफ़ से पानी की धारें पड़ने लगीं। मेरी कमीज़ और पाजामा, पूरी तरह भीग कर, मेरे बदन से चिपक गया; फिर किसी ने मेरी कमीज़ के सिरे को पकड़ कर उसे तब तक झटका दिया, जब तक कि वह फट नहीं गयी। रंग-बिरंगा रंग, सख्ती से और पूरी ताकत से मेरे चेहरे और शरीर पर मल दिया गया और मेरी मुलायम चमड़ी जो इस सबकी आदी नहीं थी, इस हमले के चलते छरछराने लगी।

फिर मेरी आँखें साफ़ हो गयीं, मैंने पलकें झपक कर अपनी बदहवास नज़रों से लड़के-लड़कियों के उस झुण्ड को देखा जो मेरे सामने खुशी से शोर मचाता, नाच रहा था। मेरे शरीर पर ज़्यादातर काले रंग की धाराएँ बह रही थीं, जिनमें लाली भी मिली हुई थी। मेरे मुँह में भी वही सब भर गया लगता था; और मैंने थूकना शुरू कर दिया।

फिर एक-एक करके रणबीर के दोस्त मेरे पास आये।

नरमी से उन्होंने मेरे गालों पर रंग मले और मुझे गले लगाया; वे इतने सारे लाल सुर्ख भूतों जैसे लग रहे थे कि मैं एक को दूसरे से अलग नहीं कर पा रहा था। लेकिन साइकिल के पम्पवाले हमले के बाद यह नरम, मुलायम स्वागत इतनी जल्दी आया था कि मैं और भी चकरा गया था।

रणबीर ने कहा : 'अब तुम हममें से एक हो, रस्टी, आओ।' और मैं उसके और उसके दूसरे साथियों के संग चल दिया।

'सूरी छिप गया है,' कोई चिल्लाया। 'उसने अपने को घर में बन्द कर लिया है और होली नहीं खेल रहा!'

'खैर, उसे होली तो खेलनी ही पड़ेगी,' रणबीर बोला, 'चाहे हमें उसका घर न तोड़ना पड़े।'

हमने सूरी के घर का दरवाज़ा खटखटाया। उसकी माँ ने दरवाज़ा खोला और हमें बताया कि सूरी ने, जो होली से खौफ़ खाता था, सारा दिन घर में बन्द रहने का फ़ैसला किया है। उसने अपना डेरा रसोई में बना रखा है, जहाँ इतना खाने-पीने का सामान है कि सारा दिन कट जाये। तब हम आँगन के बगल में गये और चिल्ला कर उसे आवाज़ दी। उसने हमारी आवाज़ें, धमकियाँ और ताने सुने, लेकिन उन्हें नज़रअन्दाज़ कर दिया; दरवाज़ा मज़बूत और अच्छी तरह बन्द था इसलिए उसने बड़ी खुशी से सोचा होगा कि वह सुरक्षित है। लेकिन हम ढोल की आवाज़, शोर और उमंग के चलते इतने मदमस्त थे कि सूरी को परेशान करने का मौका खोने को तैयार नहीं थे। लिहाज़ा, हम जाकर एक सीढ़ी ले आये और रोशनदान से रसोईघर में दाखिल हुए। वहाँ हमने सूरी को एक मेज़ के नीचे दुबक कर अंग्रेज़ों के नग्न-सम्प्रदाय की पत्रिका के

पन्ने पलटते पाया। हम उस पर चिल्लाये। सूरी डर कर कुलबुलाया। दरवाज़ा खोला गया और सूरी को पकड़ कर बाहर ले आया गया और उसका चश्मा इस चक्कर में पैरों से कुचला गया।

'मेरा चश्मा!' वह चीखा। 'तुम लोगों ने उसे तोड़ दिया है!'

'तुम एक दर्जन चश्मे खरीद सकते हो!' हमारे जत्थे से किसी ने फ़िकरा कसा।

'लेकिन मैं देख नहीं पा रहा, बेवक़ूफ़ों, देख नहीं पा रहा!'

'देख नहीं पा रहा!' कोई और उपेक्षा से चिल्लाया। 'ज़िन्दगी में पहली बार सूरी को दिखाई नहीं दे रहा कि क्या हो रहा है! अब जब भी वह जासूसी करेगा, हम उसका चश्मा चकनाचूर कर देंगे।'

सूरी को उतनी अच्छी तरह न जानते हुए, मैं उस घबराये, छटपटाते लड़के पर दया किये बिना नहीं रह सका।

'तुम उसे छोड़ क्यों नहीं देते,' मैंने रणबीर से पूछा। 'अगर वह खेलना नहीं चाहता तो उससे ज़बर्दस्ती मत करो।'

'लेकिन उसकी सारी गन्दी चालों के लिए उससे हिसाब चुकाने का यही एक मौका हमारे पास है। आज ही का दिन है जब किसी को उससे डरने की फ़िकर नहीं है!'

मैं कल्पना नहीं कर सकता था कि कोई भी इस पीले छटपटाते, सींकियाँ टाँगों वाले लड़के से कैसे भयभीत हो सकता था, जो इस तरह खींचा-तानी का शिकार था और जब दूसरों ने उसके साथ अपना खेल-तमाशा पूरा कर लिया तो मुझे राहत और खुशी महसूस हुई।

सारा दिन मैं रणबीर और उसके दोस्तों के साथ शहर और आस-पास के इलाके में घूमता-फिरता रहा और सूरी को जल्द ही भुला दिया गया। एक दिन के लिए रणबीर और उसके दोस्त अपने घरों और काम-काज को भूल गये और सड़कों पर नाचते हुए, शहर के बाहर और जंगल में भटकते रहे। और एक दिन के लिए मैं भी अपने अभिभावक और मिशनरी की पत्नी और

मलाका के उस लचकदार बेंत को भूल गया और दूसरों के साथ मस्ती में दौड़ता फिरा।

धीरे-धीरे वह धूप-धुली सुबह पकी हुई दोपहरी में तब्दील हो गयी।

पेड़ों के बीच, जंगल की ठंडी, अँधेरी खामोशी में, सबने अचानक थककर गाना और चिल्लाना बन्द कर दिया। हम बहुत-से पेड़ों की छाया में पसर गये; घास नरम और आरामदेह थी और बहुत जल्दी हममें से ज़्यादातर लोग सो गये।

लेकिन नींद मुझसे कोसों दूर थी। मैं थका हुआ था। और भूखा था। मैं अपनी कमीज़ और जूते गँवा आया था, मेरे पैर छिल गये थे, बदन दुख रहा था। इन सारी बातों पर मेरा ध्यान तब गया था, जब मैं आराम कर रहा था, क्योंकि अब तक मैं रंगों के खेल में, उसकी उत्तेजना में, इस तरह जकड़ा हुआ था, इस तरह उल्लास मुझ पर हावी था कि मुझे यह सब पता ही नहीं चला था। मेरे बाल बिखरे और रंगे हुए थे।

मैं थक गया था, लेकिन खुशी महसूस कर रहा था।

मैं चाहता था यह सब हमेशा के लिए चलता रहे, शरारतों-भरे जज़्बों का यह दिन, दूसरी ही दुनिया में यह ज़िन्दगी। मैं जंगल को छोड़कर जाना नहीं चाहता था; वह सुरक्षित था, उसकी मिट्टी मुझे राहत दे रही थी, मुझे अपने में समेट रही थी, जिससे मेरे शरीर का दर्द भी खुशी में बदल गया था...

नहीं, मैं घर नहीं जाना चाहता था।

~

मिस्टर हैरिसन बरामदे की सीढ़ियों के सबसे ऊपरी छोर पर खड़े थे। घर में अँधेरा था, लेकिन इसकी वजह से उनकी जलती सिगरेट और भी चमक रही थी। मैंने फाटक का दरवाज़ा खोला तो सड़क के किनारे लगी बत्ती की रोशनी मुझ पर पड़ी। मैं जानता था कि उन्होंने मुझे देख लिया है, पर मुझे बहुत परवाह नहीं थी; लेकिन उस वक्त अगर मुझे मालूम होता कि मिस्टर

हैरिसन ने मुझे पहचाना नहीं है, तो बगीचे के रास्ते पर समर्पित भाव से कदम बढ़ाने की बजाय, मैं पीछे को मुड़ गया होता।

मिस्टर हैरिसन हिले नहीं, न ऐसा लगा कि उन्होंने मेरे आने पर गौर किया। यह तो जब मैं बरामदे की सीढ़ियाँ चढ़ने लगा, तब वे हिले और उन्होंने कहा :

'कौन? कौन है?'

ज़ाहिर था कि उन्होंने मुझे पहचाना नहीं था; काश, मुझे पहले ही इसका एहसास हो गया होता, क्योंकि उस एक पल में मुझे अपनी हालत का अन्दाज़ा हुआ; मेरा शरीर रंगों का चितकबरा समूह था। फटा हुआ पाजामा पहने, मुझे भूल से उस नीम-अँधेरे में आसानी से सफ़ाईकर्मी लड़का या किसी और का नौकर समझा जाता। यह बाज़ार से नया-नया हासिल किया गया सहज बोध ही था, जिसने मुझे भाग निकलने के लिए सोचने पर मजबूर किया। मैं पीछे मुड़ा।

लेकिन मिस्टर हैरिसन चिल्लाये, 'इधर आओ तुम!' और उनकी आवाज़ के लहज़े ने—वही लहज़ा जो सफ़ाईकर्मी लड़के के लिए इस्तेमाल होता था—मुझे ठिठक जाने पर विवश कर दिया।

'इधर आओ, मेरे पास!' मिस्टर हैरिसन ने दोहराया।

मैं बरामदे की तरफ़ लौटा और मेरे अभिभावक ने बत्ती जलाई, लेकिन अब भी उन्होंने मुझे पहचाना नहीं था।

'गुड ईवनिंग, सर,' मैं जितने शान्त स्वर में कह सकता था, मैंने कहा।

मिस्टर हैरिसन को धक्का लगा। मेरा मन हुआ ठहाका मारकर हँस दूँ, लेकिन मैं जानता हूँ उन पर क्या गुज़री होगी : गुस्सा और फिर तकलीफ़। जैसे ही वे उस धक्के से उबरे उन्होंने मुझे फटकारना शुरू किया। 'क्या तुम वही रस्टी हो जिसे मैंने पढ़ाया-लिखाया और सिखाया? नहीं, तुम सिर्फ़ एक जंगली, फटीचर, घटिया एहसान-फ़रामोश हो, जिसे यह रत्ती भर एहसास नहीं है कि क्या सही है और क्या गलत, क्या सभ्य है और क्या जंगली, क्या भला है और क्या शर्मनाक! इतने बरसों की मेरी शिक्षा-दीक्षा का कुछ नतीजा नहीं

निकला।' फिर वे अँधेरे से बाहर आ गये और कोसने लगे। उन्होंने अपना हाथ मेरी गर्दन पर कसा, धकेलकर बैठक में लाये और कमरे में मुझे इतने ज़ोर से धक्का दिया कि मैं सन्तुलन खोकर एक मेज़ से टकराया और फ़र्श पर लुढ़क गया।

फ़र्श से सिर उठाकर मैंने अपने अभिभावक को देखा तो उन्हें अपने सिर पर खड़ा पाया और उनके दायें हाथ में वह लचकदार बेंत था और बेंत फड़क रहा था।

मिस्टर हैरिसन का चेहरा भी रह-रहकर फड़क रहा था; उससे आग बरस रही थी। उनके होंठ हल्की भूरी मूँछों के नीचे सख़्ती से भिंचे थे और वे मेरी तरफ़ तिरस्कार से भरी, विकुंचित आँखों से, पलक झपकाये बिना एकटक देख रहे थे।

'गन्द!' वे शब्दों को लगभग मेरी तरफ़ थूकते हुए बोले, 'हे भगवान, कैसी गन्दगी!'

मुझे नहीं पता, मुझ पर क्या हावी हो गया—दया की भीख माँगने की बजाय मैं अपने अभिभावक के उठे हुए हाथ की उँगलियों पर पड़े निकोटीन के गहरे पीले दागों से सम्मोहित महज़ खड़े-खड़े उन्हें घूरता रहा। फिर उनकी कलाई में हरकत हुई और बेंत चाकू की तरह मेरे चेहरे पर पड़ा—मेरे गालों को चुभता और सुलगाता हुआ।

मैं चिल्ला कर दीवार के साथ दुबक गया; मुझे अपने मुँह से खून बहता महसूस हो रहा था। मैंने जान छुड़ाकर निकल भागने के लिए इधर-उधर नज़रें दौड़ायीं, लेकिन मिस्टर हैरिसन मेरे सामने थे, मुझ पर हावी थे और पीछे दीवार थी।

एक बार फिर मिस्टर हैरिसन के मुँह से शब्दों की झड़ी लग गयी। 'तुम खुद को अंग्रेज़ कैसे कह सकते हो? इस हालत में वापस इस घर में कैसे आ सकते हो? किस नाली, किस चकले का चक्कर लगाकर आये हो तुम! क्या तुमने खुद को देखा है? क्या तुम्हें पता है, तुम कैसे दिख रहे हो?'

‘नहीं,’ मैंने जवाब दिया। पहली बार मैंने अपने अभिभावक को ‘सर’ कहकर सम्बोधित नहीं किया। ‘मुझे परवाह नहीं है कि मैं कैसा दिखता हूँ।’

‘नहीं!... खैर, मैं बताता हूँ तुम कैसे दिखते हो! तुम एक देसी लड़के जैसे दिखते हो, जो तुम हो भी।’

‘यह झूठ है!’ मैं उनके शब्दों से ज़्यादा उनके लहज़े से अपमानित होकर चिहुँका।

‘यही सच है। मैंने तुम्हें अंग्रेज़ की तरह पाल-पोस कर बड़ा करने की कोशिश की, जैसा कि तुम्हारे पिता चाहते होंगे। लेकिन चूँकि तुम्हें हमारा तौर-तरीका मंज़ूर नहीं है तो मैं अब तुम्हें बता रहा हूँ कि तुम्हारे अन्दर बस, तुम्हारी वल्दियत ही है जो अंग्रेज़ है। तुम उस सफ़ाईकर्मी लड़के से रत्ती भर बेहतर नहीं हो।’

मेरा गुस्सा भड़क उठा और मैंने ज़िन्दगी में पहली बार उस आदमी के आगे कुछ तेवर दिखलाया। ‘मैं सफ़ाईकर्मी लड़के से बेहतर नहीं हूँ, लेकिन मैं उतना ही अच्छा हूँ जितना वह! मैं आपके जितना ही अच्छा हूँ! मैं किसी और के भी बराबर हूँ।’ और बेंत के वार के आगे दुबकने की बजाय मैंने अपने अभिभावक की टाँगों की तरफ़ छलाँग लगा दी। बेंत हवा में सरसराया और मेरी पीठ को छूता चला गया। लेकिन मैं परवाह करने की हद पार कर चुका था। अपनी पूरी ताकत से उन्हें खींचा।

मिस्टर हैरिसन पीछे को लुढ़क कर चित्त हो गये।

अचानक गिरने से उनकी साँस ज़रूर अटक गयी होगी, क्योंकि पलभर के लिए वे हिल नहीं पाये।

मैं उछल कर उठा। मेरे चेहरे पर बेंत की चोट ने अपने डंक से मुझे पगला दिया था; एक विवेकहीन नफ़रत की हद तक और तब मैंने वह किया जो पहले मैं करने का सिर्फ़ सपना ही देख सकता था। शीशे की अलमारी से मिशनरी की पत्नी के बेहतरीन फूलों का एक फूलदान उठाकर मैंने उसे मिस्टर हैरिसन के चेहरे की तरफ़ फेंक दिया। फूलदान उनकी छाती से टकराया,

लेकिन पानी और फूल उछलकर उनके सारे चेहरे पर फैल गये। उन्होंने उठने की कोशिश की, मगर वे अवाक् थे।

मिस्टर हैरिसन के चेहरे पर भय और चौंकने का जो भाव था, उसने मेरे साहस को और बढ़ा दिया। इससे पहले कि वह आदमी दोबारा सन्तुलित होकर उठकर खड़ा हो पाता, मैंने उसे गिरेबान से पकड़कर पीछे धकेल दिया, जब तक कि हम दोनों फ़र्श पर लुढ़क नहीं गये। एक हाथ से उनके गिरेबान को मरोड़ते हुए मैंने अपने अभिभावक के चेहरे पर चाँटा रसीद किया। अपने चेहरे के दर्द से पागल होकर, मैं उन्हें बार-बार पीटता रहा, बेलगाम और अटपटे ढंग से, मगर इस जानकारी से सिर घुमा देने वाली सनसनी महसूस करते हुए कि मैं ऐसा कर सकता था : मैं अब कोई बच्चा नहीं रहा था, सत्रह साल का था, मैं एक आदमी बन चुका था। मैं पीड़ा पहुँचा सकता था, यह एक अद्‌भुत खोज थी; मेरे शरीर में ताकत थी—कोई शैतान या देवता—और अपनी ताकत में मेरा भरोसा बढ़ चला था।

'रोको! रोक दो यह सब!'

एक बदहवास औरत की चीख से मैं होश में आया। मैंने अब भी अपने अभिभावक का गला थाम रखा था, लेकिन मैंने उन्हें मारना बन्द कर दिया। मिस्टर हैरिसन का चेहरा लाल सुर्ख था।

मिशनरी की पत्नी दहलीज़ पर खड़ी थी, उसका चेहरा डर से सफ़ेद था। उसका शायद ख़याल था कि मिस्टर हैरिसन पर किसी नौकर या बाज़ार के गुण्डे ने हमला कर दिया था। मैंने इस बात का इन्तज़ार नहीं किया कि वह मुझे पहचान सके, इसलिए इससे पहले कि उसके मुँह से एक बोल भी फूट सके, मैं एक नयी-खोजी रफ़्तार और फुर्ती से लपक कर बैठक से बाहर निकल आया।

मैंने सोने के कमरे की खिड़की से कूद कर छुटकारे की तरफ़ कदम बढ़ाये। फाटक से मुझे मिशनरी की पत्नी बैठक की रोशनी में साये की तरह खड़ी नज़र आ रही थी। मैं ज़ोर से हँसा। वह मुड़ी और कुछ कदम आगे बढ़ी। और मैं फिर हँसा और सड़क पर नीचे बाज़ार की तरफ़ भागने लगा।

देर हो चुकी थी। हलवाई की दुकानें और होटल बन्द हो चुके थे। बाज़ार में हर दरवाज़े के बाहर तेल के लैम्प टँगे थे; लोग दुकानों के सामने की सीढ़ियों और चबूतरों पर सोये हुए थे, कुछ लोग कम्बलों में लिपटे थे और कुछ गुड़ीमुड़ी होकर पड़े हुए थे। वह रास्ता, जो दिन में लोगों और जानवरों की हलचल और शोर से भरी जगह होता था, खामोश और सुनसान था। सिर्फ़ एक मरियल-सा कुत्ता अब भी नाली में सूँघ-साँघ कर रहा था। कोई औरत सड़क के ऊपर किसी कमरे में गा रही थी—एक दर्द-भरा, लरजता गीत—और दूर फ़ासले पर एक सियार चाँद को देखकर हूआँ-हूआँ कर रहा था। लेकिन उस खाली, बेजान सड़क में बहुत धोखा था; अगर मुट्ठी भर मकानों ही से छतें हटायी जा सकतीं तो दिखाई दे जाता कि जीवन सचमुच रुका नहीं था, बल्कि खूबसूरत और बदनुमा था, रात भर उसकी धड़कन जारी थी।

आधी रात से ज़्यादा का वक्त था, हालाँकि घंटाघर के पास बताने का कोई ज़रिया नहीं था। मैं सुनसान सड़क पर था और चाट की दुकान बन्द थी और उसके दरवाज़े पर तिरपाल की एक चादर लिपटी हुई थी। मैंने इस उम्मीद से सड़क पर ऊपर और नीचे की तरफ़ देखा कि शायद मेरी मुलाकात किसी जान-पहचान वाले से हो जाये : मुझे यकीन था कि चाटवाला मुझे रात भर के लिए एक कम्बल और सोने की जगह दे देगा और अगले दिन जब सोमी मुझसे मिलने आयेगा तो मैं अपने दोस्त को अपनी मुसीबत के बारे में बताऊँगा कि मैं अपने अभिभावक के घर से भाग आया हूँ और वहाँ लौटने का मेरा कोई इरादा नहीं है। लेकिन मुझे सुबह तक रुकना होगा : चाट की दुकान का शटर गिरा हुआ था और कुण्डी में ताला जड़ा था।

मैं सीढ़ियों पर बैठ गया, लेकिन पत्थर ठंडा था और मेरा पतला, सूती पाजामा ठंड से कोई बचाव नहीं कर पा रहा था। मैंने हाथ छाती पर बाँध लिये और एक कोने में पड़ा रहा, मगर अब भी मैं काँप रहा था। मेरे पैर सुन्न और बेजान हो चले थे।

स्थिति की विकटता का मुझे अभी तक अपने अन्दर एहसास नहीं हुआ था। मैं अब भी गुस्से और बगावत से पगलाया हुआ था और हालाँकि मेरे गाल पर रिसा खून सूख गया था, मेरा चेहरा अब भी छरछरा रहा था। मैं

साफ़-साफ़ सोच नहीं पा रहा था : मौजूदा हालत चकराने वाली और सच से परे लग रही थी और मैं उसके पार नहीं देख पा रहा था; दरअसल जो बात मेरे अन्दर फ़िक्र पैदा कर रही थी, वह थी ठंड और बेचैनी, दर्द का एहसास।

ऊपर, खिड़की से आती गाने की आवाज़ रुक गयी। मैंने नज़रें उठायीं और एक हाथ को देखा जो इशारा करके बुला रहा था। चूँकि सड़क पर और कोई नहीं था जिससे ज़िन्दगी का कोई निशान नज़र आ रहा था, मैं उठा और सड़क पार करके उस खिड़की के नीचे तक पहुँचा। औरत ने एक ज़ीने की तरफ़ इशारा किया और मैं सीढ़ियाँ चढ़ने लगा।

सीढ़ियाँ सीधे सितारों तक जा रही लगती थीं, लेकिन अचानक वे मुड़ीं और उस औरत के कमरे तक ले गयीं। दरवाज़ा उढ़का हुआ था। मैंने दस्तक दी तो एक आवाज़ सुनाई दी, 'आओ...'

कमरा इत्र और अगरबत्ती की खुशबू से भरा था। एक कोने में संगीत का कोई साज़ रखा था। औरत अपने बाल तकिये पर बिखेरे, एक बिस्तर पर लेटी थी; उसका चेहरा गोल और सुन्दर था, लेकिन उसकी जवानी विदा हो रही थी और उसकी उघड़ी कमर पर चर्बी की तहें नज़र आती थीं। वह मुझे देखकर मुस्कुराई और उसने फिर इशारा करके बुलाया।

'शुक्रिया,' मैंने दरवाज़ा बन्द करते हुए कहा। 'क्या मैं यहाँ सो सकता हूँ?'

'और कहाँ सोओगे?' औरत बोली।

'बस, आज रात भर के लिए।'

वह मुस्कुराई और रुकी रही। मैं अपने हाथ पीठ के पीछे किये, उसके सामने खड़ा रहा।

'बैठ जाओ,' उसने कहा और अपने पास रखी चादर वगैरह को थपथपाया।

जितना सम्भव था, उतने आदर और सम्मान के साथ मैं बैठ गया। औरत ने अपनी छोटी-छोटी गोरी उँगलियाँ मेरे शरीर पर फेरीं और मेरे सिर को अपने सिर के करीब खींचा; हमारे होंठ बहुत नज़दीक थे, लगभग छू रहे

थे। मुझे लगा कि हमारी साँसें सुनने में बहुत ऊँची लग रही थीं, लेकिन मैंने सिर्फ़ इतना कहा : 'मुझे भूख लगी है।'

जवाब में औरत ने मेरे होंठों का भरपूर चुम्बन लिया। मैं शर्मिंदा होकर पीछे को हटा, मैं खुद पर भरोसा नहीं कर पा रहा था। मुझे यह औरत पसन्द थी, लेकिन जाने किस अबूझ कारण से उसका बर्ताव मुझे परेशान कर रहा था...

'क्या गड़बड़ है?' उसने पूछा।

'मैं थका हुआ हूँ,' मैंने कहा।

उसके चेहरे की दोस्ताना मुस्कान तिरस्कार के भाव में बदल गयी। फिर उसने ज़रूर मेरी आँखों से झलकते दुख को देख लिया होगा, क्योंकि रहम से भरी आवाज़ में उसने कहा, 'तुम यहाँ सो सकते हो जब तक तुम्हारी थकान दूर न हो जाये।'

मगर अब मैं उस कमरे में रुके रहना नहीं चाहता था—वह सही नहीं लग रहा था। मैंने अपना सिर हिलाया। 'मैं फिर कभी आऊँगा,' मैंने उसकी भावनाओं को चोट न पहुँचाने के इरादे से कहा।

बिना जाने कि मेरी हरकतों के पीछे किसका हाथ था, मैं कमरे के बाहर आ गया। मशीन की तरह मैं सीढ़ियाँ उतरा और बाज़ार की सड़क पर चल दिया खामोश, सोते हुए लोगों के पास से होकर, जब तक कि मैं घंटाघर तक नहीं जा पहुँचा। घंटाघर की दायीं तरफ़ घास का एक चौड़ा मैदान था जहाँ दिन में गायें चरतीं, बच्चे खेलते और रणबीर जैसे नौजवान कुश्ती लड़ते या फुटबॉल खेलते। लेकिन अब, रात के समय, वह एक विशाल खाली जगह थी।

घास नरम थी, जंगल की घास की तरह और मैं मैदान की लम्बाई पार कर गया। मैंने पैदल चलने से थोड़ी गर्मी महसूस करते हुए एक बैंच खोजी और बैठ गया। मैदान में हल्की-हल्की हवा बह रही थी, सुखद और ताज़ा कर देने वाली, मेरे बालों से अठखेलियाँ करती हुई। मेरे गिर्द हर चीज़ अँधेरी, खामोश और अकेली थी। मैं बाज़ार से निकल आया था, जहाँ भिखारियों और बेघर बच्चों और भूख से परेशान कुत्तों के दुख भरे हुए थे और अब मैं अपने दुख पर ध्यान दे सकता था, क्योंकि मेरी अपनी अकेली हालत से ज़्यादा

और कुछ मुझे दुखी नहीं कर सकता था। जुनून और आज़ादी और हिंसा मेरे लिए नयी भावनाएँ थीं : अकेलेपन का एहसास जाना-पहचाना था, वह ऐसा एहसास था जिसे मैं समझता था।

मैं अकेला था। कल तक, मैं अपनी ज़िन्दगी के बाकी हिस्से के लिए अकेला था।

अगर कल चाट की दुकान पर सोमी न हुआ, रणबीर न हुआ, तब मैं क्या करूँगा? यह सवाल लगातार मुझे तंग कर रहा था, मुझे वास्तविकता का अनचाहा गुलाम बनाते हुए। मैं नहीं जानता था कि मेरे ये दोस्त कहाँ रहते थे, मेरे पास फूटी कौड़ी नहीं थी, मैं दो बार चाट की दुकान का दौरा करने के बावजूद चाटवाले से उधार नहीं माँग सकता था। शायद मैं बाज़ार की उस कामुक महिला के पास लौट जाऊँगा, शायद...लेकिन नहीं, एक बात पक्की थी, मैं कभी अपने अभिभावक के पास नहीं लौटने वाला था...

चाँद को बादलों ने ढँक लिया था और जल्दी ही हल्की-हल्की बूँदाबाँदी होने लगी। मुझे बूँदों से कोई परेशानी नहीं हुई, उन्होंने मुझे तरोताज़ा कर दिया और मेरे शरीर से रंग को धो डाला; लेकिन जब बारिश तेज़ हो गयी तो फिर मुझे कँपकँपी होने लगी। मेरा जी खराब होने लगा। मैं उठा, अपने फटे पाजामे को जाँघों तक समेटा और रेंगकर बैंच के नीचे घुस गया।

बैंच के नीचे एक गड्ढा था और शुरू-शुरू में वहाँ मुझे काफ़ी आराम-सा महसूस हुआ। लेकिन वहाँ घास नहीं थी और धीरे-धीरे मिट्टी नरम पड़ने लगी; जल्द ही मैंने खुद को हाथों और घुटनों के बल मटमैले पानी के तालाब में पाया; कीचड़ मेरे हाथों और पैरों की उँगलियों के बीच से फिसल कर निकलने लगा। वहाँ, उस गीली, ठंडी और कीचड़-सनी हालत में दुबके हुए, मुझ पर बेचारगी और आत्म-दया का एक एहसास तारी हो गया : हर कोई और हर चीज़ मेरे खिलाफ़ हो गयी लगती थी, न सिर्फ़ मेरे अपने लोग, बल्कि बाज़ार, चाट की दुकान और मौसम भी। मैंने किसी हद तक बेमन से स्वीकार किया कि घर से बगावत करके भागने में मैंने कुछ ज़्यादा ही आवेग से काम लिया था; शायद अब भी लौटकर मिस्टर हैरिसन से माफ़ी माँगने का वक्त बचा था। लेकिन क्या मेरा व्यवहार माफ़ किया जा सकेगा, किया जायेगा?

हो सकता है, मुझे कत्ल की कोशिश के इल्ज़ाम में बेड़ियों से जकड़ दिया जाये। यह पक्का था कि मुझे एक और पिटाई का सामना करना पड़ेगा और इस बार छह नहीं, बल्कि नौ बेंत।

मेरी अकेली आशा सोमी था। और अगर सोमी नहीं तो रणबीर...खैर, इससे आगे सोचने का कोई फ़ायदा नहीं था। सोचने के वास्ते कोई और था भी नहीं।

बारिश थम गयी थी। मैं रेंगकर बैंच के नीचे से बाहर आया और मैंने अपने अकड़े अंगों को ताना। चाँद एक बादल के पीछे से निकल आया और उसकी रोशनी मेरी गीली, चमकती देह पर थिरकने लगी और मैंने मैदान का विशाल, नंगा अकेलापन देखा और अपना खुद का लाचार मामूलीपन भी। अब मैं लोगों की मौजूदगी के लिए ललक रहा था, चाहे वे भिखारी हों या औरतें और मैं अचानक भागने लगा और यह भागना एक दौड़ में तब्दील हो गया, डरी हुई दौड़ में। मैं तब तक नहीं रुका जब तक कि मैं घंटाघर तक नहीं पहुँच गया।

~

भूख और दर्द से जुड़कर मेरी थकान इतनी ज़्यादा थी कि मैं तब तक चाट की दुकान की सीढ़ियों पर पड़ा सोता रहा, जब तक सूरज ने कदम बढ़ाते हुए आकर लगभग हर खिड़की और दरवाज़े पर दस्तक नहीं दे दी थी। किसी ने मुझे कन्धे से हिलाकर जगा दिया। सोमी था। 'ओये, रस्टी, उठ जाओ, क्या हुआ है? रणबीर कहाँ है? पता है, होली कल खत्म हो गयी है! खैर, जब तक तुम जागते हो, मैं नहा लूँ।'

सोमी थोड़ा आगे बढ़ गया और पानी की सार्वजनिक टंकी पर नहाने लगा। वह नल के नीचे खड़ा हो गया और उसने थपथपा कर अपने शरीर में जान पैदा की और पहाड़ के ठंडे पानी के झटके से दाँत किटकिटाये।

पानी की टंकी पर कई लोग थे : किलकारी मारते बच्चे, जब उनकी

आयाएँ रुखाई और प्यार से उन्हें इधर-उधर थपथपातीं; तगड़ी, स्वस्थ पहाड़ी औरतें, टखनों पर भारी हँसलियाँ पहने; अपनी मशक के साथ भिश्ती, और अपने बर्तनों के साथ बावर्ची। आयाएँ, अपनी साड़ियों को जाँघों तक समेटे, उकड़ूँ बैठी बच्चों को नहला रही थीं; हर बार वे अपने पैर सरकातीं तो उनकी पायलों के घुँघरू टुनटुनाते जिससे लगातार चीखने, टुनटुनाने और पिछवाड़े थपथपाने की आवाज़ें आतीं। रसोइये ने अपने बर्तनों पर राख मलकर उन्हें धोया और मिट्टी की एक हाँडी पानी से भर ली। भिश्ती ने मशक कन्धे पर लटकायी और टप-टप करती मशक लिये चला गया; एक गली का कुत्ता पत्थर के चबूतरे से नीचे को बहते पानी को जीभ से लपलपा रहा था; और एक बदमिज़ाज नज़र आने वाली गाय गीली घास कुतर रही थी।

ज़ाहिर तौर पर, यही वे लोग थे जिनके साथ सोमी अपनी सुबहें बिताता हँसता, बतियाता और नहाता था। जब उसने अपना नहाना-धोना पूरा कर लिया, बाल धूप में सुखा लिये, जूड़ा बनाकर पगड़ी बाँध ली, तब वह मेरे पास आया। मुझे वहाँ आँखें खोले लेटे देखकर बोला, 'सुनो, तुम्हारे अभिभावक बहुत नाराज़ होंगे!'

मैं चौंक कर उठा। अपने बिखरे हुए ख़यालों को समेटकर उन्हें तरतीब देते हुए, मैं अब पूरी तरह जाग चुका था। मेरे लिए खुली, खरी बात करना मुश्किल था, लेकिन मैंने अपने ऊपर ज़ोर देकर सोमी से आँखें मिलाईं और बहुत सहज भाव से, बिना भूमिका बाँधे, कहा: 'मैं घर से भाग आया हूँ।'

सोमी ने ज़रा भी आश्चर्य नहीं प्रकट किया। होंठों पर हल्की-सी मुस्कान लिये, उसने कहा :

'बढ़िया। अब तुम आकर मेरे साथ रह सकते हो।' ओह! उन शब्दों से मुझे कैसी राहत मिली! मेरी टाँगें लरज़ने लगीं, लेकिन मेरे दिमाग में इत्मीनान था और मैं अकेला नहीं महसूस कर रहा था : एक बार फिर सोमी ने मेरे अन्दर आत्मविश्वास का एहसास भर दिया था। हम उसकी साइकिल पर सवार होकर उसके घर की तरफ़ चले।

'तुम्हारे ख़याल से मुझे कोई काम मिल सकेगा?' मैंने पूछा।

'अभी उसके बारे में फ़िकर मत करो, अभी-अभी तो तुम घर से भाग कर आये हो।'

'तुम्हारे ख़याल से मुझे कोई काम मिल सकेगा?' मैंने दोबारा पूछा। 'अगर मुझे कोई काम न मिला तो मैं जिऊँगा कैसे?'

'क्यों नहीं? लेकिन फ़िकर मत करो, तुम मेरे साथ रहोगे।'

'मैं तुम्हारे साथ तभी तक रहूँगा, जब तक मुझे कोई काम नहीं मिल जाता। किसी भी तरह का काम, कुछ-न-कुछ तो होगा ही।'

'बिलकुल होगा, फ़िकर मत करो,' सोमी ने कहा और पैडलों पर दबाव बढ़ा दिया।

हम एक नहर पर पहुँचे; पहाड़ से आ रहे पानी की तेज़ रफ़्तार शोर पैदा कर रही थी, क्योंकि ऊपर जमी बर्फ़ पिघलने लगी थी। नहर के साथ-साथ जा रही सड़क पर कहीं-कहीं पानी आ गया था, लेकिन सोमी सधे हुए ढंग से साइकिल चलाता रहा। फिर नहर बायें मुड़ गयी और सड़क सीधी चलती रही; जल्दी ही पानी का शोर बहुत हल्की कलकल में बदल गया और सड़क पर खामोशी और छाया का राज हो गया; सड़क-किनारे के पेड़ गुलाबी और सफ़ेद फूलों से ढँके हुए थे और उनके पीछे और भी पेड़ थे, घने और ज़्यादा हरे और पेड़ों के बीच मकान थे।

लकड़ी के एक चरमराते फाटक पर एक लड़का झूल रहा था। उसने सीटी बजाई और सोमी ने पलट कर हाथ हिलाया, बस।

'वह कौन है?' मैंने पूछा।

'अपने माँ-बाप का बेटा।'

'इसका क्या मतलब है?'

'उसका बाप अमीर है। इसलिए किशन कुछ खास है। उसके पास पैसा है और उसमें उतनी ही ताकत है जितनी सूरी की ज़बान में।'

'क्या वह सूरी का दोस्त है या तुम्हारा?'

'जब उसे ठीक लगता है, वह हमारा दोस्त बन जाता है। जब उसे ठीक लगता है तो वह सूरी का दोस्त बन जाता है।'

'तब तो वह अमीर होने के साथ-साथ होशियार भी है।'

'अकल उसे अपनी माँ से मिली है।'

'और पैसा उसके पिता का है?'

'हाँ, लेकिन अब ज़्यादा पैसा बचा नहीं। मिस्टर कपूर खलास हो चुके हैं... किशन लगता भी अपने बाप की तरह है, उसकी माँ सुन्दर है। खैर, हम पहुँच गये।'

सोमी ने साइकिल पेड़ों के बीच से अन्दर की तरफ़ एक मँडराते, बल खाते रास्ते पर मोड़ दी और उस पर घूमते-घुमाते हम उसके घर पहुँचे।

वह एक छोटा-सा घर था, बोगनवेलिया की लाल लतर से पूरी तरह ढँका हुआ। बगीचे में गेंदे के फूलों की भरमार थी जो हर जगह उग आये थे, बरामदे की सीढ़ियों की बगल में पड़ी दरारों में भी। घर पर कोई नहीं था। सोमी के पिता दिल्ली में थे और उसकी माँ हफ़्ते भर की सब्ज़ी-तरकारी खरीदने सुबह-सवेरे निकल गयी थीं।

'क्या तुम्हारा कोई भाई है?' सामने के कमरे में दाखिल होते हुए मैंने पूछा।

'नहीं। मगर मेरी दो बहनें हैं और उनकी शादी हो गयी है। आओ देखें कि मेरे कपड़े तुम्हें पूरे आयेंगे या नहीं।' मैं हँसा, क्योंकि मैं अपने दोस्त से उमर और कद-काठी में बड़ा था और कमीज़-पतलून पहनने का आदी था। जिस बीच सोमी कपड़े लाने गया, मैं सामनेवाले कमरे में रखे सोफ़े पर बैठ गया।

कमरा ठंडा और खुला-खुला था और उसमें बहुत कम साज़-सामान था। लेकिन दीवार पर कई तस्वीरें थीं, और बीचोबीच सिख पन्थ की बुनियाद रखने वाले सन्त, गुरुनानक का बड़ा-सा चित्र था; उघड़े बदन और हाथों को प्रार्थना में जोड़े, गुरुनानक देव आलथी-पालथी मारे बैठे थे और उनके चेहरे पर एक दिव्य भाव था। गुरुनानक देव के चेहरे पर जो शान्त दिव्य भाव था, वह कमरे में भी व्याप्त हो रहा लगता था। सोमी के चेहरे पर भी ऐसी ही

सौम्यता नज़र आती थी, शायद उस मुस्कान की वजह से जो हमेशा उसके होंठों के गिर्द थिरकती रहती थी।

सोमी का परिवार मध्यमवर्गीय जान पड़ता था, यानी वे न तो अमीर थे, न गरीब, बल्कि हर हाल में अपना गुज़ारा चलाने में सफल थे।

सोमी कपड़े लेकर वापस आया।

'ये मेरे हैं,' वह बोला, 'इसलिए हो सकता है, तुम्हारे लिए कुछ छोटे हों। खैर, गर्मियाँ आ रही हैं और इससे कोई फ़र्क नहीं पड़ने वाला कि तुम क्या पहनते हो—बेहतर है, कुछ मत पहनो!'

मैंने एक लम्बी, सूती कमीज़ पहनी जो, मुझे हैरत हुई कि ढीली-ढीली आयी; उसका कॉलर ऊँचा और आस्तीनें चौड़ी थीं।

'ढीली है,' मैंने आश्चर्य से कहा, 'यह तुम्हारी कैसे हो सकती है?'

'यह ढीली बनी है,' सोमी ने कहा।

'मैंने एक सफ़ेद पाजामा पहना और यह निश्चय ही मेरे लिए छोटा साबित हुआ, टखनों से कुछ इंच ऊपर तक पहुँचता हुआ। सैण्डलों के बकल नहीं बन्द होते थे, इसलिए जब मैं चलता तो वे सोमी की चप्पलों की तरह मेरी एड़ियों से चप-चप करते हुए टकराते।'

'लो!' सोमी सन्तोष से चहका। 'अब सब कुछ तय हो गया है, पेट में चाट, बदन पर साफ़ कपड़े और कुछ ही दिनों में हम काम भी खोज लेंगे! अब और क्या बचा है?'

अब तक मैं सोमी को इतनी अच्छी तरह जान गया था कि मुझे मालूम था, किसी भी चीज़ के लिए उसका शुक्रिया अदा करने की ज़रूरत नहीं थी। आभार और कृतज्ञता महसूस करने की भावनाएँ थीं, कहने की नहीं; सच्ची दोस्ती में न कोई तकल्लुफ़ होता है, न एहसान। मैंने तो उससे यह भी नहीं पूछा था कि उसने मुझे अपना मेहमान बनाने के सिलसिले में अपनी माँ से सलाह की थी या नहीं; शायद उसकी माँ इस तरह की बात की आदी थीं।

'क्या और कोई बात है?' सोमी ने फिर पूछा।

मेरे मुँह से एक छोटी-सी जम्हाई छूट गयी।

'क्या अब मैं सो सकता हूँ ?'

~

अपने अभिभावक के घर में मैं कभी ठीक से नहीं सोया था, क्योंकि मैं कभी इतना थकता ही नहीं था; इसके अलावा, मेरी कल्पना अक्सर मुझे बेचैन कर देती। और भाग आने के बाद, मैं ठीक से नहीं सो पाया था, क्योंकि मुझे ठंड, भूख और डर सताता रहा था। लेकिन सोमी के घर में मुझे सुरक्षा और थोड़ी-सी खुशी का एहसास हुआ, सो मैं सो गया; सच तो यह है कि मैं पूरा दिन और पूरी रात सोता रहा।

सुबह के समय सोमी ने मुझे खींचकर बिस्तर से निकाला और पानी की टंकी पर ले गया। मैंने उसे कपड़े उतारकर नल के पानी की धार के नीचे खड़े होते देखा और ऐसा ही करने के ख़याल से मुझे झुरझुरी-सी आयी।

अपनी कमीज़ उतारने से पहले, मैंने चारों तरफ़ झेंपते हुए देखा; किसी ने मुझे कोई तवज्जो नहीं दी, हालाँकि एक नौकरानी ने—जो चूड़ियाँ पहने एक लड़की थी—मेरी तरफ़ एक तिरछी, दबी-दबी मुस्कान फेंकी। मैंने औरतों से नज़रें हटा लीं, अपनी कमीज़ एक झाड़ी पर फेंकी और सावधानी से नहाने वाली जगह की तरफ़ बढ़ा।

सोमी ने मुझे नल के नीचे खींच लिया। बर्फ़-जैसे ठंडे पानी से मेरी साँस रुक-सी गयी और मैं चबूतरे से कूदकर नीचे चला आया, जिससे वहाँ मौजूद लोगों को बहुत मज़ा आया।

अपने बदन को सुखाने-पोंछने के लिए मेरे पास कोई तौलिया नहीं था, लिहाज़ा मैं काँपता हुआ घास पर खड़ा यह विचारता रहा कि क्या मैं भागकर घर वापस चला जाऊँ या तब तक खुले में लरज़ता-काँपता रहूँ जब तक धूप मुझे सुखा न दे। लेकिन चूड़ियाँ पहने वह लड़की हाथ में पकड़ा

तौलिया बढ़ाये मेरे पास चली आयी। उसकी आँखों में उपहास भरा था, लेकिन मुस्कान दोस्ताना थी।

दोपहर के खाने के वक्त, जिसमें सालन, दही और चपातियाँ परोसी गयीं, मेरी मुलाकात सोमी की माँ से हुई। वह मुझे काफ़ी भली लगीं।

वह लगभग पैंतीस साल की औरत थी; उसकी कनपटी पर कुछ सफ़ेद बाल थे और उसकी चमड़ी—सोमी के विपरीत—खुरदरी और सूखी थी। उसने एक सीधी-सादी सफ़ेद साड़ी पहन रखी थी। उसकी ज़िन्दगी काफ़ी मुश्किलों से भरी रही थी। देश के बँटवारे के समय, जब नफ़रत ने धर्म में डेरा जमा लिया था, सोमी के परिवार को पंजाब में अपना घर छोड़कर दक्षिण की तरफ़ आना पड़ा था, वे सैकड़ों मील पैदल चले थे। ज़िन्दगी को एकदम शुरू से दोबारा चालू करना पड़ा था, क्योंकि वे अपनी ज़्यादातर ज़मीन-जायदाद और पैसे गँवा आये थे : सोमी के पिता ने दिल्ली में काम खोज लिया था, उसकी बहनों की शादी कर दी गयी थी और सोमी और उसकी माँ देहरा में आ बसे थे, जहाँ सोमी स्कूल में पढ़ाई कर रहा था।

उसकी माँ ने कहा : 'मिस्टर रस्टी, तुम्हें सोमी को हिज्जों और गणित में कुछ सबक सिखाने चाहिए। यह हमेशा क्लास में आखिरी आता है।'

'वाह! यह बढ़िया रहेगा!' सोमी चहका। 'बड़ा मज़ा आयेगा, रस्टी!' फिर उसने मेज़ पर थपकी मारी। 'मुझे एक बात सूझी है! मेरा ख़याल है, मेरे पास तुम्हारे लिए एक काम है। किशन याद है तुम्हें, वह लड़का जो कल हमें रास्ते में मिला था? तो, उसका बाप चाहता है कि कोई उसे अंग्रेज़ी की प्राइवेट ट्यूशन दे दे।'

'किशन को पढ़ा दे?'

'हाँ, बिलकुल आसान-सी बात है। मैं जाकर मिस्टर कपूर से मिलूँगा और उन्हें बताऊँगा कि मैंने अंग्रेज़ी का एक प्रोफ़ेसर खोज लिया है, या ऐसी ही कोई बात और फिर तुम चलकर उनसे मिल लेना। एकदम फ़र्स्ट क्लास ख़याल है, भाई। तुम टीचर बनोगे!'

मुझे इस प्रस्ताव के बारे में बहुत सन्देह लगा; मुझे भरोसा नहीं था कि मैं किसी अमीर आदमी के बिगड़े हुए बेटे को अंग्रेज़ी या कुछ भी सिखा सकूँगा, लेकिन मैं ऐसी हालत में नहीं था कि अपने मन से कुछ चुन सकूँ। सोमी साइकिल पर सवार हुआ और काम के बारे में मिस्टर कपूर से मिलने चल दिया। लौटा तो वह अपनी कारगुज़ारी पर खुश जान पड़ा और मेरा दिल यह जानकर बैठ गया कि मुझे एक नौकरी मिल गयी थी।

'तुम्हें आज शाम को चलकर उनसे मिलना है,' सोमी ने ऐलान किया, 'वह तुम्हें सब कुछ बता देंगे। उन्हें किशन के लिए एक टीचर चाहिए खासतौर पर अगर उन्हें पैसे न देने पड़ें।'

'यह कैसा काम है—तनख्वाह के बिना?' मैंने शिकायती लहज़े में कहा।

'कोई तनख्वाह नहीं,' सोमी बोला, 'लेकिन बाकी सब कुछ—खाना-पीना और रहने के लिए कमरा, जनाब!'

'अच्छा, कमरा भी,' मैं थोड़ी एहसान-फ़रामोशी-सी बरतते हुए बुदबुदाया, 'चलो, ठीक रहेगा।'

'खैर,' सोमी ने कहा, 'जाओ और उनसे मिल आओ, तुम्हें काम को फ़ौरन स्वीकार करने की ज़रूरत नहीं है।'

जिस मकान में कपूर-परिवार रहता था, वह नहर के बहुत पास था; अनछँटी बाड़ से घिरा और केले और पपीते के पेड़ों की छाया में एक चौरस, आरामदेह नज़र आने वाला बँगला। शाम ढल चुकी थी जब सोमी और मैं वहाँ पहुँचे; चाँद निकल आया था और बजरी की सड़क पर केले के पेड़ों की झबरी डालियों की भारी छायाएँ हिल रही थीं।

मकान के सामने लकड़ी के लट्ठों की आग जल रही थी; लगता था, कपूर-परिवार की ओर से कोई पार्टी चल रही थी। हम अलाव के गिर्द खड़े लोगों के झुण्ड में शामिल हो गये और मैंने सोचा कि सोमी को पार्टी में बुलाया गया था या नहीं। खुनकी-भरी रात में आग की लपटें खुशगवार गर्मी का एहसास करा रही थीं, लोगों के चेहरों को अपनी दमक से गुलाबी बनाती हुईं।

सोमी ने इशारा करके अलग-अलग लोगों के बारे में बताया : विभिन्न दुकानदार, एक या दो 'बड़े आदमी,' बीमार-लगने वाला सूरी (जो ऐसे किसी सामाजिक अवसर से अनुपस्थित नहीं रहता था) और कुछ निपट अजनबी जो पार्टी में खुद-ब-खुद, मौज-मज़े और मुफ़्त खाने के लिए, चले आये थे। कपूर का बेटा किशन वहाँ मौजूद नहीं था; प्रकट ही उसे पार्टियों से नफ़रत थी और बाज़ार में किन्हीं उत्पाती दोस्तों का संग-साथ ज़्यादा पसन्द था।

ज़ाहिर तौर पर, मिस्टर कपूर कभी खुद भी 'बड़े आदमी' रहे थे और हरेक को यह बात मालूम थी, लेकिन वे अपनी ऊँचाइयों से गिर गये थे और जब तक बोतल का साथ न छोड़ते, फिर उन ऊँचाइयों तक पहुँचने की सम्भावना नहीं थी। हरेक को उनकी पत्नी से हमदर्दी थी।

जल्द ही कपूर सामनेवाले कमरे से एक हाथ में गिलास और दूसरे में ह्विस्की की बोतल लिये नमूदार हुए। उन्होंने हरे रंग का ड्रेसिंग गाउन पहन रखा था और उनके चेहरे पर बढ़ आयी दाढ़ी हफ़्ते भर से हजामत न होने की चुगली खा रही थी; उनके बाल, जितने भी वे बचे हुए थे, सीधे खड़े थे; और उनके मुँह से लार निकल रही थी। वहाँ जमा लोगों पर एक अटपटी खामोशी छा गयी, लेकिन कपूर जो एक खुशमिज़ाज और सज्जन किस्म के पियक्कड़ थे, चारों तरफ़ भलमनसाहत से देखकर बोले :

'सब आ गये? ठीक, ठीक, सब यहाँ आ गये, सब के सब...आग में कुछ और लकड़ी डाल दो!' आग वाकई मज़े में लहक रही थी, मगर शायद कपूर को यह काफ़ी नहीं लग रहा था, थोड़ी-थोड़ी देर बाद वे लपटों पर एक और लट्ठा फेंक देते, हालाँकि यह डर पैदा हो जाता कि कहीं लपटें मकान तक न जा पहुँचें। कपूर की पत्नी, मीना, घबराई हुई नहीं, बल्कि सिर्फ़ खीझी दिखाई दे रही थी; वह काबिल औरत थी, अब भी जवान, मेज़बानी में माहिर और अपनी लाल साड़ी और सफ़ेद रेशमी जैकेट में, बालों की चोटी गूँथे और बेले का इत्र लगाये, सुन्दर नज़र आ रही थी। मैं उसकी तरफ़ तारीफ़-भरी नज़रों से देखे बिना नहीं रह पा रहा था। मैं उसे बधाई देते हुए कहना चाहता था, 'मिसिज़ कपूर, आप सुन्दर हैं,' लेकिन मुझे यह बात उसे बताने की ज़रूरत नहीं थी, उसे इस सच्चाई का पूरा एहसास था।

मीना कपूर 'बड़े आदमियों' में से एक के पास गयी और उसके कान में कुछ फुसफुसाई और फिर वह 'छोटे दुकानदार' के पास पहुँची और उसके कान में भी कुछ फुसफुसाकर कहा इसके बाद 'बड़ा आदमी' और 'छोटा दुकानदार,' दोनों दबे पाँव उस जगह पहुँचे जहाँ कपूर ने अड्डा जमा रखा था और उन्होंने मिस्टर कपूर को शालीनता से अन्दर ले जाने की कोशिश की।

लेकिन मिस्टर कपूर कुछ सुनने को तैयार नहीं थे। उन्होंने उन लोगों को परे हटा दिया और गरजे :

'आग को जलाये रखो! जलाये रखो, बुझने मत दो, उस पर कुछ और लकड़ी डालो!'

और इससे पहले कि उन्हें रोका जा सकता, उन्होंने खाने की बेहद लज़ीज़ और उम्दा चीज़ का एक पतीला लपटों के हवाले किया।

मुझे उनकी यह हरकत बिलकुल कुफ़्र-सरीखी लगी। 'अरे, मिस्टर कपूर...यह आपने...' मैं चिल्लाया, लेकिन पीछे की तरफ़ कुछ हंगामा-सा होने लगा और मेरे शब्द विस्फोटों के एक सिलसिले में डूब गये।

सूरी ने, एक-दो और लोगों के साथ, आतिशबाज़ी छोड़नी शुरू कर दी थी : अनार, हवाइयाँ और बम। अनारों से भरी, लाल और रुपहली चिनगारियों का झरना ऊपर को फूट पड़ा था और सुर्ख पूँछों वाली हवाइयाँ रात को चीरती चली जा रही थीं, लेकिन ये बम थे जिन्होंने हंगामा बरपा कर दिया था। मेहमान तय नहीं कर पा रहे थे कि आगे लपटों की तरफ़ बढ़ें या पीछे आतिशबाज़ी की तरफ़ सरकें; इनमें से कोई भी सम्भावना सुखद नहीं थी और औरतों में घबराहट और बेकली के चिह्न दिखने लगे थे। फिर सूरी ने अपनी उँगली जला ली और चीखने लगा। ध्यान बँटाने की यही वह जुगत थी जिसकी ज़रूरत औरतों को थी। सूरी की माँ की अगुआई में वे भागकर उसके लड़के के पास पहुँचीं और उस पर अपनी तवज्जो निछावर करने लगीं, जबकि वहाँ मौजूद मर्द, जो तादाद में कम थे, झेंपते हुए इस हंगामे को यूँ देखते रहे मानो वे चाहते रहे हों कि दुर्घटना कुछ और गम्भीर किस्म की होती।

कोई रूखी, खुरदरी चीज़ मेरे गालों को छूती चली गयी। यह कपूर की

दाढ़ी थी। सोमी हमारे मेज़बान को मुझसे मिलवाने ले आया था और मस्ती में डूबे उस आदमी ने अपना चेहरा मेरे करीब लाकर लड़खड़ाने से बचने के लिए अपने हाथ मेरे कन्धों पर जमा दिये थे। उसने अपना सिर ऊपर-नीचे हिलाया, उसकी आँखें लाल और पनियाई हुई थीं।

'रस्टी...तो तुम हो मिस्टर रस्टी...मैंने सुना है, तुम मेरे स्कूल टीचर बनने जा रहे हो।'

'आपके बेटे का सर,' मैंने उनको सुधारा, 'मगर यह तो आपको तय करना है।'

'मुझे ''सर'' मत कहो,' उन्होंने अपनी उँगली मेरे चेहरे के सामने हिलाते हुए कहा, 'मुझे मेरे नाम से बुलाओ। तो तुम इंग्लैण्ड जा रहे हो, ऐं?'

'नहीं, मैं आपका स्कूल टीचर बनने जा रहा हूँ,' मैं खुद को व्यंग्य करने से रोक नहीं सका। मैं कभी उन लोगों के साथ धीरज से काम नहीं ले पाता था, जो नशे में धुत्त हो जाते थे और बेवकूफ़ियाँ करते थे। मुझे अपनी बाँह कपूर की कमर में लपेटनी पड़ी ताकि वह मुझे घसीट कर ज़मीन पर गिरा न दें; कपूर मेरे कन्धों पर पूरा बल डाले झूम रहे थे।

'ठीक, ठीक; जाने के बाद मुझे बताना, मैं तुम्हें अपनी जान-पहचान के कुछ लोगों के पते देना चाहता हूँ। तुम्हें मॉण्टे कार्लो जाना चाहिए। जब तक तुम मॉण्टे कार्लो न देख लो, समझो तुमने कुछ नहीं देखा, वही एक जगह है जहाँ कोई भविष्य है...पता है, मॉण्टे कार्लो किसने बनाया?'

यह स्वाभाविक था कि इस तरह की बातचीत का कोई मतलब निकालना मेरे लिए असम्भव था या किशन कपूर के अंग्रेज़ी अध्यापक के रूप में अपनी नियुक्ति के बारे में कोई बात करना। इस बीच कपूर मेरी बाँहों से सरकने लगे और मैंने इस मौके का फ़ायदा उठाकर अपने मेज़बान को सहारा देते हुए फिर सीधा खड़ा करने से पहले, अपने लिए एक ज़्यादा आरामदेह जगह बना ली। वहाँ इकट्ठा लोग इस दृश्य का मज़ा ले रहे थे और उनकी मुस्कान हम पर टिकी हुई थी।

मैंने वह सवाल पूछ ही लिया जो मिस्टर कपूर चाहते थे कि मैं पूछूँ और जिसका जवाब वे देने को आतुर थे। 'नहीं, मिस्टर कपूर, किसने बनाया मॉण्टे कार्लो?'

'मैंने। मॉण्टे कार्लो मैंने बनाया।'

'हाँ, हाँ। बिलकुल।'

'जी। मैंने यह घर बनाया, मैं जीनियस हूँ, इसमें कोई शक नहीं!' अपनी राय के बारे में मेरी बड़ी ऊँची राय है, तुम्हारी राय क्या है?'

'ओह, मैं नहीं जानता, लेकिन मुझे यकीन है आप सही हैं।'

'बिलकुल हूँ। लेकिन खुलकर बोलो, जो सोचते हो उसे कहने से डरो मत। अपने हक के लिए खड़े रहो, भले ही तुम गलत हो! आग पर थोड़ी लकड़ी और डालो, उसे लहकाये रखो।'

अचानक मिस्टर कपूर मेरी बाँहों से उछले और लड़खड़ाते हुए आग की तरफ़ बढ़े। मैंने चिल्लाकर उन्हें आवाज़ दी और उनके हरे ड्रेसिंग गाउन का सिरा थामकर, अपने मेज़बान को फिर सुरक्षित जगह ले आया। मीना कपूर भागकर हमारी तरफ़ आयी और मेरी तरफ़ एक निगाह तक डाले बिना, अपने पति को बाँह से पकड़कर मकान के अन्दर ले गयी।

मैं पीछे से मीना कपूर को टकटकी लगाये देखता रहा और जब वह अन्दर गायब हो गयी तब भी मेरी नज़रें उधर ही टिकी रहीं। मेहमान खुश-खुश बतियाते रहे, यह दिखावा करते हुए कि कुछ नहीं हुआ था, गपशप को अगली सुबह के लिए बचाकर रखते हुए, लेकिन बच्चे आपस में ही-ही करते रहे और वह शैतान सूरी चिल्लाया :

'आग पर थोड़ी और लकड़ी डालो, उसे जलाये रखो!'

सोमी मेरी बगल में प्रकट हुआ। 'क्या कहा मिस्टर कपूर ने?'

'उन्होंने कहा कि मॉण्टे कार्लो उन्होंने बनाया था।'

सोमी ने माथे पर थप्पड़ मारा, 'तौबा! अब हमें कल शाम फिर आना

पड़ेगा। और फिर अगर उन्होंने पी रखी हुई तो हमें इस मामले के बारे में उनकी पत्नी से बात करनी होगी, वही है जिसमें कुछ अकल है।'

हम पार्टी से दूर चले आये, अलाव के घेरे को छोड़कर, केले के पेड़ों की छाया में, मेहमानों की आवाज़ें दूर से हल्की-हल्की सुनाई दे रही थीं। अचानक साफ़, थिर हवा पर सूरी की तीखी, ऊँची आवाज़ तैरती हुई आयी।

सोमी ने कहा, 'कल सुबह हमें चाट की दुकान पर जाना होगा, रणबीर तुम्हारे बारे में पूछ रहा था।'

मैं रणबीर को लगभग भूल ही गया था। मुझे शर्मिंदगी महसूस हुई कि मैंने इससे पहले उसके बारे में नहीं पूछा। रणबीर मेरी ज़िन्दगी में एक महत्त्वपूर्ण व्यक्ति था, उसने सिर्फ़ थोड़े-से लाल और हरे रंग और अपने हाथ के स्पर्श ही से मेरी ज़िन्दगी की दिशा बदल दी थी।

~

एक दिन जब रणबीर और मैं चाट की दुकान पर बैठे आलू की टिक्कियाँ खा रहे थे मैंने उससे पूछा कि वह और सोमी कैसे इतने गहरे दोस्त बन गये। वे एक-दूसरे को इतनी अच्छी तरह समझते जान पड़ते थे, एक-दूसरे पर भरोसा करते थे और ज़रूरत के वक्त एक-दूसरे के काम आते थे, फिर भी आपस में थोड़ा-सा फ़ासला रखते थे। मुझे ऐसी दोस्ती से ईर्ष्या महसूस होती, खासतौर पर इसलिए कि मेरा कोई अपना जिगरी दोस्त नहीं था।

हँसते हुए रणबीर ने बताया, 'खैर, तुम्हें इस पर विश्वास नहीं होगा, रस्टी, मगर जब हम पहली बार मिले तो सोमी और मैं एक-दूसरे को फूटी आँख नहीं सुहाते थे...'

'फिर?' मैंने पूछा।

'फिर...तालाब वाली घटना हुई।'

मैंने उसकी तरफ़ सवालिया नज़रों से देखा।

'मुझे देहरा आये अभी एक महीना भी नहीं हुआ था,' रणबीर ने कहा, 'जब मैंने जंगल के अन्दर इस तालाब को देखा। गर्मियाँ पूरे ज़ोरों पर थीं और स्कूल अभी खुले नहीं थे। और मेरे तब तक यहाँ कोई दोस्त नहीं बने थे, मैं पहाड़ियों और जंगलों में अकेला इधर-उधर भटका करता था और चूँकि मैं सिर्फ़ निक्कर-बनियान पहने घूमता था, मेरे भूरे-भूरे पैर, अब मुझे याद आता है, ज़मीन से उड़ने वाली चॉक-सरीखी धूल से सफ़ेद हो जाते। ज़मीन सूख गयी थी, घास जलकर पीली और भूरी पड़ गयी थी और पेड़ बेजान खड़े रहते, हवा के ठंडे झोंके या बारिश की तरो-ताज़ा करने वाली बौछार का इन्तज़ार करते हुए, ज़रा भी न हिलते-डुलते।

'ऐसे ही एक दिन की बात है—एक गर्म, थका देने वाला दिन—कि मुझे जंगल में वह तालाब मिला। पानी साफ़-सुथरा था और तालाब के तल में पड़े चिकने, गोल पत्थर नज़र आ रहे थे।

'जब मैंने तालाब को देखा तो उसमें डुबकी लगाने में देर नहीं की। जब मैं राजपुताना के रेगिस्तान में अपने माता-पिता के साथ रहता था तो अक्सर अकेले या अपने दोस्तों के साथ तैरा करता था। वहाँ मुझे सिर्फ़ चिपचिपे, कीचड़ वाले जोहड़ ही मिले थे, जिनमें भैंसें लेटा करतीं और औरतें कपड़े धोतीं। ऐसा तालाब मैंने कभी देखा नहीं था—इतना साफ़, शीतल और मानो आमन्त्रित करता हुआ...मैंने अपने सारे कपड़े उतार दिये, जैसा कि मैं मैदानों में किया करता था और पानी में जा कूदा।

'अगले दिन जंगल के तालाब के ठंडे पानी में अपना बदन ठंडा करने के लिए मैं फिर वहाँ गया। मैं वहाँ लगभग एक घंटा रहा, साफ़, हरे पानी के अन्दर-बाहर सरकता हुआ या चिकनी, पीली चट्टानों पर, साल के चौड़े पत्तों की छाया में पसरा हुआ। जब मैं इसी तरह एक चट्टान पर नंगा लेटा हुआ था, मेरा ध्यान कुछ दूर खड़े एक और लड़के पर गया जो मुझे किसी कदर शत्रुता-भरी निगाहों से घूर रहा था। वह एक सिख लड़का था, जिसे मैं शहर में देख चुका था, पर जिससे मैंने बात नहीं की थी। इससे मेरा कोई मेल नहीं, मैंने सोचा था।

'लड़के की नज़र अभी-अभी मुझ पर पड़ी थी और वह नहाने का

कच्छा पहने, तालाब के किनारे खड़ा शायद इस बात का इन्तज़ार कर रहा था कि मैं सफ़ाई में कुछ कहूँ।

'मैंने कुछ नहीं कहा तो उस दूसरे लड़के ने आवाज़ दी, "तुम यहाँ क्या कर रहे हो, मिस्टर?"

'मैं दोस्ती करने के लिए तैयार था, लेकिन उसके लहज़े में जो दुश्मनी का भाव था, उससे मुझे झटका लगा।

'"मैं तैर रहा हूँ," मैंने जवाब दिया। "आओ, तुम भी मेरे साथ तैरो।"

'"मैं हमेशा अकेला तैरता हूँ," उस लड़के ने कहा। "यह मेरा तालाब है, मैंने तुम्हें यहाँ आने का न्योता नहीं दिया। और तुमने कोई कपड़ा क्यों नहीं पहन रखा?"

'"अगर मैंने कोई कपड़ा नहीं पहन रखा तो इससे तुम्हारा कोई मतलब नहीं है। मेरे पास शर्मिंदा होने के लिए कुछ नहीं है।"

'"ओये, मोटे, अपने कपड़े पहन।"

'"सींकिया, गधे, अपने कपड़े उतार।"

'मेरे ख़याल में मैंने उसे ज़रूरत से ज़्यादा उकसा दिया था। वह लपकता हुआ मेरी तरफ़ आया—मैं तब भी चट्टान पर बैठा हुआ था—और अपने चौड़े पैर मज़बूती से रेत पर जमा कर बोला, "तुम्हें पता नहीं है, मैं पंजाबी हूँ? मैं तुम जैसे लोफ़रों की बातें सुनने का आदी नहीं हूँ!" (मानो इससे मामला हमेशा के लिए निपट जायेगा।)

'"तो तुम्हें लोफ़रों से लड़ना पसन्द है?" मैंने पूछा। "खैर, मैं लोफ़र नहीं हूँ। राजपूत हूँ।"

'"मैं पंजाबी हूँ!"

'"मैं राजपूत हूँ!"

'हम एक अन्धी गली में आ पहुँचे थे। कहने को अब कुछ बाकी नहीं रहा था।

'''तुम समझ तो रहे हो न कि मैं पंजाबी हूँ?'' उस अजनबी लड़के ने यह महसूस करके कहा कि शायद यह जानकारी मेरे भेजे में नहीं घुसी, क्योंकि मैं तब भी वहाँ इत्मीनान से बैठा हुआ था।

'''मैंने यह बात तुम्हें तीन बार कहते सुना है,'' मैंने जवाब दिया।

'''तब तुम यहाँ से भागते क्यों नहीं?''

'''मैं तुम्हारे भागने का इन्तज़ार कर रहा हूँ!''

'''मुझे तुम्हारी पिटाई करनी होगी,'' उस अजनबी लड़के ने अपनी हथेली मुझे दिखाते और लड़ने का रवैया अपनाते हुए कहा।

'''मैं यह देखने के लिए रुका हुआ हूँ कि तुम कब ऐसा करते हो,'' मैंने कहा।

'''मैं तुम्हें यह करके दिखाऊँगा,'' दूसरा लड़का बोला।

'खैर, मैं रुका रहा,' रणबीर ने कहा। 'दूसरे लड़के ने फुफकारने की एक अजीब-सी आवाज़ की। हम लगभग एक मिनट तक एक-दूसरे की आँखों में आँखें गड़ाये रहे। फिर उस पंजाबी लड़के ने जितने ज़ोर से वह मार सकता था, मेरे गाल पर एक थप्पड़ मारा। मैं काफ़ी चक्कर-सा खाकर लड़खड़ाया। बाद में मैंने देखा कि मेरे गाल पर उँगलियों के मोटे-मोटे लाल निशान पड़ गये थे।'

'''यह लो!'' मुझ पर हमला करने वाला चिल्लाया। ''अब तो जाओगे?''

'मुझे उस सींकिया लड़के पर इतना गुस्सा आया कि उसने मुझे थप्पड़ मारने की हिम्मत की। मैंने बाँह घुमाई और उसके चेहरे पर एक ज़ोरदार घूँसा रसीद किया।'

'फिर क्या हुआ, रणबीर?' मैंने पूछा। मेरी आलू की टिक्की केले के दोने में ठंडी हो रही थी। मैं रणबीर का किस्सा सुनने में इतना मगन हो गया था कि खाना भूल बैठा था।

'फिर वही हुआ जो होना था, रस्टी। हम चट्टान पर लहराते हुए

एक-दूसरे से भिड़ गये—रेत पर लुढ़ककर लोट-पोट होते हुए; हमारी बाँहें और टाँगें ज़बर्दस्त हाथापाई में गुँथी हुई थीं। हाँफते, कोसते और गालियाँ देते और एक-दूसरे को थप्पड़ जमाते हुए हम लुढ़कते हुए तालाब के छिछले हिस्से में जा गिरे।

'पानी में भी लड़ाई चलती रही और मिट्टी से सने और मुँह में चले गये पानी को थूकते, हम एक-दूसरे के सिरों और गर्दनों को पकड़ने की कोशिश करते रहे। लेकिन पाँच मिनट तक इस पगलाई, बेतरतीब हाथापाई के बाद हममें से किसी की जीत नहीं हुई थी। थकान से बेदम, हाँफते-काँपते बदन लिये, हम बोलने की बेतहाशा कोशिश करते हुए एक-दूसरे से पीछे हटकर खड़े हो गये।

'''अब—अब तुम्हें पता चला—मैं पंजाबी हूँ?'' हाँफते हुए अजनबी बोला।

'''तुम्हें पता चला कि मैं राजपूत हूँ?''

'हमने पल भर एक-दूसरे की बातों पर गौर किया और उस पल भर की खामोशी में सिर्फ़ हमारी भारी साँसें सुनाई दीं।

'''तो तुम तालाब से नहीं जाओगे?'' पंजाबी लड़का बोला।

'''मैं नहीं जाऊँगा,'' मैंने डटकर जवाब दिया।

'''तो फिर हमारी लड़ाई चलती रहेगी,'' उसने कहा।

'''ठीक है,'' मैंने कहा—मैं इतनी आसानी से घुटने नहीं टेकने वाला था।

'लेकिन हममें से कोई नहीं हिला, किसी ने पहल नहीं की। पंजाबी लड़के को एक ख़याल आया।

'''हम कल इस लड़ाई को जारी रखेंगे,'' वह बोला। ''अगर कल तुमने दोबारा यहाँ आने की हिम्मत की, हम इस लड़ाई को जारी रखेंगे और मैं तुम पर ज़रा भी दया नहीं करूँगा, जैसा मैंने आज किया है।''

'''मैं कल आऊँगा,'' मैंने कहा। ''मैं तुम्हारे लिए तैयार रहूँगा।''

'हम एक-दूसरे से पलटकर अपनी-अपनी चट्टानों की तरफ़ गये, कपड़े पहने और अलग-अलग रास्तों से जंगल के बाहर चले गये।'

मुझे दो बातों पर हैरत हुई—पहली ही मुलाकात में सोमी और रणबीर की आपसी दुश्मनी पर और किस्से को इतनी अच्छी तरह सुनाने की रणबीर की क्षमता पर।

इतनी बारीकी और ब्योरेदार ढंग से उसने वह किस्सा बयान किया था कि मैं अपनी कल्पना में उस दृश्य की हर छोटी-बड़ी तफ़सील की तस्वीर बना सकता था। वह ऐसा ही था, जैसे खुद मेरे लिए कोई फ़िल्म दिखाई जा रही थी।

'तो क्या तुम दोनों अगले दिन भी एक-दूसरे से मिले, रणबीर? रुको मत, बस बताते चलो कि आगे क्या हुआ!'

अब तक रणबीर भी खुद इस किस्से का बहुत मज़ा ले रहा था। वह मुझे बाकी का किस्सा सुनाने के लिए बेताब था। 'खैर, जब मैं घर पहुँचा तो मुझे अपने चेहरे, टाँगों और बाँहों पर लगी खरोंचों और ज़ख्मों के बारे में सफ़ाई देने में बहुत मुश्किल हुई। यह छिपाना मुश्किल था कि मैं ज़बर्दस्त हाथापाई करके आया था और मेरी माँ ने ज़िद बाँध ली कि बाकी सारा दिन मैं घर पर ही रहूँ। लेकिन उस शाम मैं खिसक लिया और बाज़ार जा पहुँचा, जहाँ चटक रंगवाली लेमोनेड की बोतल और दोना भर कर गरमा-गरम मीठी जलेबियाँ खाकर मैंने तसल्ली पायी। लेमोनेड खत्म किया ही था कि मैंने अपने विरोधी को सड़क पर दूसरी तरफ़ से आते देखा। पहली बात मेरे मन में यह आयी कि मुड़कर कहीं और देखने लगूँ, फिर यह कि लेमोनेड की बोतल अपने दुश्मन को दे मारूँ। लेकिन मैंने इनमें से कुछ भी नहीं किया। इसकी बजाय जमकर खड़ा रहा और उस लड़के की तरफ़ देखकर सख्ती से उसे घूरता रहा। उसने भी कुछ नहीं कहा, मगर उतनी ही सख्ती से मुझे घूरा।

'अगला दिन भी पहले वाले दिन जितना ही गर्म था। मुझे आलस और कमज़ोरी महसूस हो रही थी, रस्टी और मेरे मन में लड़ने की कोई ललक नहीं थी। पिछले दिन की मुठभेड़ से मेरा बदन अकड़ा हुआ था और दुख रहा था। लेकिन मैंने चुनौती को अस्वीकार नहीं किया न ही तालाब की तरफ़ लौटा जो हार का परिचायक था। सच कहूँ तो जैसा मैं उस समय महसूस कर रहा था, मुझे मालूम था कि एक और लड़ाई हुई तो मैं हार जाऊँगा। लेकिन मैं अपनी

हार मंज़ूर करने को तैयार नहीं था। मुझे आखिर तक अपने दुश्मन का सामना करना था, या उसे छकाना था, क्योंकि तभी वह मेरी इज़्ज़त करता। अगर मैं उस जगह हथियार डाल देता तो मैं हमेशा-हमेशा के लिए हार जाता, लेकिन आज लड़कर हार जाने पर भी मैं दोबारा लड़ने और हारने के लिए आज़ाद रहता। जब तक मैं लड़ता रहता, जंगल के उस तालाब पर मेरा अधिकार बना रहता।

'मैं आधी उम्मीद बाँधे था कि वह पंजाबी लड़का चुनौती भूल गया होगा, लेकिन जब मैंने अपने विरोधी को तालाब के दूसरी तरफ़ कच्छा पहने, चट्टान पर बैठकर शरीर पर तेल मलते देखा तो ये उम्मीदें चकनाचूर हो गयीं; वह उस समय तेल से अपनी जाँघों की मालिश कर रहा था। उसने मुझे साल के पेड़ों के नीचे खड़ा देखा और तालाब के उस पार से पुकार कर चुनौती दी।

'''इस तरफ़ आओ और लड़ो!'' वह चिल्लाया।

'लेकिन मैं अपने विरोधी की किसी शर्त के आगे घुटने नहीं टेकने वाला था।

'''तुम इस तरफ़ आओ और लड़ो!'' मैं उतने ही जोश-खरोश से चिल्लाया।

'''तैरकर इस तरफ़ आओ और मुझसे यहाँ लड़ो!'' उसने चिल्लाकर कहा! ''या शायद तुम तैरकर इस तालाब को पार नहीं कर सकते?''

'उस समय वह नहीं जानता था कि मैं एक पहलवान हूँ और बिना थके उस तालाब के आर-पार बारह चक्कर लगा सकता हूँ। मैंने सोचा कि इस पंजाबी लड़के को अपनी कूवत दिखाने का यह अच्छा मौका था। सो, अपना कच्छा-बनियान उतारकर मैंने पानी को चाकू की तरह काटते हुए, सिर के बल डुबकी मारी और बिना पानी को छलकाये सतह पर आया। मेरे विरोधी का मुँह हैरत से खुला-का-खुला रह गया था। प्रकट ही, मैंने उस पर बढ़त हासिल कर ली थी।

'''अरे, तुम सिर के बल डुबकी मार सकते हो?'' वह चिल्लाया।

'''आसानी से,'' पानी में वहीं-के-वहीं पैर चलाकर तैरते हुए और

आगे किसी चुनौती का इन्तज़ार करते हुए, मैंने सहज भाव से कहा। ''क्यों? तुम नहीं मार सकते?''

'''नहीं,'' वह बोला। ''मैं सीधे छलाँग लगाता हूँ। लेकिन अगर तुम मुझे बता दो कि कैसे मारते हैं, तो मैं भी डुबकी मारूँगा।''

'''आसान है,'' मैंने कहा। ''चट्टान पर खड़े हो जाओ, अपनी बाँहें सीधे आगे को फैलाओ और फिर पैर उछालकर सिर के बल पानी में गिरो।''

'पंजाबी लड़का खड़ा हुआ, सीधा तना, उसने अपनी बाँहें फैलायीं और खुद को पानी में फेंक दिया। वह अपने पेट के बल ऐसी छपाक की आवाज़ से पानी में गिरा कि चिड़ियाँ चीखती हुईं पेड़ों से निकल भागीं।

'मैं हँस-हँस कर दोहरा हो गया।

'''क्या तुम तालाब को खाली करने की कोशिश कर रहे हो?'' जब वह किसी छोटी-सी ह्वेल मछली की तरह मुँह से पानी के फ़व्वारे छोड़ता हुआ सतह पर आया तो मैंने उससे पूछा।

'''सही नहीं था?'' उसने मुझसे पूछा। ज़ाहिर है, उसे अपनी कारगुज़ारी पर गर्व था।

'''नहीं, बहुत सही नहीं था। तुम्हें और प्रैक्टिस करनी चाहिए। देखो, मैं फिर करके दिखाता हूँ।'' और मैंने एक और उम्दा डुबकी मारी। वह मेरे ऊपर आने का इन्तज़ार करता रहा, लेकिन पानी के अन्दर-अन्दर तैरते हुए, मैंने उसका चक्कर काटा और पीछे से उसके पास बाहर आया।

'''यह तुमने कैसे किया?'' उसने हैरत से पूछा।

'''तुम पानी के अन्दर-अन्दर नहीं तैर सकते?'' मैंने पूछा।

'''नहीं, लेकिन मैं इसे करके देखूँगा। क्या तुम मुझे सिखाओगे?''

'''अगर तुम चाहोगे तो मैं तुम्हें सिखा दूँगा।''

'''तुम्हें मुझे सिखाना होगा। अगर तुम मुझे नहीं सिखाओगे तो मैं तुम्हें पीटूँगा। क्या तुम हर रोज़ यहाँ आकर मुझे सिखाओगे?''

'''अगर तुम चाहो तो,'' मैंने जवाब दिया। हम पानी से बाहर निकले और एक चिकनी स्लेटी चट्टान पर अगल-बगल बैठ गये।

'''मेरा नाम सोमी है,'' पंजाबी लड़के ने कहा। ''तुम्हारा नाम क्या है?''

'''रणबीर।''

'''तुम तगड़े हो,'' सोमी बोला। ''तुम असली पहलवान हो।''

'''हाँ, मैं काफ़ी कुश्ती लड़ता हूँ,'' मैंने कहा। ''एक दिन मैं दुनिया का कुश्ती चैम्पियन बनूँगा। तुम खुद काफ़ी मज़बूत हो, सोमी,'' मैंने स्वीकार किया। 'लेकिन तुम्हारी हड्डियाँ निकली हुई हैं। मैं जानता हूँ, तुम लोग काफ़ी नहीं खाते। तुम्हें आकर मेरे साथ खाना खाना चाहिए। मैं हर रोज़ एक सेर दूध पीता हूँ। हमारे पास अपनी गाय है! मुझसे दोस्ती कर लो और मैं तुम्हें अपने जैसा पहलवान बना दूँगा!''

'सोमी ने अपनी बाँह से मेरे कन्धों को घेर लिया और कहा, ''अब हम दोस्त हैं, ठीक?'' और उसी पल हमारे बीच प्यार और समझदारी पैदा हो गयी। ''हम दोस्त हैं,'' मैंने रज़ामन्दी ज़ाहिर की।

'''अब यह हमारा तालाब है,'' सोमी बोला। ''हमसे पूछे बिना यहाँ और कोई नहीं आ सकता। किसकी हिम्मत होगी?''

'वाकई, कौन करेगा हिम्मत, रस्टी? हम एक शानदार जोड़ी हैं—सोमी और मैं। आज सबको हमारी दोस्ती से जलन है, लेकिन बहुत कम लोगों को मालूम है कि जंगल के उसी सुन्दर, ठंडे, हरे तालाब ने हमें एक-दूसरे का दोस्त बनाया था।'

रणबीर से यह लम्बा किस्सा सुनकर मुझे एक अजीब सन्तोष हुआ था। ऐसे सच्चे और अच्छे दोस्तों की संगत में ज़िन्दगी सुन्दर लगती थी और दुनिया रहने के लिए एक ज़्यादा खुशनुमा जगह। 'आओ, मौज मनाएँ!' मैंने कहा और टिक्कियों के एक और दौर का आदेश दिया।

~

दो-एक दिन बाद, रणबीर, सोमी और मैं चाट की दुकान में बैठे, मेरी हालत की चर्चा कर रहे थे। रणबीर दुखी लग रहा था; उसके बाल उदासी से उसके माथे पर बिखरे थे और वह मुझसे आँखें मिलाने से कतरा रहा था।

'मैंने तुम्हें मुसीबत में डाल दिया है,' उसने रूखे, खुरदरे लहज़े में अफ़सोस ज़ाहिर किया, 'मैं बहुत शर्मिंदा हूँ।'

मैंने ठहाका लगाया। उँगलियों पर लगी चटनी चाटकर अपने खाली दोने को मसलते हुए मैंने उसे फटकारा, 'बेवकूफ़ आदमी, किस बात का अफ़सोस है तुम्हें? मुझे खुश करने का? मुझे मेरे अभिभावक से छुटकारा दिलाने का? खैर, मुझे अफ़सोस नहीं है, इसका तुम पक्का भरोसा कर लो।'

'तुम गुस्सा नहीं हो?' रणबीर ने हैरत से पूछा।

'नहीं, लेकिन अगर इसी तरह रोते-बिसूरते रहे तो मुझे ज़रूर नाराज़ कर दोगे।' रणबीर का चेहरा खिल उठा और उसने अचानक उमड़े उत्साह से मेरी पीठ पर हाथ मारा और कहा, 'आओ, मित्रो, मैं तुम लोगों को गोलगप्पे खिला-खिलाकर इतना अघा दूँगा कि जब तक मैं मसूरी से लौट नहीं आता, तुम एक और गोलगप्पा भी नहीं खा पाओगे!'

'मसूरी?' सोमी चकराया हुआ लगा। 'तुम मसूरी जा रहे हो?'

'हाँ, स्कूल में!'

'बिलकुल सही,' दरवाज़े से एक आवाज़ आयी, धुएँ में छुपी आवाज़। 'लो, हो गया कल्याण...'

सोमी फुसफुसाया, 'वही लखपति-बन्दर किशन है! आया है, तमाशा खड़ा करने।' फिर ऊँचे स्वर में बोला, 'यहाँ आओ किशन और हमारे साथ गोलगप्पे खाओ।'

किशन धुएँ और भाप के बादलों के बीच से प्रकट हुआ, जेबों में हाथ ठूँसे और नकली ऐंठ के साथ झूमता हुआ; मौजूदा लोगों में वही था जिसने पाजामे की जगह पतलून पहन रखी थी।

'ओये!' सोमी चीखा, 'तुम्हारी आँख पर यह नील कैसा?'

किशन ने फ़ौरन कोई जवाब नहीं दिया, बल्कि मेरे सामने बैठ गया। उसकी कमीज़ पतलून के ऊपर झूल रही थी और पतलून घुटनों पर लटकी थी। उसकी भौहें और बाल घने थे और होंठ बदमिज़ाजी में लटके हुए थे; उसके चेहरे पर जो कुढ़न नज़र आती थी, वह कोई वक्ती जज़्बा नहीं थी, बल्कि एक स्थायी भाव बन चुकी थी। किशन की ऐंठ, पैसा, अनाकर्षक चेहरा और गुण उसे एक अजीब-सा आकर्षण प्रदान करते थे, कम-से-कम यही मेरा ख़याल था...बहरहाल, मुझे इससे कोई फ़र्क नहीं पड़ता था कि वह जान-बूझकर इतराता था, पैसेवाला था या उसका चेहरा अनाकर्षक था। जहाँ तक मेरा सवाल था, वह एक लड़का था जिसे मुझे पढ़ाना था और जिसके पिता के पैसे पर मुझे अपनी ज़िन्दगी चलानी थी।

उसने अपनी तर्जनी अपनी नाक में चुभोई, जैसा कि वह थोड़ा उत्तेजित होने पर अक्सर करता था। 'वे मरदूद पहलवान, मुझ पर चढ़ बैठे।'

'क्यों?' रणबीर ने कहा और फ़ौरन उठ बैठा।

'मैं मैदान पर एक बैडमिन्टन कोर्ट बना रहा था और ये लोग चले आये और बोले कि उन्होंने उस जगह को कुश्ती के अखाड़े के लिए रिज़र्व कर रखा था।'

'फिर?'

किशन का नकली अमरीकी लहज़ा—मैं नहीं जानता उसने कहाँ से और कैसे यह लहज़ा हासिल किया था—और भी नुमायाँ हो गया। 'मैंने उनसे भाड़ में जाने को कहा!'

रणबीर हँसा, 'सो वे सब तुमसे कुश्ती लड़ने लगे?'

'हाँ, पर मुझे नहीं मालूम था, वे मुझे पीटेंगे भी। मैं शर्त लगा सकता हूँ कि अगर तुम लोग वहाँ होते, तो उन्होंने कुछ नहीं किया होता। ठीक है न, रणबीर?'

रणबीर मुस्कुराया; वह जानता था कि ऐसा ही था, मगर उसे अपनी

शारीरिक क्षमता के बारे में बात करने की इच्छा नहीं थी। अचानक किशन का ध्यान मुझ पर गया।

'क्या तुम मिस्टर रस्टी हो?' उसने पूछा।

'हाँ, मैं ही हूँ,' मैंने जवाब दिया और कुछ और न कहने के अभाव में पूछा, 'क्या तुम मिस्टर किशन हो?'

'मैं ही मिस्टर किशन हूँ। तुम्हें मुक्केबाज़ी आती है, रस्टी?'

'खैर,' मुझे उनकी आपसी दुश्मनी में खींच लिये जाने की कोई इच्छा नहीं थी, मैंने कहा, 'मैंने कभी पहलवानों से मुक्केबाज़ी नहीं की है।'

सोमी ने बात बदल दी। 'रस्टी आज शाम तुम्हारे पिता से मिलने आ रहा है। तुम्हें अपने पिता को मनाने की कोशिश करनी चाहिए कि वह इसे तुमको अंग्रेज़ी पढ़ाने का काम दे दें।'

किशन ने अपनी नाक को उँगली से ठकठकाया और छुपकर मुझे आँख मारी। 'हाँ, डैडी ने मुझे तुम्हारे बारे में बताया था, वे कहते हैं तुम प्रोफ़ेसर हो। तुम इस शर्त पर मेरे टीचर बन सकते हो कि मुझसे बहुत मेहनत न कराओ और जब मैं उनसे झूठ बोलूँ तो मेरा समर्थन करो और उन्हें बताते रहो कि मैं मेहनत कर रहा हूँ। ठीक है, तुम मेरे टीचर बन सकते हो, बिलकुल...असली टीचर की बजाय बेहतर है तुम रहो।'

'मैं हरेक को खुश रखने की कोशिश करूँगा,' मैंने कहा।

'अगर तुम कर सको तो तुम होशियार आदमी हो। लेकिन मेरा ख़याल है कि तुम सचमुच होशियार हो।'

'हाँ,' मैंने हामी भरी और अन्दर-ही-अन्दर मुझे अपने बोलने के तरीके पर हैरत हुई।

सोमी ने फिर सुझाव दिया कि हम दोनों—किशन और मैं—किशन के घर इकट्ठे जायें। लिहाज़ा, उस शाम मैं बाज़ार में किशन से मिला और उसके साथ पैदल उसके घर गया।

बाज़ार के एकमात्र सिनेमाघर के सामने भीड़ थी और वह बेचैन और उतावली हो रही थी।

इस सिनेमाघर में घुसने के लिए मारा-मारी करनी पड़ती थी, क्योंकि इसमें टिकट बेचने या कतार में खड़े होने का कोई बन्दोबस्त नहीं था।

'कोई गड़बड़ है क्या?' मैंने पूछा।

'अरे नहीं,' किशन बोला, 'आज लॉरेल एण्ड हार्डी फ़िल्म दिखा रहे हैं, जो लोगों को बहुत पसन्द है। जब-जब ऐसी लोकप्रिय फ़िल्म दिखाई जाती है, आमतौर पर दंगा-फ़साद होता है। लेकिन मुझे छत से होकर अन्दर जाने का एक रास्ता मालूम है, किसी समय तुम्हें दिखाऊँगा।'

'पागलपन लगता है।'

'हाँ, छत टपकती है, इसलिए आमतौर पर लोग अपने छाते लेकर आते हैं। अपना खाना-पीना भी, क्योंकि जब प्रोजेक्टर टूट जाता है या बिजली धोखा दे जाती है, तो हमें काफ़ी देर तक रुकना पड़ता है। कभी जब इन्तज़ार लम्बा होता है तो चाटवाला अन्दर आकर कुछ धन्धा-पानी कर जाता है।'

'पागलपन लगता है,' मैंने दोहराया।

'तुम इसके आदी हो जाओगे। लो, च्यूइंगम खाओ,' किशन के जबड़े च्यूइंगम के एक डले को लगातार चबा रहे थे जो पिछले तीन दिन से बराबर और बड़ा होता जा रहा था; वह हर एकाध घंटे पर बिना पिछली च्यूइंगम को थूके, नयी च्यूइंगम मुँह के हवाले करता। मैं हिन्दुस्तानियों को पान चबाते देखने का आदी था, जिससे होंठ लाल हो जाते, लेकिन अब तक मैं जिन हिन्दुस्तानियों से मिला था, किशन उनमें से किसी की तरह नहीं था और हम लय में जबड़े चलाते हुए, खामोशी से अपने-अपने ख़यालों में खोये घर की तरफ़ पैदल चलते रहे और किशन की जीभ रह-रह कर चूसने की आवाज़ें निकालती रही।

जैसे ही हम सामने के कमरे में घुसे, मीना कपूर किशन पर झपटीं।

'अच्छा। तो आखिरकार तुमने घर आने का फ़ैसला कर ही लिया! और

मेरी जानकारी के बिना डैडी से पैसे माँगने का क्या मतलब है तुम्हारा? क्या किया उनका तुमने, किशन? कहाँ हैं पैसे?'

किशन ने टहलते हुए कमरा पार किया और सोफ़े पर जा बैठा। 'मैंने उन्हें खर्च कर दिया।'

मिसिज़ कपूर ने अपने हाथ कूल्हों पर रख लिये। 'क्या मतलब है तुम्हारा, खर्च कर दिया।'

'मेरा मतलब है, खा गया।'

उसे गाल पर दो झन्नाटेदार थप्पड़ पड़े और जहाँ उसकी माँ की उँगलियों ने अपने निशान छोड़े थे वहाँ उसका मांस सफ़ेद पड़ गया। मैं जल्दी से पीछे दरवाज़े की तरफ़ हटा; इस अंतरंग पारिवारिक दृश्य में अपनी मौजूदगी पर मुझे शर्म-सी महसूस हो रही थी।

'रस्टी, जाओ मत,' किशन चिल्लाया, 'वरना ये मुझे थप्पड़ मारना बन्द नहीं करेंगी।'

मिस्टर कपूर अपना वही हरा ड्रेसिंग गाउन पहने और चेहरे पर दाढ़ी बढ़ाए बगल के कमरे से अन्दर आये और उनकी पत्नी उनकी तरफ़ मुड़ी।

'आप बच्चे को इतने पैसे क्यों देते हैं?' उसने कैफ़ियत तलब की। 'आपको पता है वह उन्हें सिर्फ़ बाज़ार के खाने-पीने में उड़ा देता है और अपने को बीमार कर लेता है।'

मैंने सारे परिवार को खुश करने के इस मौके को झपट लिया—मिस्टर कपूर की खाल बचाने, उनकी पत्नी को शान्त करने और किशन के स्नेह और आदर को अर्जित करने के मौके को।

'यह सब मेरा दोष है,' मैंने कहा, 'मैं किशन को चाट की दुकान पर ले गया था। मुझे बहुत अफ़सोस है।'

मीना कपूर शान्त हो गयीं लेकिन मुझे उनके मेहरबानी वाले भाव से बुरा लगा क्योंकि मुझे मालूम था कि उसके पीछे दया का हाथ था—मेरे प्रति

दया—और एक सन्तुष्ट गर्व का। मिसिज़ कपूर को गर्व था क्योंकि उनके ख़याल में उनके बेटे ने किसी ऐसे के साथ अपने पैसे बाँटे थे जिसके पास प्रकट रूप से कोई पैसा नहीं था।

'मैंने तुम्हें अन्दर आते नहीं देखा,' वह बोलीं।

'मैं सिर्फ़ पैसों के बारे में बताना चाहता था।'

'अन्दर आ जाओ, शर्माओ मत।'

उसकी मुस्कान में रहम था, पर मैं रहम की तलाश नहीं कर रहा था। किसी ज़ाहिरा वजह के बिना, मुझे अकेलापन महसूस हो रहा था; मुझे सोमी की याद आ रही थी; उसके बिना मैं खोया-खोया महसूस कर रहा था, असहाय और बेढंगा।

'एक और भी बात है...,' मैंने अंग्रेज़ी टीचर वाली बात याद करके कहा।

'मगर अन्दर तो आओ, मिस्टर रस्टी...'

यह पहली बार था कि उसने मेरा नाम लिया था और इस पहलकदमी ने हमें फ़ौरन बराबरी की सतह पर ला रखा था। वह एक गरिमामय औरत थी, मिस्टर कपूर से काफ़ी छोटी; उसका नाक-नक्शा साफ़-सुथरा और सुन्दर था और उसकी आवाज़ मुलायम, लेकिन मज़बूत थी। उसके बाल सुघड़ता से जूड़े में बँधे थे और उनमें बेले के फूलों का गजरा लिपटा हुआ था।

'अन्दर आओ...'

'किशन को पढ़ाने के बारे में...' यह न जानते हुए कि और क्या कहूँ, मैं बुदबुदाया।

'आओ और कैरम खेलो,' किशन ने सोफ़े ही से कहा। 'हममें से कोई भी इस खेल में अच्छा नहीं है। आओ और नीचे बैठो पार्टनर।'

'यह खुद को अमरीकी समझता है,' मिसिज़ कपूर बोलीं। 'अगर कभी तुम इसे सिनेमाघर में देखो तो खींचकर बाहर ले आना।'

बगल के कमरे से कैरम बोर्ड लाया गया और तय हुआ कि मिस्टर

कपूर और मैं पार्टनर होंगे। हमने खेलना शुरू किया, लेकिन खेल बहुत तेज़ी से बढ़ नहीं पाया क्योंकि मिस्टर कपूर मेज़ से उठ-उठ कर एक पर्दे के पीछे गायब हो जाते, जहाँ से बोतलों और गिलासों की खनक सुनाई देती। मुझे आशंका होने लगी कि इससे पहले उनसे किशन को पढ़ाने के काम की बात हो पाये, वे कहीं धुत्त न हो जायें।

'मेरी पत्नी,' मिस्टर कपूर ने ऊँची फुसफुसाहट में मुझसे कहा, 'मुझे अब सबके सामने पीने नहीं देती, इसलिए मुझे अलमारी के पास खड़े-खड़े पीना पड़ता है।'

वे उदास-उदास लग रहे थे। उनके गालों पर आँसुओं के निशान थे; आँसुओं का कारण उनकी पत्नी की डाँट-फटकार नहीं थी, बल्कि खुद अपने ऊपर दया से द्रवित हो जाने की वजह थी। सोमी ने मुझे बताया था कि मिस्टर कपूर अक्सर अपनी हालत पर रोया करते हैं, आमतौर पर नींद में।

जब भी मैं कैरम की कोई गिट्टी छेद में डालता, मिस्टर कपूर चिल्लाते: 'वाह, बढ़िया शॉट, बढ़िया शॉट!' मानो हम कोई क्रिकेट मैच खेल रहे थे। 'लेकिन धीरे से उसे मारो, धीरे से...' और जब उनकी बारी आती तो वे स्ट्राइकर को धीरे से धकेलते, उसे अपनी उँगली से इंच भर ही आगे बढ़ाते हुए।

'ठीक से खेलिए,' मिसिज़ कपूर, जो बाज़ी जीतने पर आमादा थीं, बुदबुदातीं, लेकिन मिस्टर कपूर फिर अपनी सीट से उठ खड़े होते और हम सब पीछे बैठकर गिलास की खनक का इन्तज़ार करने लगते।

बहुत ही खिझाने वाली बाज़ी थी। मिस्टर कपूर मुझे यह बताने पर हठ बाँधे हुए थे कि मैं गिट्टी को कैसे मारूँ और जब भी मैं कोई गलती करता, मिसिज़ कपूर मज़ा लेते हुए बड़े नखरे भरे अन्दाज़ से कहतीं 'थैंक यू,' जो मुझे खफ़ा कर देता। जब उसने और किशन ने बोर्ड से सफ़ेद गिट्टियाँ साफ़ कर दीं, तब मिस्टर कपूर और मेरी आठ काली गिट्टियाँ बोर्ड पर बची थीं।

'थैंक यू,' मिसिज़ कपूर ने बड़े मीठे स्वर में कहा।

‘तुम लोग हमारा मुकाबला नहीं कर सकते,’ किशन ने एक और बाज़ी खेलने के लिए फटाफट गिट्टियाँ सजाते हुए, अकड़ से कहा।

कार्रवाई में मिस्टर कपूर की अचानक दिलचस्पी जागी :

‘कौन जीता, मैं पूछता हूँ, कौन जीता?’

मुझे इस बात से बड़ी खीझ हुई कि एक और बाज़ी शुरू हो गयी थी और जोड़े भी वही रहे; लेकिन अभी हमने खेलना शुरू ही किया था जब मिस्टर कपूर नशे में धुत्त होकर आगे को गिरे और उन्होंने कैरम बोर्ड को मेज़ से ठेल कर नीचे गिरा दिया। उनकी आँख लग गयी थी। मैंने उन्हें कन्धों से थामा और उठाकर कुर्सी पर पीछे को टिका दिया। मिस्टर कपूर भारी-भारी साँसें ले रहे थे, लार उनके मुँह के कोनों में इकट्ठा हो गयी थी और वे रह-रहकर हल्के-हल्के खर्राटे भी भरते जा रहे थे।

मैंने सोचा कि मेरे जाने का वक्त हो गया है। मेज़ से उठते हुए, मैंने कहा, ‘मुझे किसी और समय आकर उनसे काम के बारे में पूछना होगा...’

‘उन्होंने अभी तक तुम्हें बताया नहीं?’ किशन की माँ ने कहा।

‘क्या?’

‘तुम काम पर आ सकते हो।’

‘आ सकता हूँ?’

वह हल्के से हँसीं। ‘हाँ, बिलकुल! निश्चय ही और कोई नहीं है जो इसे कर पायेगा। किशन को पढ़ाना आसान नहीं है। कोई तयशुदा तनख्वाह नहीं है, लेकिन तुम्हें जिस चीज़ की ज़रूरत हो, हम तुम्हें देंगे। तुम हमारे नौकर नहीं हो। किशन को अपना कुछ ज्ञान और संग-साथ देकर और उससे बातचीत करके तुम हम पर एहसान करोगे और बदले में हम तुम्हें अपनी सेवा-सत्कार देंगे। तुम्हारे पास खुद अपना एक कमरा होगा और खाना तुम हमारे साथ खाओगे। क्या ख़याल है तुम्हारा?’

‘ओह, यह तो बढ़िया है!’ मैंने कहा।

और सचमुच यह बढ़िया था और मैंने उल्लसित और हल्का महसूस किया। ऐसा लगा कि दुनिया की सारी मुसीबतें हवा हो गयी थीं : मैंने खुद को कामयाब भी महसूस किया—अब मेरे पास मेरा एक पेशा था।'

और मीना कपूर मेरी तरफ़ देखकर मुस्कुरा रही थीं और जितनी वह थीं, उससे ज़्यादा सुन्दर नज़र आ रही थीं और किशन कह रहा था :

'कल तुम्हें बारह बजे तक रहना है, ठीक, चाहे डैडी सो जायें। वादा करो।'

'वादा...'

मैंने किशन में एक ऐसा उत्साह बुलबुलों की तरह फूटते देखा जो नकली या बनावटी नहीं था। वह उसके आम कुढ़न-भरे रंग-ढंग से अलहदा था। मैंने उसे उसकी अनाकर्षक विशेषताओं के बावजूद पसन्द किया था और अब वह मुझे और भी अच्छा लगा, क्योंकि किशन ने अपने घर और विश्वास में, मुझे अच्छी तरह जाने या सवाल किये बिना; शामिल कर लिया था। किशन बदमाश था, बन्दर था—फूहड़ और बिगड़ा हुआ—लेकिन उसने अगर मुझे पसन्द करना शुरू कर दिया था (और मैं खुद को अपनी नज़र में ऊँचा मानता था) तो उसमें ज़रूर कुछ अच्छाई होगी...या ऐसा मैंने समझा था।

सोमी के मकान की तरफ़ पैदल लौटते हुए, मेरे ख़याल किशन के साथ अपने रिश्तों पर टिके रहे, लेकिन मेरी ज़बान जब सोमी के सामने खुली, मीना कपूर ही की चर्चा के गिर्द घूमती रही। और जब मैं सोने के लिए लेटा, तो मैंने उसे अपने मन की आँखों से देखा और पहली बार सचेत रूप से उसकी सुन्दरता, उसकी गर्मजोशी और सौम्यता पर गौर किया और मन-ही-मन तय किया कि मैं उससे प्रेम करने लगूँगा।

❑❑❑

राजपाल एण्ड सन्ज़ की स्थापना एक शताब्दी पूर्व 1912 में लाहौर में हुई थी। आरम्भिक दिनों में अधिकतर धार्मिक, सामाजिक और देश-प्रेम की पुस्तकें प्रकाशित होती थीं और हिन्दी के अतिरिक्त अंग्रेज़ी, उर्दू व पंजाबी भाषा में भी पुस्तकें प्रकाशित की जाती थीं।

1947 में भारत-विभाजन के बाद राजपाल एण्ड सन्ज़ को नए सिरे से दिल्ली में स्थापित किया गया और साहित्यिक पुस्तकों के प्रकाशन का आरम्भ हुआ। रामधारी सिंह दिनकर, महादेवी वर्मा, बच्चन, अज्ञेय, शिवानी, आचार्य चतुरसेन, विष्णु प्रभाकर, राजेन्द्र यादव, मोहन राकेश, रांगेय राघव, कमलेश्वर और अन्य साहित्यिक लेखकों की कृतियाँ यहाँ से प्रकाशित होने लगीं। राजपाल एण्ड सन्ज़ से प्रकाशित *मधुशाला, कुरुक्षेत्र, मानस का हंस, आवारा मसीहा, कितने पाकिस्तान, आषाढ़ का एक दिन* जैसी पुस्तकें हिन्दी साहित्य की 'क्लासिक पुस्तकें' मानी जाती हैं और आज भी लोकप्रियता के शिखर पर हैं। भारत के राष्ट्रपतियों और प्रधानमंत्रियों की पुस्तकें प्रकाशित करने का गौरव भी राजपाल एण्ड सन्ज़ को प्राप्त है। नोबेल पुरस्कार से सम्मानित अर्थशास्त्री डॉ. अमर्त्य सेन की सभी पुस्तकों के हिन्दी अनुवाद यहाँ से प्रकाशित हैं। अन्तरराष्ट्रीय चर्चित पुस्तकों के अनुवाद, विश्वविख्यात कोशकार डॉ. हरदेव बाहरी द्वारा सम्पादित 'राजपाल' शब्दकोशों की शृंखला और किशोरों के लिए सैकड़ों पुस्तकें राजपाल एण्ड सन्ज़ से प्रकाशित हुई हैं।

पाठकों के स्वस्थ और सुरुचिपूर्ण मनोरंजन और ज्ञानवर्धन के लिए समर्पित राजपाल एण्ड सन्ज़ से हिन्दी और अंग्रेज़ी में पुस्तकें प्रकाशित होती हैं जो देश के सभी बड़े पुस्तक-विक्रेताओं और विश्व भर के ऑनलाइन विक्रेताओं के यहाँ उपलब्ध हैं।

राजपाल एण्ड सन्ज़

1590 मदरसा रोड, कश्मीरी गेट, दिल्ली-6, फोन: 011-23869812, 23865483
email: sales@rajpalpublishing.com, facebook: facebook.com/rajpalandsons
website: www.rajpalpublishing.com

www.ingramcontent.com/pod-product-compliance
Ingram Content Group UK Ltd.
Pitfield, Milton Keynes, MK11 3LW, UK
UKHW041837190726
13854UKWH00002B/577

9 789386 534880